JAZZ YN Y NOS

ROWAN EDWARDS

ADDASIAD ESYLLT PENRI

GWASG **Carreg Gwalch**

Rhif Llyfr Safonol Rhyngwladol:
0-86381- 403- 4

Clawr: Cowbois

Argraffwyd a chyhoeddwyd gan Wasg Carreg Gwalch,
Iard yr Orsaf, Llanrwst LL26 0EH.
☎ (01492) 642031

CYFRES O NOFELAU RHAMANT

Un

''Rhen Greta Garbo druan! Dwi'n siŵr dy fod ti wedi cael llond bol, mewn mwy nag un ffordd.' Pefriai llygaid glas Nia mewn cydymdeimlad. 'Ond paid ti â phoeni, dim ond wythnos neu ddwy arall . . . '

Atebodd Greta mohoni. Doedd hynny ddim yn syndod o ystyried mai gafr oedd hi. Nid unrhyw hen afr chwaith. Na, roedd y clustiau melfedaidd, y trwyn hir aristocrataidd a'r gôt drwchus lliw coffi a hufen yn dangos yn glir i'r sawl a wyddai am bethau o'r fath fod hon yn afr bedigri, yn afr Anglo-Nubian! Ond Anglo-Nubian neu beidio, ar hyn o bryd roedd Greta ymhell o fod yn hapus. Edrychai'n druenus ar Nia fel petai'n gofyn, 'Pam fi?'

Pwysodd Nia'n erbyn ochr y gorlan. Byddai hithau hefyd yn falch pan fyddai'r cyfan drosodd a'r cyw bach, cyw cyntaf Greta, wedi'i eni.

Taflodd gipolwg ar ei wats. Nefoedd, chwarter i saith! Byddai'n rhaid iddi roi traed dani os oedd hi am gyrraedd ei dosbarth mewn pryd, a doedd hi ddim yn awyddus i golli hwnnw, hyd yn oed er mwyn Greta. Dilynodd llygaid mawr yr afr symudiadau y corff siapus yn brysio ar draws y buarth cyn diflannu drwy'r drws ffrynt. Yna ochneidiodd Greta a setlo'n ôl i'w nyth ynghanol y gwair.

Wrth fynd heibio i'r stiwdio allai Nia ddim peidio â chael cipolwg sydyn y tu mewn. Roedd Siw, ei ffrind a'i phartner busnes, wedi bod wrthi'n brysur drwy'r dydd ac roedd gan Nia ddiddordeb mawr yn ei chynnyrch bob amser. Safai ei chasgliad

7

diweddaraf o botiau'n daclus ar yr uned waith tra oedd Siwan ei hun yn brwsio'r llawr concrid.

Gan anghofio'r cwbl am ei dosbarth, tynnodd Nia'r drws ar ei hôl a mynd i gael golwg fanylach ar waith Siw. 'Mae'r rhain yn grêt,' galwodd a'i llais yn llawn edmygedd, 'yn enwedig y jygia 'ma.' Tynnodd ei bys yn ysgafn ar hyd handlen un ohonynt. 'Sut yn y byd ti'n llwyddo i gael siapia mor berffaith? Tyrd 'laen, deud. A pham nad ydi fy llestri i fyth hanner cystal â dy rai di?'

Wedi hen arfer â brwdfrydedd ei ffrind gwenodd Siw ei gwên hamddenol a mynd ymlaen â'i brwsio. ''Sgin ti ddim lle i gwyno a chditha'n gymaint o giamstar ar serameg. Mi faswn i'n fwy na bodlon taswn i'n llwyddo i greu dim ond un darn mor wreiddiol â dy fodelau anifeiliaid di. Dim ond rhyw hen botia fedra' i neud.'

Ysgydwodd Nia ei phen. 'Yr *hen botia* 'na fel ti'n mynnu eu galw nhw ydi hanner ein bywoliaeth ni, a phaid ti ag anghofio hynny.'

'Ia, wel . . . Sut ma' Greta erbyn hyn?' Roedd y pryder yn llenwi llygaid gwyrddion Siw wrth iddi droi i wynebu Nia.

'Digon llegach ydi hi o hyd. Dwi'n falch ein bod ni wedi galw'r ffariar 'sti . . . rhag ofn.'

'Tasa 'na rywbath yn digwydd i Greta . . . ' Diflannodd llais Siw yn ddim wrth iddi ailgydio yn ei gwaith.

'Hei, does dim isio iti boeni.' Symudodd Nia i roi braich gysurlon am ysgwydd ei ffrind. 'Mi fydd bob dim yn iawn, gei di weld, ac roedd y ffariar 'na'n swnio'n ddigon tebol. Be o'dd 'i henw hi 'fyd? Cannington, dyna fo. *Ms* cofia di!'

Gwenodd Siwan er gwaetha'i phryder. 'A finna'n meddwl dy fod *ti* o bawb yn gwerthfawrogi'r cyffyrddiada bach ffeminyddol 'na.'

'A pham lai? Ma' gan wraig broffesiynol berffaith hawl i alw'i hun yn *Ms* neu'n hyd yn oed *Mr* os mai dyna ma' hi isio.' A chwarddodd Nia gan grychu ei thrwyn bach smwt. Yna difrifolodd. 'Cofia di, dwi'n dal i feddwl 'i bod hi'n biti na chawson ni afael ar yr hen Rydderch. Roedd o'n werth y byd pan gafodd Matilda'r ddraenen 'na yn 'i phawen. Ac roedd hi mor hawdd picio i'r pentre ato fo . . . '

Cododd Siw ei hysgwyddau. 'Os ydi Mr Rhydderch yn sâl a'r bobol yma'n edrych ar ôl 'i bractis o, yna pwy 'dan ni i ddadla. A dydi'r hen foi yn mynd ddim fengach, 'sti.'

'Ti'n iawn.' Bywiogodd Nia. 'Ac roedd y Ms Cannington 'na'n swnio fel tasa hi'n gwybod 'i phetha. Biti na alla' hi ddŵad yn gynt hefyd. Dwi 'di ffônio ers bora ddoe.'

'Ffariars yn bobol brysur, 'tydyn? Wedi bod allan drwy'r dydd mae'n siŵr.' Yn sydyn cododd Siw ei phen. 'Heno mae dy ddosbarth aerobics di?'

'Daria! Dim ond cwta chwarter awr sgin i rŵan i newid a chael fy hun yno. Dwi wastad yn cychwyn i lefydd pan ddylwn i fod yn cyrraedd!' Rhuthrodd Nia i'w llofft gan adael Siw yn gwenu wrth iddi barhau â'i chlirio. Er bod Nia'n wyllt a phenderfynol roedd hi hefyd yn garedig ac onest. Dyna'r union nodweddion a ddenodd Siw ati pan oedd y ddwy'n fyfyrwyr ifanc eiddgar, newydd gychwyn yn y coleg celf — chwe blynedd yn ôl bellach.

Roedd Nia yn llawn syniadau a delfrydau bryd hynny hefyd, a hithau ond yn bedair ar bymtheg oed. Rhyddid creadigol ac annibyniaeth oedd ei nod. Cynlluniai fywyd na fyddai'n gaeth i gonfensiwn — trefi, swyddfeydd, diwrnod gwaith naw tan bump. . . Hyd yn hyn roedd ei chynlluniau wedi llwyddo, diolch i'r rhodd gafodd gan ei nain i'w galluogi i brynu'r bwthyn, y mymryn tir a'r tai allan. Ond fe lwyddodd hefyd oherwydd ei dyfalbarhad a'i gwaith caled, ac roedd marchnata deallus wedi talu ar ei ganfed a Nia wedi profi bod ganddi ben ar gyfer busnes. Cyfrannai Siw sefydlogrwydd a threfn i'r fenter ac roedd ei mygiau a'i photiau lliwgar yn gwerthu bron cystal â gwaith serameg Nia.

A dyna hi ar y gair, yn ôl yn y stiwdio wedi'i gwisgo mewn leotard ddu chwaethus oedd yn gweddu'n berffaith i'w chorff lluniaidd. Yr unig fflach o liw o'i chwmpas oedd y sanau pinc llachar a'r rhesi pinc ar ei phymps gwynion. Dan ei braich roedd set o ddillad wedi'u rhowlio rywsut-rywsut mewn tywel.

'Reit 'ta, dwi'n barod o'r diwedd. Pob lwc efo Ms Cannington. Mae'n ddrwg gen i na fedra' i fod yma ond dwi'n siŵr y bydd pob dim yn iawn.'

'Byddan siŵr, a chofia di mai fi pia Greta, felly fy nghyfrifoldeb i ydi hi'n swyddogol.'

'A finna'n meddwl y'n bod ni'n dwy yn rhannu'r cyfrifoldeba. Dwi'n gwybod mai ti o'dd isio gafr ond dydi hynny ddim yn golygu nad ydw i'n rhannu'r gofid yn ogystal â'r pleser.'

Ac mi roedd Greta'n bleser. Roedd Nia'n gwirioni'i phen ag anifeiliaid o bob math, yn mwynhau eu naturioldeb a'u ffyddlondeb. 'Faswn i ddim yn disgwyl i ti adael i mi ddygymod ar fy mhen fy hun tasa 'na rywbeth yn digwydd i'r ieir, neu i Matilda, felly . . . ' Aeth Nia yn ei blaen â'i phregeth er ei bod eisoes yn hwyr i'w gwers.

'Wn i, wn i,' cytunodd Siw, yn ymwybodol nad dyma'r amser i adael i Nia fynd ar gefn ei cheffyl. 'A ti'n gwybod yn iawn 'mod i'n meddwl y byd ohonyn nhwtha hefyd, pob pluen a blewyn ohonyn nhw. Rŵan, wyt ti am fynd, ne' mi fydd pawb yn ymlacio'n braf yn y dafarn cyn y byddi di wedi cyrraedd hyd yn oed.'

'Chdi sy'n iawn,' meddai Nia a'i chychwyn hi o'r stiwdio. 'Wela' i di'n nes ymlaen 'ta,' galwodd a chlywodd Siw y drws ffrynt yn agor, cau ac yna'n agor eto. Roedd hi'n ei hôl. 'Bron imi anghofio. Ma' 'nghar i yn y garej, slip disc ne' rywbath a dwi'm yn 'i gael o'n ôl tan fory. Ga' i fenthyg y fan? Dim ond am heno. Doeddat ti ddim yn mynd allan nac oeddat?'

'Na, doeddwn i ddim, a cei mi gei di.' Atebodd Siw y rhuthr cwestiynau yn hamddenol braf. 'Helpa dy hun, ti'n gwybod lle ma'r goriada. Jyst cymer ofal a phaid â'i gor-wneud hi ar y seidars 'na,' gorffennodd yn chwareus.

'Fi'n yfed a gyrru? Un diod bach a dyna fo. Reit 'ta, diolch o galon — a phaid ag anghofio cau'r ieir i mewn am y nos. Wela' i di'n nes ymlaen.' Ac i ffwrdd â hi, yn gorwynt o frwdfrydedd.

Wrth ddringo i'r fan lwyd allai Nia ddim llai na synnu at pa mor lân a thaclus oedd hi. Ond dyna fo, roedd hi wedi cael pob gofal gan Siw dros y blynyddoedd. Roedd gan Nia feddwl y byd o'i ffrind ac yn falch iawn o lwyddiant eu menter, ond roedd hi hyd yn oed yn fwy balch nad oedd y llwyddiant hwnnw wedi tarfu ar eu cyfeillgarwch. Cadw cydbwysedd — dyna'r gyfrinach. Dewis cynhwysion oedd yn gweddu i'w gilydd a chael y gymysgedd i fudferwi'n dawel. Popeth dan reolaeth.

Symudodd Nia'r fan yn ddeheuig i'r lôn drol nad oedd ei chyflwr fawr gwell na'r buarth mwdlyd. Roedd hi wedi bod yn fis Medi glawog a heddiw'n ddim eithriad, ond erbyn hyn roedd hi wedi codi a'r haul yn machlud yn goch. Agorodd y ffenest er mwyn anadlu'r awyr iach — awyr nad oedd ei thebyg yn yr un rhan arall o Gymru. Arogl bendigedig gwlybaniaeth ar ddail, yn cael ei ryddhau gan y pelydrau olaf o wres. Cri'r brain yn cylchu drwy'r awyr ar daith ola'r dydd. Pleser llwyr!

Allai Nia fyw yn unman ond Llŷn. Yma y'i magwyd ac yma, lai na deng milltir i ffwrdd, roedd ei rhieni a'i dau frawd yn dal i gadw meithrinfa blanhigion lwyddiannus. Do, fe fethodd atyniadau'r bywyd dinesig yn llwyr â'i denu.

Gyrrodd Nia'n bwyllog ar hyd y ffyrdd troellog. Pa ddiben brysio, yn enwedig yn fan Siw. Beth bynnag, roedd yr hyfforddwraig wedi hen arfer â'i gweld yn sleifio i'r wers hanner awr ar ôl pawb arall ac ymdoddi'n syth i'r gweithgareddau, heb unrhyw drafferth. Yn ystwyth a heini roedd hi wrth ei bodd â'r ymarfer, wrth ei bodd yn gadael i'w chorff gyd-symud â'r gerddoriaeth a theimlo'r gwres yn pwmpio drwy'i chyhyrau. Ar ôl diwrnod o waith roedd yr holl broses yn deffro'i hegni creadigol.

Ond roedd Nia'n ofalus iawn i beidio â gadael i ochr synhwyrus ei natur gael y gorau ar un agwedd arbennig o'i bywyd. Wrth gwrs, fel unrhyw berson ifanc, fe fyddai weithiau'n teimlo'r ysfa am ramant a chyffro ond roedd hi wedi hen ddysgu ffrwyno'r teimladau hynny. Doedd hynny ddim wedi bod yn rhy anodd a dweud y gwir, gan na ddaeth neb yn agos at ennyn ei diddordeb. A fyddai hynny ddim yn debygol o ddigwydd chwaith.

Na, roedd blaenoriaethau Nia yn glir yn ei meddwl ac roedd hi'n gwybod yn union i ble'r oedd hi'n mynd. Yn y tymor hir, aros ar yr un llwybr a'r busnes yn parhau i fynd o nerth i nerth. Yn y tymor byr, taith fer i'r dre ar gyfer sesiwn o ollwng stêm. Perffaith!

'Uffern dân!'

Sgyrnygodd Rhodri wrth i'w Audi sgrialu dros dwll arall yn y ffordd. Dyma'r ffordd waethaf iddo deithio ar ei hyd erioed, ac yr oedd wedi teithio cryn dipyn ers cyrraedd Llŷn. Wedyn, roedd ganddoch chi'r gwrychau uchel a'r corneli cyson oedd yn ei gwneud hi'n amhosibl fwy neu lai i weld beth oedd yn dod i'ch cwfwr. Hollol wahanol i'r gwastadeddau maith yr oedd o wedi arfer â hwy lle'r oedd hi'n bosib gweld am filltiroedd i bob cyfeiriad.

A'r mwd tragwyddol, naill ai'n sych grimp ar ôl yr haf anarferol o boeth roedden nhw newydd ei gael, neu'n lleidiog a slwtshlyd ar ôl mis o law diddiwedd. Ffyrdd Cymru, mwd Cymru. Ond dyma'i gartref, ac er ei fod wedi crwydro llawer roedd o'n awr wedi dewis dychwelyd i'w gynefin. Ac nid oedd gronyn o natur difaru yn perthyn i Rhodri.

Effeithlonrwydd proffesiynol, dyna a'i cymhellai: gwneud y penderfyniadau iawn; gweithredu cyflym; bywyd a marwolaeth. Rheolaeth dros greaduriaid eraill, ble bynnag y bônt. Yn Affrica bell, yn y Dwyrain Canol, yng ngwledydd Llychlyn neu yma yng Nghymru fach. Anifeiliaid oedd anifeiliaid. Yn enwedig y rhai oedd yn cyfrannu at lewyrch a llwyddiant yr hil ddynol: gwartheg, defaid, ceffylau, moch. Dyna'i ddiddordeb pennaf.

Doedd dim curo ar ddoniau milfeddygol Rhodri Puw ac fe wyddai yntau hynny. Yn ystod y deng mlynedd diwethaf roedd wedi manteisio'n llawn ar y cyfle a gafodd i ymarfer ei grefft ar bedwar cyfandir, ac wedi'r profiad helaeth gwyddai bopeth am y da byw a fagwyd ar rew y gogledd pell, yn y trofannau, mewn anialwch . . .

Neu ynghanol gwyrddni Cymru. Gwgodd wrth hyrddio'i Audi o amgylch cornel gas arall. Yna arafodd er mwyn cael cipolwg ar y map oedd wedi'i agor ar y sedd wrth ei ochr, o dan y darn papur ag arno restr o alwadau. Mae'n rhaid ei fod bron â chyrraedd erbyn hyn.

Oedd rhaid i'r gwragedd hurt yma ddewis byw mewn bythynnod mor ddiarffordd? Roedd o eisoes wedi cael coblyn o ddiwrnod: wedi brechu diadell gyfan o Friesians cyn brysio'n ôl i

fwrw golwg dros lond syrjyri o gathod, byjis a phwdls. Doedd
Rhodri ddim yn arfer ymboeni â manion felly — dyna pam ei fod
yn cyflogi dau gynorthwywr a phrentis. Ond heddiw roedd Steff
a Debra ill dau wedi mynd i seminar yn Lerpwl, a doedd Barry
ddim wedi cael ei hyfforddi'n llawn i fod yng ngofal clinig ar ei
ben ei hun neu i fynd ar ymweliadau.

Gwyrodd Rhodri unwaith eto dros y nodiadau a adawodd Deb
Cannington iddo: 'Dydi gafr Miss Tudur a Miss Huws ddim yn
dda; ma' hi hefyd yn disgwyl. Fedri di bicio draw i gael golwg —
rywbryd yn ystod y pnawn os oes modd?' Er mwyn tad — gafr! A
honno'n perthyn i ddwy hen wraig ffwndrus mae'n siŵr. Anifail
anwes arall i fynd efo'r llond tŷ o gathod a dyrnaid o ieir.

Ochneidiodd. Y gwir amdani oedd bod ganddo hen ddigon ar
ei blât yn barod. Pwysau sefydlu practis newydd a goruchwylio
stoc degau o ffermydd bach a mawr. Fe'i temtiwyd i godi'r ffôn a
gohirio'r apwyntiad tan fyddai Deb yn ei hôl, ond ei
hunanddisgyblaeth a enillodd y dydd. Roedd ewyllys da a
chysylltiadau cyhoeddus yn hollbwysig, yn enwedig rŵan â'r hen
Rydderch yn bwriadu ymddeol. Beth bynnag, doedd Rhodri
Puw ddim yn un i osgoi ei gyfrifoldebau.

Pum munud bach gymerai hi i seboni'r ddwy hen wreigan, rhoi
mwythau i'r afr a'u cynghori'n ddoeth i adael i fam natur wneud
ei gwaith. Bydden, mi fydden nhw'n siŵr o werthfawrogi'r
pwyslais ar natur.

I ffwrdd ag o drwy'r pentref, ac yna'r ail dro ar y chwith. Un
gornel beryg bywyd arall ac fe fyddai yno.

Ar hyd yr un ffordd anwastad honno, o'r cyfeiriad arall, gyrrai
Nia'n hamddenol braf. Bu'n gyrru ar hyd ffyrdd Llŷn ers wyth
mlynedd bellach, felly'n wahanol i Rhodri roedd hi wedi hen
arfer. Roedd y fan yn ysgwyd braidd ond ni hidiai Nia am hynny
cyn belled â'i bod hi'n cyrraedd ei dosbarth yn ddiogel.

Tynnodd ei braich oddi ar y llyw am eiliad er mwyn edrych ar
ei wats. Hanner awr wedi yn barod. Roedd hi'n mynd i fod yn
hwyr iawn heno. Byddai'n ddeng munud arall arni'n cyrraedd y
dref a rhaid oedd cael lle i barcio wedyn.

Wrth ddynesu at y gornel tynnwyd ei sylw gan symudiad sydyn

o'i blaen. Eiliad fer a gymerodd hi iddi adnabod y creadur oedd newydd lamu i'r ffordd: fflach feiddgar o goch; cynffon dalog yn ysgwyd. Llwynog ar gychwyn allan i ysbeilio — braidd yn gysglyd efallai ar ôl diwrnod go ddioglyd. Rhewodd Nia; roedd yr olygfa wedi'i syfrdanu.

Yna roedd hi'n gweithredu, ei meddwl cyflym wedi prosesu'r cyfan yn gynt nag unrhyw gyfrifiadur. Anelodd am ochr arall y ffordd er mwyn osgoi'r llwynog gan achosi i'r fan wegian wrth iddi blycio'r llyw i'r dde. Ond bron ar unwaith roedd hi'n sgrialu yn ei hôl, yn troi'r llyw i'r chwith y tro hwn er mwyn sythu.

Ond roedd hi'n rhy hwyr. Dewisodd cerbyd arall gyrraedd yr union gornel honno ar union yr un adeg. Wrth ddod wyneb yn wyneb â'r fan a oedd yn dal i hawlio'r rhan fwyaf o'r ffordd gul doedd gan y gyrrwr druan ddim dewis ond newid cyfeiriad a brecio'n galed. Gwichiodd ei gar i stop a'i ben blaen wedi'i gladdu'n ddiseremoni yn y gwrych.

'O na!' llefodd Nia. Yn beiriannol gyrrodd ychydig lathenni yn ei blaen cyn parcio'n ddigon pell oddi wrth y gornel. 'Damia, damia, damia,' rhegodd dan ei gwynt heb fod yn siŵr iawn pwy oedd hi'n ei regi — y llwynog, y gyrrwr arall neu hi ei hun.

Eisteddodd yn llonydd am ychydig eiliadau i geisio tawelu'r cynnwrf yn ei stumog. Yn y drych gallai weld y car arall yn glir. Gwyrdd tywyll. Peiriant cadarn, pwerus. Lwmp o fetel a oedd, yn ei dychymyg hi, yn mynegi dicter ei berchennog yn glir iawn.

Llyncodd Nia ei phoer gan baratoi ei hun. Byddai'n rhaid iddi wynebu hyn; fedrai hi ddim gyrru i ffwrdd fel pe na bai dim wedi digwydd. *Efallai bod rhywun wedi'i frifo.* Ochneidiodd. *Roedd gyrru i ffwrdd ar ôl damwain yn anghyfreithlon.* Doedd ganddi ddim dewis.

Roedd drws ochr y car gwyrdd eisoes yn agored ac er nad oedd Nia'n rhyw grefyddol iawn caeodd ei llygaid a sibrwd gweddi frysiog. *Plis Dduw, gwna'n siŵr nad ydyn nhw wedi brifo, y nhw na'r car! Plis!*

Roedd y gyrrwr arall ar ei ffordd allan, a'i goesau hirion ymddangosodd gyntaf. Dyn, roedd hynny'n amlwg, a na, doedd o ddim wedi'i frifo (*diolch i Dduw!*), roedd hynny'n amlwg yn ôl y ffordd roedd o'n brasgamu ar hyd y ffordd tuag ati. Allai hi ddim gweld ei wyneb ond roedd 'na rywbeth ymosodol yn ei gylch. Neidiodd Nia o'r fan a chychwyn cerdded i'w gyfarfod. Pe bai gwrthdaro'n digwydd rhyngddynt, doedd hi ddim am fod ar ei heistedd ac yntau'n edrych i lawr arni.

Hyd yn oed cyn iddynt ddod wyneb yn wyneb roedd ei synhwyrau'n brysur ar waith. Gŵr tâl, grymus yn gorfforol, ac o ran cymeriad efallai? Fel artist credai Nia fod argraffiadau cyntaf yn bwysig ac roedd hwn yn gyfuniad diddorol o ymarferoldeb garw a soffistigedigrwydd cynhenid. Jîns du, siaced werdd addas ar gyfer pob tywydd, esgidiau lledr trymion. Dillad da yn cael eu gwisgo'n dda, wedi'u dewis ar gyfer gwaith caled yn yr awyr agored ond heb ddim byd ffwrdd â hi yn eu cylch. Gŵr a wyddai ei bethau yn ôl y wedd allanol.

Wrth iddo ddynesu gorfodwyd Nia i godi'i phen er mwyn archwilio'i wyneb. Roedd ei lygaid melfedaidd yn fflachio, a'u cannwyll mor ddu a chaled â thalp o lo. Trwyn syth; talcen uchel; gên gadarn. Gwefusau llawn a fradychai beth o'r synwyrusrwydd hwnnw oedd i'w weld yn y llygaid. Gŵr yn llawn eithafion a gwrthgyferbyniadau, neu hyd yn oed wrthdaro mewnol, penderfynodd Nia.

A gŵr a oedd yn awr wedi'i gorddi gan ddicter: y llygaid yn culhau a'r gwefusau ar fin diflannu'n ddim. Roedd y trwch o wallt tywyll fel be pai'n cryfhau'r perygl a lliw y croen yn dyst i flynyddoedd dan haul dipyn mwy tanbaid na haul Cymru.

Fel ag yr oeddent ar fin cyfarfod tasgodd pelydrau olaf yr haul gwan hwnnw drwy'r coed gan ddisgleirio ar y cudynnau aur yng ngwallt Nia. Doedd hi fyth yn torheulo; roedd yr haul yn goleuo'i gwallt a chryfhau gwawr goch ei bochau.

Safodd Rhodri'n stond, a'i lygaid yn crwydro i fyny ac i lawr y corff lluniaidd o'i flaen. Y fferau bach pinc, y coesau siapus, y croen a'r gwallt golau. Wrth wylio'r haul yn ei hanwesu meddalodd ei wyneb am eiliad cyn caledu drachefn.

Ond doedd Nia ddim yn edrych ar ei wyneb. Fe hoeliwyd ei sylw ar y golau a oedd wedi trawsnewid ei wallt yn wawl o gopr gloyw. Doedd o ddim yn ddu; ddim hyd yn oed yn frown.

Gwinau oedd o. Ai Nia'r artist neu Nia'r ferch a deimlodd ei chalon yn cyflymu tybed?

Parhaodd yr archwiliad o'r naill a'r llall am bum eiliad efallai, wrth i'r ddau ohonynt gyfarfod tua hanner ffordd rhwng y ddau gar. Ef oedd y cyntaf i dorri'r garw a'i eiriau'n rhai digon swta.

'Be ddiawl oeddat ti'n feddwl oeddat ti'n 'i wneud?'

Llais dwfn, soniarus wedi ei dynhau i geisio rheoli tymer wyllt.

'Be oeddwn *i'n* ei wneud?' holodd Nia'n oeraidd.

'Crwydro dros y lle i gyd! Ti'm ffit. Ac ma'r lôn 'ma'n ddiawledig!' chwyrnodd fel pe bai hi ar fai am hynny hefyd. 'A'r blydi cornel 'na. Gallai unrhyw beth fod wedi dŵad. Ti'n lwcus ar y naw . . . ' ac erbyn hyn roedd o'n chwifio'i fys o fewn modfeddi i'w thrwyn, ' . . . 'mod i'n gystal dreifar ac nad o'n i'n dractor neu'n llond lôn o wartheg.'

Ymsythodd Nia gan blethu'i breichiau o'i blaen. Efallai mai arni hi roedd y bai ond doedd hynny ddim yn rhoi hawl i ddieithryn ei thrin fel baw. Rhythodd yn ôl arno. 'Go brin y basa tractor wedi bod yn dŵad rownd y gornel 'na fel cath i gythra'l ,' ymresymodd yn bwyllog. Dyna'r ffordd orau i ymateb i'w gynddaredd o. 'A dwi 'rioed wedi gweld gwartheg ar gymaint â hynny o frys chwaith.'

Dyfnhaodd ei wg. 'Doeddwn i ddim ar frys,' meddai fel pe bai wedi'i drechu, 'A beth bynnag, ma' gan rhywun hawl i wneud hyd at chwe deg yn fan hyn. Doeddwn i ddim yn agos at hynny.'

'Tri deg, a bod yn fanwl gywir,' atebodd hithau. ''Dan ni'n dal o fewn terfyna'r pentre, ne' ella nad oeddat ti ddim 'di sylwi.' Gan ei fod o'n ddigon hy i'w galw hi'n *ti* doedd hi ddim yn gweld pam na allai hithau wneud yr un fath. Syllodd i fyw ei lygaid; y fo oedd y cyntaf i edrych draw.

'Ella wir, ond . . . '

'Dwi'n deud y gwir wrthat ti. Dwi'n nabod y lôn 'ma fel cefn fy llaw a dwi'n siŵr tasat ti ddim wedi bod yn gor-yrru y basan ni wedi medru mynd heibio i'n gilydd heb ddim trafferth yn y byd.'

'Hmff!' Hi oedd yn rheoli'r sefyllfa erbyn hyn. Mae'n amlwg nad oedd y rhan yma o'r ffordd yn gyfarwydd iddo. Ai gŵr lleol oedd o tybed? Roedd ganddo acen ogleddol ond doedd hi erioed wedi'i weld o o'r blaen. Mi fasa hi wedi cofio petasa hi . . .

Roedd o'n dadlau'n ôl erbyn hyn, yn edrych i lawr arni a'i wyneb yn llym wrth gofio am ei gar druan, ei ddiwrnod hir, ei holl rwystredigaethau. 'Tasat *ti* heb fod ynghanol y ffordd, *dwi'n* siŵr y basan ni wedi pasio'n gilydd yn ddidrafferth.' Gwyrodd tuag ati a chymerodd hithau gam neu ddau yn ôl. 'Be oeddat ti'n da ynghanol y lôn beth bynnag?' Roedd o'n benderfynol o'i threchu y tro hwn. 'Dy feddwl di'n bell? Wedi anghofio pa ffordd i droi'r llyw?'

Ai hi oedd yn ei chael hi, neu wragedd yn gyffredinol? Wyddai Nia ddim. Ond fe gododd ei llais ac fe ddechreuodd ei llygaid gleision fflachio. 'Fel mae'n digwydd, ro'n i'n ceisio osgoi anifail oedd wedi rhedeg i'r lôn o 'mlaen i.'

'Anifail, ia?' Cododd ei aeliau trwchus yn wawdlyd, fel pe bai hi newydd awgrymu ei bod wedi gweld teigr neu arth fawr wen.

'Llwynog,' eglurodd yn frysiog. Fel ag yr oedd hi'n ynganu'r gair, sylweddolodd mai dyna oedd y cysylltiad y bu hi'n chwilio amdano ers rhai munudau. Dyna fo: roedd o fel llwynog. Lliw ei wallt, ystwyther cyhyrog ei gorff a'r grym anifeilaidd hwnnw oedd yn hofran o dan yr haen allanol soffistigedig. 'Roedd yn rhaid imi geisio osgoi ei daro fo,' gorffennodd yn dawelach.

'Ac wrth wneud hynny,' meddai yntau'n sur, 'mi fu bron iti gael damwain fwy difrifol efo 'nghar i.'

Edrychodd yn ddu ar yr Audi oedd â'i ben blaen o'r golwg yn y gwrych. 'Wel dwi'n mawr obeithio bod y llwynog 'na'n werth y drafferth,' gwawdiodd.

'O, oedd.' Doedd gan Nia ddim amheuaeth ynghylch hynny. 'Dwi'n falch iawn 'mod i wedi llwyddo i osgoi lladd creadur diniwed.'

'Creadur diniwed?' Eco sinigaidd. *Dyma un arall o'r bobol hawliau anifeiliaid hanner pan 'ma!* 'Hyd yn oed os ydi hynny'n golygu lladd gyrwyr diniwed?' cyfarthodd.

'Tydw i 'rioed wedi lladd neb,' atebodd hithau'n amddiffynnol.

'Hyd yn hyn.' Tynnodd ei law yn ddiamynedd drwy'i wallt gan amlygu, am y tro cyntaf, ochr dde ei dalcen a'r graith

17

ddanheddog a redai o'r glust at fôn y gwallt. Bu'n rhaid i Nia ymdrechu'n galed i beidio â syllu arni a gostyngodd ei llygaid.

'Iawn 'ta.' Fe'i llygadodd hi'n gwerylgar. 'Ella nad wyt ti'n meddwl bod fy Audi i'n bwysicach na bywyd un llwynog . . . '

'Hmmm.' *Hynny yw, na dydw i ddim ond dwi'n rhy fanesol i ddeud hynny.*

'Ti 'rioed yn meddwl bod bywyd llwynog yn bwysicach na 'mywyd i!'

'Ond ti'm 'di cael dy ladd,' meddai Nia'n swta. 'Ti'm hyd yn oed wedi brifo. A dwi'n siŵr nad ydi dy gar di ddim gwaeth chwaith,' ychwanegodd yn obeithiol.

Penderfynodd Rhodri newid ei dactegau. 'Na, dwi'm wedi 'mrifo, a dwi'n siŵr nad oes 'na ddifrod parhaol wedi'i wneud i'r car.' Roedd tôn ei lais yn sychlyd ac oeraidd yn awr wedi'r dicter cychwynnol. 'Yn sicr 'sgin i'm amser i'w wastraffu'n sefyll fan hyn. Felly os byddi di cystal â rhoi d'enw a dy gyfeiriad imi, rhag ofn y bydd rhaid imi gysylltu efo chdi — neu efo dy gwmni yswiriant di.'

'*Be*?' Doedd o 'rioed yn meddwl bod Nia am aberthu ei hunan-barch, ei henw da a'i bonws am beidio â hawlio dim gan y cwmni yswiriant oherwydd rhyw dolc yn ei degan sgleiniog a'i natur rodresgar? 'Wna i ddim o'r fath beth. Ddim tan dwi'n gweld be 'di'r difrod — os oes 'na ddifrod. A beth bynnag, pam ddylwn i dderbyn cyfrifoldeb? Roedd bai arnat titha hefyd a ti fwy neu lai 'di cyfaddef dy fod ti'n gor-yrru.'

Ddywedodd o'r un gair am funud — dim ond ei hasesu'n dawel â'i lygaid coeglyd. Yna cododd ei ysgwyddau. 'Wel, fedra' i mo d'orfodi di i roi dy enw imi ond mi fedra' i gael gafael arno fo'n ddigon hawdd drwy ddefnyddio rhif y car.'

Edrychodd Nia'n amheus arno. Roedd hi bron â bod yn siŵr ei fod o'n dweud celwydd, ond ar y llaw arall roedd o mor sicr ohono'i hun. Rhoddai'r argraff nad oedd dim y tu hwnt i'w allu. Efallai ei fod o'n heddwas? Ond daliodd ei thir yn gadarn. 'A be os dwi'n gwadu'r cyfrifoldeb? Dy air di yn erbyn f'un i ydi hi. Does 'na ddim tystion, ar wahân i'r llwynog wrth gwrs, a 'dan ni'n gwybod o'r gora ar ochr pwy fasa hwnnw.'

Cydnabu'r gŵr ei ffraethineb drwy godi un ael yn gynnil. Parhaodd â'i archwiliad didostur ohoni ac roedd hynny'n llawer mwy anghyffforddus na'i ymosod uniongyrchol. Câi Nia'r teimlad ei fod o'n ei gwawdio.

Symudodd Nia ei phwysau oddi ar y naill droed i'r llall. Yn sydyn teimlai'n ddiamddiffyn a thaenodd ei breichiau o amgylch ei chorff main. Diflannodd yr haul a'i wres ac roedd y nos hydrefol yn cau amdanynt. Dydi leotard ddim yn ddilledyn sylweddol ar y gorau, a'r foment honno teimlai ei bod yn dangos mwy nag a guddiai. Yng ngwres yr holl helynt roedd hi wedi anghofio mai dyna'r cwbl a wisgai. Ac roedd yntau, fel pe bai'n ymwybodol o'i meddyliau, yn craffu arni'n waeth.

Yna roedd o wedi'i chychwyn hi'n ôl am ei gar ac yn galw dros ei ysgwydd, 'Dim ond un ffordd sy' 'na o setlo hyn.' Y funud nesaf roedd o yn sedd y gyrrwr, yn tanio'r injan ac yn llywio'r peiriant grymus yn gelfydd o'r drysi. Fe'i parciodd yn daclus cyn camu allan i archwilio'r boned.

Yn ara deg, fel pe bai'n cael ei thynnu gan fagned, cychwynnodd Nia tuag ato. Edrychodd y ddau ar y car gyda'i gilydd.

'Hmmm.' Tynnodd fys hir ar hyd sgriffiad bach pitw yn y paent. Edrychodd hithau arno a'i gwefusau'n tynhau. Doedd hynna bach erioed yn ddigon i godi twrw yn ei gylch?

'Fawr o niwed,' cyhoeddodd o'r diwedd. 'Mi gei di faddeuant am y tro.' Roedd 'na ryw fywiogrwydd yn ei lais ac yn fwy rhyfeddol fyth dechreuodd wenu. Wel roedd hynny'n rhyddhad — o leia roedd 'na olau y tu hwnt i'r cymylau.

Fedrai ei chorff ddim peidio ag ymateb i'r wên a oedd wedi goleuo'i wedd bruddglwyfus. Aeth y gweddnewidiad sydyn â'i hanadl yn llwyr. Roedd hi wedi ystyried ei hun yn ddigon tebol i wynebu unrhyw un ac unrhyw beth, ond am hwn . . .

Damia fo. Damia'r carisma a'r meddwl chwim. A damia'r llwynog am ymddangos o'i blaen fel yna heb air o rybudd. Ym mhegwn eithaf ei meddwl roedd Nia'n rhyw amau bod y ddau wedi cynllwynio'r holl sefyllfa'n fwriadol yn ei herbyn.

Teimlai'n rhyfedd, yn gwbl wahanol iddi hi ei hun. Roedd hi'n hen bryd iddi ailgychwyn ar ei thaith: anelu am bobl, cerddoriaeth a normalrwydd. 'Diolch o galon,' meddai'n goeglyd cyn troi oddi wrtho.

Yr eiliad nesaf roedd o 'nôl yn ei gar ond cyn ei gadael galwodd drwy'r ffenest agored, a thôn ei lais yn syndod o gyfeillgar, 'Ro'n i ar y ffordd i le o'r enw Llwyn Eithin. Ti'm yn digwydd gwybod lle mae o?'

'Llwyn Eithin?' Safodd Nia'n stond, gan fethu â chredu'i chlustiau. 'Ti ar dy ffordd i Lwyn Eithin?'

'Ydw.' Swniai'n ddidaro yn awr. 'Coelia ne' beidio ond ma' gen i oed i'w gadw efo gafr feichiog!'

'Rargian!' Fedrai o ddim bod — doedd o ddim — oedd o? Roedd y Ms Cannington 'na'n bendant wedi dweud mai hi fyddai'n dod — yn doedd? Ceisiodd Nia gofio'n union be ddywedodd y llais uchel-ael braidd ar y ffôn. Ai 'mi fyddwn ni yno' oedd hi wedi'i ddweud? Roedd bore ddoe'n ymddangos yn bell iawn yn ôl erbyn hyn.

Roedd y gŵr yn curo'i fysedd hirion yn erbyn y llyw, a'i olwg yn awgrymu ei fod yn gweld yr holl beth yn ddoniol. 'Mi wn i. Ond dyna fo, ma'r ddwy hen wraig yn poeni'u henaid am yr afr ac mae'n siŵr eu bod nhw'n methu'n glir â deall lle ydw i erbyn hyn. Be 'di'u henwa nhw hefyd . . . '

Rhythodd Nia arno'n gegagored. Oedd o'n cyfeirio ati hi a Siw? Wel os oedd o roedd o'n mynd i gael coblyn o sioc. Ac eitha gwaith â fo hefyd. Dyna oedd o'n ei gael am gymryd cymaint yn ganiataol.

'Miss Tudur a Miss Huws.' Pan ddarllenodd yr enwau oddi ar ei lyfr nodiadau bu'n rhaid i Nia frathu'i thafod.

Ar amrantiad, penderfynodd beidio â chymryd arni ei fod o wedi gwneud camgymeriad a'r unig biti oedd na allai hi fod yno pan sylweddolai ef hynny.

Oedodd ychydig i ystyried a oedd hi'n bod yn deg â Siw. Ond roedd Siw yn siŵr o fedru dygymod — fel arfer.

'Ydw fel mae'n digwydd,' meddai gan bwyntio i fyny'r ffordd. 'Ti'm yn bell. Yn dy flaen am rhyw hanner milltir a'r nesa ar y chwith. Bwthyn bach digon cyffredin. Fedri di mo'i fethu o.'

'Felly ti'n eu nabod nhw?' Roedd o'n chwilfrydig ac efallai'n dechrau amau tybed a ddylai o fod wedi bod mor agored ynghylch ei ragfarnau.

''Dan ni i gyd yn rhyw fath o nabod y'n gilydd ffordd hyn.' Roedd ei hateb yn fwriadol anelwig. 'Ond os wnei di f'esgusodi i, ma'n rhaid imi fynd,' . . . yn rhannol am fod hynny'n wir a hefyd am nad oedd hi am iddo weld y wên a oedd yn mynnu dod i'w hwyneb wrth iddi ei ddychmygu'n cyfarfod, nid â hen wraig grom ond â Siw ddeniadol, chwech ar hugain oed.

'Hei!' Doedd o ddim wedi gorffen â hi. Ufuddhaodd hithau i'r tinc gorchmynnol yn ei lais a throi unwaith eto i'w wynebu. 'Un peth cyn iti fynd — gan dy fod ti'n amlwg mor hoff o'r cringoch — hwyrach nad oeddat ti'n bod mor garedig ag oeddat ti'n 'i feddwl wrth fynd i'r fath eithafion i achub 'i groen o.' Roedd o'n gwbl o ddifri. 'Ella na wnest *ti* ei ladd o ond mae 'na gi neu drap neu wn yn rhywla sy'n siŵr o'i gael o'n hwyr neu'n hwyrach. Mae bywyd go iawn yn greulon.'

Syllodd Nia'n ôl arno gan sylweddoli ei bod hi newydd dderbyn pregeth. Wel, mi roedd o'n filfeddyg ac felly doedd hi ddim yn syndod fod ei agwedd at anifeiliaid yn realistig. Ond roedd o'n camgymryd os oedd o'n meddwl ei bod hi'n hen het sentimental oedd yn gwirioni ar gŵn bach ac ŵyn yn prancio. Fe wyddai o'r gorau fod bywyd yn greulon ond yn ei barn hi doedd creulondeb byd natur yn ddim i'w gymharu â chreulondeb dyn. Ac os oedd ei pharch hi at greaduriaid byw yn peri iddi gymryd mymryn o risg doedd hynny ddim yn golygu ei bod hi'n feddal.

Ond am unwaith doedd hi ddim am ddadlau. Roedd ganddi ddosbarth i'w fynychu ac roedd yr angen am ollwng stêm dipyn yn gryfach rŵan nag ydoedd hanner awr yn ôl. Heb sôn am fwynhau cwpl o ddiodydd cyn ei throi hi am adref.

'Diolch. Mi gofia' i hynny.' Trodd yn ôl am y fan gan obeithio ei fod o wedi sylwi ar y tinc diamynedd yn ei llais. Go brin. Eisoes fe allai glywed injan ei gar yn refio.

Eisteddodd Nia yn y fan, tanio'r injan a chynnau'r goleuadau cyn gyrru drwy'r gwyll a'i llygaid wedi eu hoelio ar y lôn ac unrhyw greaduriaid hwyrol fuasai'n ddigon haerllug i lamu o'i blaen.

21

Dau

Sesiwn aerobics fer ond egnïol a gafodd Nia'r noson honno ac ni allai gofio ymroi i'r ymarferion â chymaint o frwdfrydedd erioed o'r blaen. Roedd arni angen cael gwared ar densiwn, meddai wrthi'i hun wrth iddi blygu ac ymestyn i'r gerddoriaeth; tensiwn a achoswyd gan y ddamwain y bu bron iddi â'i chael yn fan Siw ac yna'r gwrthdaro â'r milfeddyg trahaus.

Ar ôl cael cawod dyma ymuno â rhai o'i chyd-aelodau mewn tafarn gyfagos. Roedd hwn yn gyfle da i ymlacio a chael sgwrs, ac yn angenrheidiol yn ôl Nia (er nad oedd angen esgus arnynt) i ailgyflenwi eu cyrff â pheth o'r hylif a gollwyd yn ystod yr ymarfer. Tueddai'r rhan fwyaf o'r merched i adael erbyn tua deg gan fod ganddynt deuluoedd yn aros amdanynt a thipyn o daith o'u blaenau. Weithiau byddai Nia'n gadael hefyd ond gan amlaf byddai'n cwrdd â ffrindiau eraill ac yn aros tan amser cau.

Ond heno doedd 'na'r un wyneb cyfarwydd ar ôl ac am unwaith roedd Nia'n ddigon balch o gael bod ar ei phen ei hun. Ar ei stôl wrth y bar, hanner bach o seidr o'i blaen, y mwg yn codi'n freuddwydiol o'i chwmpas a'r gwahanol leisiau'n ymdoddi'n un, hawdd oedd gadael i'r meddwl grwydro.

Pan y'i cyfarchwyd gan lais gwrywaidd cododd ei golygon yn gwbl ddigyffro. Fe wyddai'n union pwy fyddai o'i blaen: y corff main mewn denims golau, wyneb gwelw ac arno wên lydan, gwallt brown wedi'i dyfu'n anffasiynol o hir a llygaid llwydion. Doedd yr olwg allanol yn ysgogi dim chwilfrydedd ynddi ynghylch y bersonoliaeth fewnol, a beth bynnag, fe wyddai o'r gorau fod y person a safai o'i blaen yn gyfeillgar, yn dawel ei natur ac yn gwbl ddi-gic — yn berson neis.

Gosododd ei hun ar y stôl wrth ei hochr. 'Nia. Roeddwn i'n gobeithio y basat ti'n dal yma.'

'Helô, Tim.' Gwenodd yn ôl arno, heb fawr o frwdfrydedd.

'Wedi bod wrthi'n ymarfer?'

''Na ti.' Roedd hyn yn rhan o'r ddefod. Deuai Tim i chwilio amdani ar aml i nos Iau ac ar y cyfan byddai Nia'n falch o'i weld. Ond eto heno fe deimlai braidd yn ddiamynedd. Fe wyddai ei bod hi'n annheg â'r creadur, oherwydd yn ei ffordd swil ei hun roedd o'n gwmni digon difyr. Hi oedd wedi blino mae'n rhaid. Gorfododd ei hun i roi mymryn o wres yn ei gwên gan ymbalfalu yn ei meddwl am rywbeth i'w ddweud.

'Sut ma'r siop?'

'Ddim yn ddrwg, 'sti. Mae hi'n bryd iti ddŵad draw efo llwyth arall a deud y gwir. Ma'r gwaith abstract 'na wnest ti'n mynd fel dwn i'm be, hyd yn oed am y prisia 'dan ni'n eu codi. Ma'r ymwelwyr 'ma wrth eu bodda efo nhw.' A syllodd arni'n edmygol.

Syllodd Nia hithau i waelod ei gwydr gwag gan geisio cael gwared ar ei thymer ddrwg. Fe ddylai fod wedi hen arfer â Tim erbyn hyn a bod yn abl i ddelio â'r ffaith fod ei edmygedd ohoni yn fwy na dim ond edmygedd proffesiynol. Roedd o'n rheolwr siop grefftau leol ac yn un o'r rhai cyntaf i dderbyn gwaith ganddi hi a Siw i'w werthu. Doedd o 'rioed wedi ceisio cuddio'i werthfawrogiad o'r ddwy, na'i ymlyniad personol at Nia. Fe geisiodd hithau berswadio'i hun nad oedd yna ddim i'r peth, a phe bai 'na, doedd Tim erioed wedi mynegi ei deimladau nac wedi gofyn dim byd ganddi. Efallai bod arno ofn colli ei chyfeillgarwch a'i fod yn synhwyro hefyd na fyddai croeso iddo.

'Dwi'n falch bod y modelau'n plesio,' meddai Nia, gan geisio cadw rhyw hwyliau ysgafn i'w sgwrs. 'Pa rai'n neilltuol, y rhai ar ffurf caws llyffant ne'r rhai efo'r sgwariau?' Nid holi er mwyn holi oedd hi; byddai'r wybodaeth yn ddefnyddiol ar gyfer marchnata.

'Y cwbl. Roedd Paul am imi ofalu 'mod i'n archebu mwy oherwydd mae o'n hapus iawn efo nhw. Maen nhw wedi bod yn gwerthu'n dda iawn. Be ti'n wneud ar hyn o bryd 'ta?'

Chwaraeodd Nia â'i gwydr gan fwynhau teimlo'r llyfnder oer yn erbyn ei bysedd. 'Arbrofi efo anifeiliaid clai dwi ar hyn o bryd ond mae 'na fwy o waith efo nhw na'r modelau abstract. Mae pobol yn gwybod sut betha ydi'r anifeiliaid felly mae'n rhaid iddyn nhw fod yn realistig.'

'Mae unrhyw beth ti'n ei wneud yn sicr o fod yn iawn.' Cododd Tim ei wydr hanner peint. 'Ti'n cofio'r llyffantod bach brown a gwyrdd 'na. Mi werthon ni nhw'n syth, o fewn wythnos a deud y gwir, ac mi eith y rhain hefyd, gei di weld. Pa fath o anifeiliaid ydyn nhw?'

'O, cathod, cŵn, y math yna o beth. Meddwl mai dyna fasa'n gwerthu ora.'

'Call iawn. Ac mae cwningod wastad yn boblogaidd,' awgrymodd Tim. 'Ne' be am anifeiliaid fferm, defaid a gwartheg a ballu?'

Ac ŵyn bach yn prancio. 'A deud y gwir,' meddai Nia a thôn ei llais yn fwy sych na'r disgwyl, 'ro'n i'n bwriadu rhoi cynnig ar afr.'

'A pham lai?' chwarddodd Tim. 'Un Anglo-Nubian fel Greta Garbo. A sut mae'r hen greadures erbyn hyn? Unrhyw newydd?'

'Mae ganddi rhyw wythnos arall i fynd dwi'n meddwl. 'Dan ni'n poeni amdani hi braidd a deud y gwir. Ma' hi mor fawr a thrwm, yn byta dim bron ac yn gwneud dim ond rhyw orweddian o gwmpas o fora gwyn tan nos. Cofia, ella mai dyna sy'n naturiol.'

'Galw'r ffariar fasa ora ichi, jyst i wneud yn siŵr bod pob dim yn iawn.' Ac yntau'n ymwelydd cyson â Llwyn Eithin roedd Tim yn hoff iawn o Greta.

'Rhyfadd iti sôn. Mae 'na un yn dŵad acw heno fel mae'n digwydd bod.'

Ni sylwodd Tim ar y dirmyg yn ei llais. 'Hen foi iawn. Dwi'n cofio'i gyfarfod o pan ddaeth o draw i gadarnhau bod Greta'n disgwyl. Mi edrychith o ar 'i hôl hi iti.'

'Dydi o ddim yr un un y tro 'ma. Ma'r hen Rydderch yn sâl, felly 'dan ni 'ngofal rhyw bractis arall.'

'Be ddwedodd hwnnw 'ta?'

''Sgin i'm syniad. Ro'n i wedi gadael cyn iddo fo gyrra'dd.'

Ac roedd hynny'n berffaith wir — mewn ffordd. Am ryw reswm doedd Nia ddim yn rhy awyddus i rannu profiadau rhan gynta'r noson â Tim. Mwya sydyn roedd hi am gael cyrraedd gartref er mwyn cael eu trafod â Siw. Clywed ei rhan hi o'r stori, chwerthin yn braf ac yna anghofio'r cyfan.

'Wel gobeithio'r gora 'te.' Yfodd Tim weddill ei gwrw'n feddylgar. Pan drodd yn ôl at Nia roedd 'na gyffro anarferol yn ei lais. 'Lle mae o? Y practis newydd 'ma?'

'Dwn i'm.' A phwysleisiodd Nia'r ffaith nad oedd ganddi ddim diddordeb mewn cael gwybod chwaith. 'Dim ond rhif ffôn gawson ni. Rhywle yn y cyffinia yma mae'n amlwg.'

'A wyddost ti mo enw'r ffariar chwaith?' Doedd Tim ddim mor daer â hyn fel arfer.

Brathodd Nia'i gwefus. 'Ms Cannington oedd 'i henw hi dwi'n meddwl.'

'Popeth yn iawn felly.' Gosododd Tim ei wydr gwag ar y bar gan edrych o'i gwmpas am rywun i'w weini. 'Cyn belled nad Rhodri Puw oedd o. Seidar arall?'

'Dim diolch, dwi'n gyrru.' Fe'i atebodd yn beiriannol ond roedd ei sylw blaenorol wedi deffro'i chwilfrydedd. Doedd hi 'rioed wedi clywed am — be oedd Tim wedi'i ddweud hefyd — Puw? Ac anaml y byddai ef yn cymryd yn erbyn neb. 'Pwy 'di Rhodri Puw, Tim?' mentrodd.

'Wyddost ti ddim?' Yn ôl y syndod yn llais Tim gallech ddychmygu bod pawb yn y wlad yn adnabod y creadur Puw 'ma. 'Fo 'di'r *athrylith* sy' 'di cychwyn y practis newydd 'ma. Tua blwyddyn yn ôl erbyn hyn mae'n siŵr. Mae 'na griw ohonyn nhw'n gyfrifol am ardal go eang — a'r ffermydd mawr i gyd wrth gwrs. Defnyddio pob math o ryw hen geriach modern.'

Roedd Nia yn dechrau deall; doedd Tim ddim yn or-hoff o dechnoleg, a phob amser yn frwd o blaid dulliau organig. 'Yn ôl pob sôn mae'r holl beth yn llwyddiant aruthrol — a phroffidiol. Ond faint o sylw ma'r anifeiliaid druan yn ei gael, dwn i ddim.'

'Dipyn gwahanol i bractis bach cyfeillgar yr hen Rydderch felly?' Roedd 'na gydymdeimlad yn llais Nia a rhyw ddiddordeb wedi'i gynnau y tu mewn iddi. Gwyddai hefyd ei bod ar dir peryglus gan fod Tim yn dueddol o rygnu 'mlaen. Tybed oedd yna rywfaint o eiddigedd wrth wraidd ei anghymeradwyaeth?

'Hollol wahanol i'r hen Rydderch.' Syllai Tim yn sarrug i waelod ei wydr. 'Mae o wedi'i leoli mewn clamp o blasty mawr. Iawn dramor ella, ond fa'ma? Busnas mawr 'di'r holl beth, a tasat ti'n gofyn i mi mae gwneud pres yn bwysicach na'r gwasanaeth sy'n cael ei gynnig.' Gwenodd Nia'n gynnil. O leia roedd Tim yn gyson ei farn a gellid dibynnu arno fo i ladd ar fusnesau mawrion. 'Gas gen i ddynion fel fo. Penna bach sy'n crwydro'r byd ac yn cymryd arnyn 'u bod nhw'n rhyw fath o arbenigwyr. Mi fasa'n dda gen i tasa fo wedi aros yn Awstralia, ne' America ne' yn lle bynnag ddo'th o ohono fo yn lle dŵad i fa'ma i newid bob dim.' Yna, o'r diwedd, fe dawodd.

'Sut wyt ti'n gwybod cymaint amdano fo, Tim, a finna 'rioed wedi clywed 'i enw fo o'r blaen?' Roedd chwilfrydedd Nia'n dechrau cael y gorau ar ei hawydd i fynd adref.

'Do'n inna ddim chwaith tan 'chydig fisoedd yn ôl. Troi mewn cylchoedd cwbl wahanol.' Ac yna mewn un frawddeg fer daeth Tim at wraidd ei atgasedd o'r dyn. 'Fo 'di ffariar yr Helfa.'

'O! Dwi'n gweld.' Roedd Tim yn casáu hela â chas perffaith a byddai Nia bob amser yn ceisio osgoi'r pwnc yn ei gwmni. 'Felly ti 'rioed wedi cyfarfod y person Puw 'ma?'

'Ddim wyneb yn wyneb, naddo, ond mi dwi wedi'i weld o. Roedd 'na griw ohonon ni'n protestio ar ddechra un o'r helfeydd 'ma ac mi roedd o yno. Rhyw broblem efo un o'r cŵn. Dyna pryd y ce's i 'i hanes o. Ond mi ro'dd hi'n amlwg oddi wrth 'i olwg o pa fath o ddyn oedd o.'

Cymerodd Nia anadl ddofn; roedd ei hamheuon yn cryfhau. Oedd hi angen cadarnhad? 'Pa fath o ddyn felly, Tim?'

'Pam?'

''Mond meddwl.'

Ystyriodd Tim am funud. 'Yr hyn fasat ti'n 'i ddisgwyl mae'n debyg. Calad, *macho*. Ond mi alla' i dy sicrhau di iddo fo gael gwybod be oedd be ganddon ni.'

'Dwi'n siŵr.' Ymdrechodd Nia i reoli'i chynnwrf. 'Waeddodd

o rywbath yn ôl?'

'Argol mawr, naddo siŵr. Wnaeth o ddim symud blewyn. Dim ond dal ati i drin y ci druan cyn gyrru i ffwrdd.'

'Mewn be?' Roedd llais Nia mor dynn nes bod arni ofn y byddai Tim yn sylwi.

'Mae 'na dipyn o amser ers pan ddigwyddodd hyn i gyd, felly gad imi feddwl.' Daliodd Nia'i gwynt. 'Rywbath mawr, gwyrdd tywyll oedd o dwi'n siŵr. Digon tebyg i'r Audis ffansi 'na maen nhw'n eu hysbysebu ar y teledu.' A dyna hoelen arall yn arch y dyn. Rhodres a materoliaeth.

Dyna ni felly. Cadarnhad. Ac mor nodweddiadol o ddynion. Diffinio rhywun yn nhermau'r car roedden nhw'n ei yrru!

Ond doedd dim amheuaeth ynglŷn ag un peth. Yr un dyn oedd gan y ddau mewn golwg.

'Swnio'n hen grinc annifyr.' A gorfododd Nia'i hun i wenu'n braf. Oni bai ei fod o ar gefn ei geffyl mae'n siŵr y byddai Tim wedi sylwi ei bod hi'n dangos cryn dipyn o ddiddordeb yn Rhodri Puw.

'Ti'n gweld rŵan pam 'mod i'n gobeithio nad fo oedd yn dod i weld Greta?'

Cyn i Nia gael cyfle i'w ateb dyma'r gloch yn datgan ei bod hi'n tynnu am amser cau. Gan fanteisio ar y cyfle i ddianc, llithrodd oddi ar ei stôl. 'Rhaid imi fynd, Tim. Wedi addo peidio â bod yn hwyr. Diolch am y cwmni a phaid â bod yn ddiarth. Ro' i ganiad iti yli, unwaith y bydd 'na unrhyw newydd.'

'Diolch, Nia.' Roedd Tim ar ei draed erbyn hyn hefyd, ac fel arfer, a hithau'n gadael, yn swil i gyd. 'Ella y gwela' i chdi ddydd Iau nesa?'

'Siŵr o fod. Wyt ti isio lifft adre?' cynigiodd Nia wrth iddynt fynd drwy'r drws.

'Dim diolch. Mae'r fan gen i.' Roedd Tim yn byw mewn honglad o dŷ mawr blêr ar gyrion y dre efo criw o greaduriaid digon tebyg iddo'i hun.

'Hwyl 'ta.' Cododd Nia ei llaw wrth iddi groesi'r ffordd.

'A phaid ag anghofio ein bod ni angan mwy o stwff gen ti,' galwodd Tim cyn cychwyn i'r cyfeiriad arall, ei ysgwyddau'n grwm a'i ddwylo ym mhocedi ei jîns.

Cerddodd Nia at y fan. Roedd ganddi ddigon i gnoi cil yn ei gylch ar ei ffordd adre. A mwy fyth i'w drafod unwaith y cyrhaeddai yno.

Gan wybod y byddai'r buarth yn wag gyrrodd Nia'n sydyn i fyny'r lôn drol at y bwthyn a thrwy'r giât. Ond yr eiliad nesaf roedd hi'n gwasgu ar y brêc a bu ond y dim iddi daro cefn cerbyd arall a oedd wedi meddiannu'r lle i gyd.

Doedd y buarth ddim yn wag. Roedd Audi gwyrdd tywyll yn ei lenwi, y goleuadau cefn a'r rhai ochr yn sgleinio fel dau bâr o lygaid gwatwarus.

Cyfarfyddiad arall â Rhodri Puw oedd y peth olaf roedd hi wedi'i ddisgwyl heno. Dair awr yn ôl roedd o ar ei ffordd i Lwyn Eithin. Doedd o 'rioed yn dal yma? Pam? Teimlodd Nia'i hun yn tynhau. Oedd yna ryw argyfwng? Greta mewn gwaeth cyflwr nag oedden nhw wedi'i feddwl?

Gan wrthsefyll y demtasiwn i lechu y tu allan yn y cysgodion, cerddodd yn dalsyth i'r bwthyn. Yno, roedd y dyn ei hun yn llenwi'r cyntedd, yn union fel ei gar yn y buarth y tu allan. Gwyrai yn erbyn y wal agosaf at y drws ffrynt, un ben-glin wedi'i phlygu a'i droed yn gorffwyso'n gartrefol yn erbyn y sgyrtin. Roedd ei siaced wedi'i thaflu ar draws ei ysgwydd a golwg hollol ddiemosiwn ar ei wyneb wrth iddo droi i'w hwynebu.

Safai Siw yn nrws y stafell ffrynt, mor ddigyffro ag arfer. Sylweddolodd Nia ei bod hi ar fin hebrwng Rhodri Puw o'r bwthyn.

Siw oedd y gyntaf i siarad, a'i llais fel pe bai'n dod o'r tu allan i gylch gwydr a oedd wedi cwmpasu'r ddau arall.

'Haia. Gyrhaeddist ti'r dosbarth 'ta?' Oedd yna dinc direidus i'w llais tybed?

'Do, diolch.' Caeodd Nia'r drws a phwyso'i chefn yn ei erbyn. 'Sut ma' Greta. Oes 'na rywbath yn bod?'

'Dim byd o gwbl,' prysurodd Siw i'w argyhoeddi.

'Fi oedd wedi argymell cwrs o fitaminau,' eglurodd Rhodri'n oeraidd. Roedd ei lygaid tywyll wrthi'n asesu Nia a hithau wedi'i

28

gwisgo'n fwy confensiynol erbyn hyn mewn jîns tywyll a siwmper hufen. Oedd o'n siomedig tybed, neu'n hoffi'r hyn oedd o'i flaen neu'n gwbl ddifater yn ei chylch? 'Ond mi wnes i anghofio eu gadael nhw yma.'

'Mae Mr Puw wedi bod yn garedig iawn yn picio â nhw ar 'i ffordd adre. Mi gafodd o alwad frys ti'n gweld ac mi fu'n rhaid iddo fo ddiflannu'n reit sydyn.' Roedd Siw yn dal i wenu'n braf. 'Dwi'n deall y'ch bod chi'ch dau wedi cyfarfod eisoes felly does dim isio i mi'ch cyflwyno chi, nac oes?'

'Wedi cyfarfod ond heb gael ein cyflwyno'n ffurfiol i'r naill a'r llall, naddo *Miss Tudur* .' Caledodd ei lais wrth iddo bwysleisio ei henw ac yn y cyntedd cyfyng roedd ei bresenoldeb i'w deimlo'n dipyn cryfach nag allan yn yr awyr agored.

'Naddo, Mr Puw.' Ar yr wyneb ymddangosai Nia'n gwbl hunanfeddiannol. 'Roeddwn i'n sylweddoli dy fod ti, fel finna, ar dipyn o frys a doeddwn i ddim yn gweld diben gwastraffu amser yr un ohonon ni efo rhyw fanylion dibwys. Roeddat ti'n siŵr o gael gwybod y gwir yn ddigon buan beth bynnag.'

'Dwi'n gweld.' Oedd o'n flin neu a oedd ei chynllwyn bach hi wedi ei ogleisio rhyw fymryn? Roedd hi'n amhosibl dweud. 'A do, mi ge's i 'ngoleuo gan Miss Huws, diolch yn fawr.'

'Mae bob dim yn iawn felly, 'tydi?'

Efallai ei bod hi wedi synhwyro'r tyndra oedd o gylch Nia ond roedd Siw yn anarferol o siaradus. 'Yn ôl Mr Puw mae Greta'n reit dda o ystyried ei sefyllfa ac mae'n gwbl naturiol iddi fod braidd yn ddifywyd. Mi ddylai fedru rhoi genedigaeth i'r un bach yn ddigon didrafferth, ond os ydan ni'n poeni . . . '

'Cysylltwch â fi ar bob cyfri. Unrhyw adeg. Cyn, yn ystod neu ar ôl y geni. Ond mae'n well gen i adael llonydd i natur wneud ei waith, os nad ydi hynny'n peryglu bywyd wrth gwrs.'

'Digon teg.' Tro Nia oedd hi i fod yn amheus yn awr. Mae'n amlwg fod ei agwedd at eifr yn gwbl wahanol i'w agwedd at lwynogod, neu a oedd o'n ceisio dangos ochr feddalach ei bersonoliaeth iddi, a hynny'n fwriadol am ryw reswm.

'Ond wrth gwrs ti'n poeni dim am beryglu bywyd creaduriaid gwyllt.'

Llyncodd yntau'r abwyd. 'Anifeiliaid dof ddylai gael blaenoriaeth yn sicr. Dim y dylai rhywun wneud ati i ladd llwynog chwaith — dim o'r fath beth. Ond os ydi hi'n fater o ddewis rhwng ei fywyd o a 'mywyd i . . .'

Bu bron i'w wên gynnil fod yn ddigon i doddi calon Nia.

'Neu bywyd dy gar di.' Ei greddf ymosodol hi a drechodd yn y diwedd.

'Neu 'nghar i,' cytunodd yntau heb unrhyw gywilydd.

'Ond yn y diwedd roeddat ti, y car a'r llwynog yn berffaith iawn.' Llwyddodd i reoli ei llais gan beidio â swnio'n rhy ymosodol. 'A doeddwn inna ddim gwaeth chwaith.'

'Diolch i'r drefn.'

A dyna pryd y penderfynodd Siw ei bod hi'n bryd dod â'r ddadl i'w therfyn. Symudodd yn anniddig o'r naill droed i'r llall a chlirio'i gwddf. 'Os wnewch chi f'esgusodi i,' meddai gan agor ei cheg yn fawr, 'dwi ddim wedi arfer efo cymaint o gynnwrf â hyn a hitha mor hwyr. A dwi'n un o'r bobol 'ma sy'n flin fel tincar os na cha' i noson dda o gwsg.' Syllodd i fyw llygaid eu hymwelydd a chafodd Nia sioc o'i gweld yn ymddwyn mor bryfoclyd. Roedd hyn yn rhywbeth newydd i'r Siw ddi-lol nad oedd bron byth yn dangos ei theimladau.

'Mae'n anodd gen i ddychmygu hynny, Miss Huws.' Bonheddig iawn. Ni allai Nia beidio â sylwi ar y gwahaniaeth yn ei ymateb tuag at y ddwy ohonynt. 'Ond 'dach chi'n iawn, mae hi yn hwyr.'

Symudodd tuag at Siw a'i law dde wedi ei hestyn. Ysgydwodd hithau hi. 'Hwyl rŵan, Mr Puw a diolch yn fawr ichi.' Yna diflannodd i'r ystafell fyw gan adael llonydd i'r ddau ohonynt.

Cyn i Nia allu dweud dim roedd Rhodri wedi gwisgo'i siaced ac yn cerdded tuag ati. Wrth gwrs, roedd hi'n sefyll o flaen y drws ffrynt! Camodd i'r ochr i'w agor iddo a chan bod un llaw ar y bwlyn a'r llall yn dal ei dillad aerobics doedd ganddi ddim llaw rydd i'w hysgwyd — hyd yn oed pe bai o wedi cynnig!

'Mae hi'n ddigon posib nad fi fydd yn galw'r tro nesa. Debra Cannington sy'n ateb galwadau tai fel arfer.'

Ymatebodd Nia i'r pellter yn ei lais. 'Hi sy'n gorfod ymweld ag anifeiliaid anwes mae'n siŵr, y math sy'n gannwyll llygad i ryw hen ferched gwirion?'

Gwenodd arni'n ddifalais. Doedd o'n amlwg ddim am wastraffu mwy o'i amser yn dadlau. Wel, fe allai hithau fod yr un mor haerllug. 'Hwyl 'ta,' meddai gan amneidio tuag at y drws. Gobeithiai fod difaterwch ei llais yn profi nad oedd ganddi'r awydd lleiaf i'w weld o fyth eto.

Ond roedd o'n oedi wrth y drws a thinc chwareus ei eiriau nesaf yn amlwg. 'Cofia di, os y gwnawn ni gyfarfod eto, o leia mi fydda i'n gwybod pwy wyt ti.'

'Wyddwn inna ddim pwy oeddat titha chwaith,' taniodd Nia'n ôl.

'Ddim ar y pryd ella, ond roeddat ti'n gwybod yn iawn be oeddwn i pan roist ti'r cyfarwyddiada 'na imi ynglŷn â sut i ddod yma. Pam na ddeudist ti rywbath?'

'I be? Roeddat ti'n siŵr o gael gwybod yn hen ddigon buan.'

'O oeddwn!' Ac fe wenodd yn hollol annisgwyl. Yn ei farn o roedd hi'n bryd cymodi. 'Yn anffodus mae'n rhaid imi ohirio'r drafodaeth ddifyr yma. Mae'n hwyr a finna efo diwrnod prysur o 'mlaen fory. Nos da, Miss Tudur.'

A'r eiliad nesaf roedd o wedi gwthio heibio iddi ac yn brasgamu at ei gar. Syllodd Nia mewn anghrediniaeth arno'n gadael. Ar ôl hynna i gyd, fo oedd wedi llwyddo i gael y gair olaf. Caeodd y drws a cherdded yn araf i'r ystafell fyw.

Roedd Siw wrthi'n tacluso ac ymunodd Nia â hi gan daflu papurau i'r gornel fel petai'n dal dig yn eu herbyn. Am funud neu ddau ni siaradodd yr un o'r ddwy. Yna gwelodd Nia y miri yn llygaid Siw ac ymhen dim roedd y ddwy yn chwerthin yn afreolus ar y soffa.

Pan welodd ei chyfle i gael dipyn o sylw neidiodd Matilda, cath frith Nia, i'w chôl ac wrth fwytho'r blew meddal cynnes dechreuodd hithau ymlacio.

'Un ddrwg wyt ti!' meddai Siw wedi i'r pwl chwerthin ddarfod. 'Pam yn y byd wnest ti'm deud wrtho fo?'

'Tasat ti wedi'i weld o, Siw. Yn 'i gar drud, yn rhedeg ar fy nreifio i ac yn ein galw ni'n ddwy hen ferch. Roedd hi'n hen bryd

31

i rywun ddysgu gwers i'r diawl bach nawddoglyd.'

'Ond y peth ydi,' torrodd Siw ar ei thraws, 'dwi'm yn siŵr pwy gafodd fwya o sioc pan agoris i'r drws — y fo 'ta fi.'

'Mae'n ddrwg gen i am hynny, Siw.' Roedd Nia'n gwbl ddiffuant, ond roedd 'na loywder yn ei llygaid wrth iddi wyro 'mlaen i holi mwy ar ei ffrind. 'Deud wrtha' i be ddigwyddodd. Sut oeddat ti'n gwybod 'i fod o wedi 'ngweld i? Be ddeudodd o?'

Roedd Siw yn un dda am ddynwared ac wrth ei bodd â stori dda. Mabwysiadodd lais dwfn a gosod gwg ar ei hwyneb. 'Dyma ddeudodd o: "Mae gen i ofn nad ydi Ms Cannington ar gael heddiw ond dwi'n gobeithio y gwna' i'r tro." Dwi'n siŵr y gwnewch chi, medda finna ar ôl imi ddod dros y sioc. Wedyn dyma fo'n deud, "Mi faswn i wedi bod yma'n gynt 'blaw am y gyrrwr chwartar call 'ma; mi aeth petha braidd yn flêr mae gen i ofn." Does 'na ddim difrod mawr gobeithio, Mr Puw? medda finna, a'r ateb ge's i oedd, "Dim byd fasach chi'n sylwi arno fo, Miss Huws." Roedd o'n amlwg wedi cynhyrfu felly mi gynigis i baned o de iddo fo.'

'Dderbyniodd o?' Te oedd meddyginiaeth Siw i bopeth, ond tybiai Nia y byddai Rhodri wedi gwerthfawrogi mwy ar wisgi bach ar ôl y fath helynt.

'Na. Wnaeth o ddim diolch i mi hyd yn oed. Roedd o ar ei hôl hi fel ag yr oedd o, medda fo. Roedd o'n goblyn o swta, 'sti.'

'O diar.' Bu'n rhaid i Nia ymdrechu i ymddangos yn ddifrifol.

'Yna fel roeddan ni'n croesi'r buarth dyma fo'n troi ata' i a gweiddi, "Llancas a hannar mewn dillad dawnsio. Doedd hi'm ffit i fod y tu ôl i olwyn car heb sôn am olwyn hen siandri rydlyd".'

Cystal oedd dynwarediad Siw fel y cafodd Nia bwl arall o chwerthin. 'O na,' meddai gan guddio ei hwyneb yn ei dwylo. 'A be ddwedist ti?'

'Be fedrwn i ddeud? Roedd o mor ddrwg 'i hwyl ac roedd hi'n amlwg am bwy roedd o'n sôn. A be goblyn ti 'di bod yn 'i wneud yn fy fan fach i,' mynnodd.

'Dim byd, Siw. Wir iti, does 'na ddim marc arno fo. A does 'na 'mond rhyw sgriffiad bach ar y Puwmobile chwaith. Beth bynnag, roedd hi'n gymaint o fai arno fo ag oedd hi arna' i.

Wyddost ti'r gornel 'na wrth Gae Hebog? Wel, mi gymerodd o hi'n rhy sydyn o'r hanner, a'r cwbl oeddwn i'n drio'i wneud oedd osgoi'r llwynog felltith 'ma.'

'Felly ro'n i'n deall.'

'Be? Mi soniodd o am y llwynog?'

Aeth Siw ymlaen â'i dynwared: 'Peryglu ei bywyd ei hun a f'un inna er mwyn llwynog o bob dim.'

'Y diawl digywilydd,' ffrwydrodd Nia.

'Ac wrth gwrs, mi ofynnis inna oedd gan y ferch 'ma wallt gola ac oedd hi wedi'i gwisgo mewn leotard. Fel petawn i ddim yn gwybod. Mi edrychodd arna' i'n syn a gofyn, "'Dach chi'n ei nabod hi, Miss Huws?" Ac mi ge's inna bleser mawr wrth ateb, "Fy fan i 'di'r hen siandri roeddach chi'n cyfeirio ati, a'r person oedd yn gyrru ydi perchennog y tŷ 'ma, fy ffrind a 'mhartner busnes, Miss Nia Tudur".'

'O, Siw!' ebychodd Nia. Prin nad oedd hi'n dechrau teimlo piti dros Rhodri Puw. 'Be 'nath o wedyn?'

'Cau ei geg yn dynn a rhoi cam ne' ddau yn ôl, fel pe bawn i wedi'i daro fo. Wedyn dyma fo'n gofyn, "Be am yr afr 'ma, 'ta?" Ac mi arweiniais i o'n syth i'r sgubor. Unrhyw beth i dynnu'i feddwl o oddi arnat ti.'

Tynnu coes oedd Siw, ond penderfynodd Nia ei bod hi'n hen bryd dod â'r sgwrs am Rhodri Puw i'w therfyn. 'Felly, mi gafodd o olwg iawn ar Greta?'

'Do wir. Be bynnag arall ddeudi di amdano fo, mae o'n ffariar penigamp. Yn gryf, yn drwyadl a thyner. Mi ymlaciodd Greta ar unwaith, fel petai hi'n gwybod ei bod hi dan ofal da. Ac mae'n rhaid imi gyfaddef 'mod i wedi cael trafferth i dynnu fy llygaid oddi ar ei ddwylo fo,' cyfaddefodd Siw gan gochi rhyw fymryn. 'Ma' ganddo fo'r bysedd hirion 'ma — bysedd artist.'

'Hy! Y fo'n artist! Dim os oes 'na sail i'r hyn dwi wedi'i glywed.'

'Be wyt ti wedi'i glywed felly?' Roedd Siw yn chwilfrydig.

'Cyfarfod Tim yn y dafarn wnes i,' eglurodd Nia. 'Fo ddechreuodd sôn am Puw ac mi wnes inna nabod y disgrifiad.' Ond erbyn hyn roedd hi wedi cael llond bol, a'r hyn roedd hi eisiau ei wneud yn fwy na'r un dim arall oedd anghofio'r cwbl am y digwyddiad anffodus. Dyna'r oedd hi am drio'i wneud beth bynnag.

Gan symud Matilda oddi ar ei glin, cododd Nia ar ei thraed ac ymestyn ei breichiau i'r awyr. 'Gei di'r hanes eto, iawn? Dwi 'di ymlâdd.' A dyna'r gwir; teimlai'n gwbl ddiegni. 'Mae'n ddrwg gen i am beidio â bod mor ofalus ag y dylwn i efo'r fan, ond wir iti, roedd y Puw 'na'n gwneud i betha swnio'n waeth o lawer nag oeddan nhw mewn gwirionedd.'

'Paid â phoeni am y peth.' Roedd Siw ar ei thraed erbyn hyn hefyd ond roedd meddwl Nia wedi crwydro'n ôl i'w chyfarfyddiad cyntaf â Rhodri Puw.

'Oedd o'n dy atgoffa di o lwynog, Siw?'

'Cyfrwys ti'n feddwl?'

'Na, nid hynny. Rhywbeth ynglŷn â'i osgo, a'r lliw coch 'na yn ei wallt o.' Chwarddodd wrth weld yr olwg hurt ar wyneb ei ffrind. Doedd hi'n amlwg ddim yn ddeall. 'Ond dyna ddigon am Sion Blewyn Coch am heno! Mi fasa'n well i mi roi bwyd i'r gath 'ma.'

Dilynodd Siw hi i'r gegin a'i gwylio'n agor tun o fwyd cath tra oedd Matilda'n nyddu o gwmpas eu traed.

'Gyda llaw,' roedd llais Siw yn anarferol o uchel a chododd Nia'i chlustiau ar unwaith, 'bron imi anghofio. Mi ffôniodd Meurig i ofyn faswn i'n hoffi mynd efo fo i'r parti 'ma ym Mangor nos Sadwrn. Oes ots gen ti?'

Edrychodd Nia ar ei ffrind. Roedd hi'n fflamgoch ac wedi ffrwcsio'n lân ac fe wyddai Nia nad anghofio dweud wnaeth hi; roedd meddwl am ddweud wrth ei ffrind wedi bod yn boen meddwl i Siw yn amlwg.

'Wrth gwrs nad oes ots gen i. A fedrwn i ddim dod efo chi beth bynnag. Dwi 'di addo gwarchod i Rhys ac Eleri Davies nos Sadwrn.'

'Isio iti wybod 'mod i'n mynd allan oeddwn i. Efo Meurig.' A dyna'r cwbl a fu. Gadawodd Siw y gegin a rai munudau'n ddiweddarach clywodd Nia hi'n cau drws y stafell 'molchi.

Wrth i Matilda lowcio'i swper ystyriodd Nia'r datblygiad

diweddaraf hwn. Roedd Meurig yn gyfrifydd, yn bartner yn y cwmni oedd yn delio â materion ariannol y ddwy. Roeddent yn hoff ohono, ar lefel broffesiynol, ond yn ddiweddar roedd Siw wedi bod yn gweld cryn dipyn arno'n gymdeithasol. Ar ôl bod allan yn ei gwmni ychydig iawn fyddai ganddi i'w ddweud wrth Nia a byddai bob amser yn ei sicrhau bod pobl eraill wedi bod gyda nhw hefyd. Ond bu Siw yn un ddigon tawedog erioed ynghylch materion personol — gwyddai am farn gref ei ffrind ynghylch dynion a'r modd yr oedd cariad yn gallu drysu bywydau. Er bod Nia'n gwybod nad oedd Siw yn cytuno'n llwyr â hi yn hynny o beth, doedd dim wedi digwydd i gynhyrfu'r dyfroedd, hyd yma beth bynnag.

Penderfynodd Nia mai doethach fyddai peidio â dod i unrhyw gasgliadau byrbwyll. Dyna'n union a wnaeth Puw. Beth bynnag, roedd gan Siw berffaith hawl i fynd i bartïon â phwy bynnag a fynnai, ac roedd Meurig yn gwmni digon difyr. Onid oedd hithau o bryd i'w gilydd yn mwynhau ennyn edmygedd dynion? Yn wir, roedd dipyn bach o fflyrtio diniwed yn gallu bod yn hwb i'r galon! Na, ar hyn o bryd, nid oedd angen gwneud môr a mynydd o gyfeillgarwch y ddau.

Ar ei ffordd i'r stafell 'molchi curodd Nia ar ddrws stafell wely Siw a sibrwd,

'Cysga'n dawel.'

'Nos da,' galwodd ei ffrind yn ôl yn gysglyd.

Wrth syllu ar ei hadlewyrchiad yn y drych uwchben y sinc, tybiai Nia fod ei hwyneb yn gochach nag arfer. Slempiodd ddŵr ar ei bochau cyn cychwyn ar y ddefod nosweithiol o ofalu am ei chroen. Wrth lanhau ei dannedd chwarddodd yn uchel. Wedi gor-flino roedd hi — gormod o ymarfer, gormod o ddrama, gormod o lwynogod!

Tynnodd goban las ysgafn dros ei phen gloyw cyn llithro o dan y cwilt. Agorodd ei cheg yn fawr gan deimlo'i hun yn ymlacio'n braf — yn falch fod y cyfan ar ben.

Tri

'Damia fo!' Sychodd Nia ei dwylo budron ar ei jîns butrach fyth. Ddeuai ysbrydoliaeth ddim iddi heddiw, roedd hynny'n amlwg. Doedd wahaniaeth yn y byd beth a wnâi i'r lwmp clai o'i blaen — roedd o'n benderfynol o aros yn lwmp o glai. Yn sicr ddigon doedd o ddim am fod yn afr.

'Dydi'r ffaith fod Greta mor fawr a chrwn ar hyn o bryd ddim yn help mae'n siŵr.' Ceisiodd Siw godi ei chalon ond ni chafodd Nia'i hargyhoeddi ganddi. Hi ei hun oedd ar fai, nid y model. Bob tro roedd hi'n dechrau cael rhyw lun ar bethau roedd delwedd arall yn meddiannu ei meddwl gan amharu'n llwyr ar ei gallu i ganolbwyntio. Na, er iddi geisio'i gorau i'w anwybyddu, roedd wyneb cofiadwy Rhodri Puw yn mynnu serennu o'i blaen.

Erbyn hanner awr wedi chwech roedd hi'n fwy na pharod i roi'r gorau i'r frwydr. Roedd Siw, yn ei ffrog a'i hwyliau gorau, eisoes ar ei ffordd i fflat Meurig ym Mangor. Ymolchodd Nia a newid i bâr o legins glas a chrys denim. Bod yn gyffordus oedd yn bwysig heno gan na wyddai'r ddau fach y byddai yn eu cwmni ddim oll am steil. Gwern a Mali Davies — pedair a phump oed: dau o'i hoff bobl a'r ddau yn ei hedmygu'n fawr iawn. Roedd eu rhieni yn gymdogion penigamp a dyma un ffordd y gallai Nia a Siw dalu'n ôl iddynt am eu caredigrwydd.

Ac roedd hi'n ffordd ddigon pleserus hefyd. Roedd Nia'n hoff iawn o blant, yn mwynhau eu gonestrwydd a'u hasbri. Chaech chi neb gwell fel modryb na gwarchodwraig. Doedd dim o'i le ar deuluoedd — teuluoedd pobl eraill, ond roedd hi wedi gweld y drwg à wnâi ymrwymiadau teuluol i yrfa merch. Dyna ichi Eleri

36

Davies a roddodd y gorau i swydd dda ar un o'r papurau dyddiol i weithio'n anghyson o'i chartref fel newyddiadurwr ar ei liwt ei hun. A Sioned, chwaer-yng-nghyfraith Nia, a arferai ennill cyflog da fel clerc cyfreithiol cyn symud i'r wlad i briodi a chael plant.

Ond yr enghraifft orau oll oedd mam Nia. Crefftwraig wych a enillai'r gwobrau lleol i gyd am nyddu a gwau pan oedd yn ifanc. Yna fe briododd a setlo i fagu llond tŷ o blant bywiog. Trwy gydol plentyndod Nia bu'r droell nyddu a'r fframiau brodio'n hel llwch yn yr atig, ac yno'r oedden nhw byth. Doedd ryfedd iddynt ddatblygu'n symbolau iddi o beth allai ei mam fod wedi ei gyflawni pe bai hi wedi penderfynu ar gwrs gwahanol mewn bywyd neu wedi mynnu rhyw fath o gyfaddawd.

Pe bai'n onest byddai'n cydnabod bod ei mam wastad wedi bod yn ddigon hapus i wneud popeth a allai yn ystod ei hamser sbâr i sicrhau llwyddiant busnes ei gŵr. Ond i Nia roedd y peth yn drychineb. Byddai'n syllu ar olion gwaith llaw ei mam o gwmpas y tŷ — matiau a sampleri wedi'u gwneud flynyddoedd yn ôl ond â'u lliwiau a'u patrymau mor fyw a lliwgar ag erioed. Na, doedd ei mam byth yn cwyno ond ni allai Nia ddeall pam na ddefnyddiodd ei doniau. A pham ddylai anghenion a sgiliau'i thad (neu ei brawd neu Rhys Davies o ran hynny) gael y flaenoriaeth o hyd?

Yn un ar bymtheg oed, pan ddaeth hi'n amlwg ei bod hithau'n meddu ar ddawn artistig go arbennig, gwnaeth Nia adduned â hi ei hun a'r adduned honno oedd yn llywio ei bywyd. Wnâi hi byth aberthu ei dawn oblegid rhyw ysfa gyntefig i briodi a bod yn fam. Roedd hi'n unigolyn a chanddi ei hanghenion a'i huchelgais, ac roedd hi am fod yn gyfan gwbl gyfrifol am ei bywyd ei hun. Roedd ei phartneriaeth gyfeillgar â Siw yn un peth; ond byddai ildio emosiynol yn siŵr o olygu gorfod ildio'i hannibyniaeth hefyd.

Roedd hi'n mwynhau cwmni dynion, ond hyd yma llwyddodd i'w cadw hyd braich oddi wrthi. Dim ond corwynt go iawn a allai newid ei meddwl ond doedd dim wedi dod yn agos at gynhyrfu'r dyfroedd hyd yn hyn. Credai Nia fod Siw yn cytuno â'i syniadau, ond fe'i synnwyd gan yr argraff a gafodd neithiwr bod ei ffrind ffyddlon am wyro oddi ar y llwybr cul.

Caeodd Nia y drws ffrynt ar ei hôl a chroesi'r buarth. Roedd ei hen MG wedi'i drwsio a griddfanodd wrth lamu drwy'r giât agored. Ond yn sydyn, daeth i stop ac allan â Nia gan frasgamu yn ôl ar draws y buarth heb ddiffodd yr injan. Â'i phen yn y gwynt fel arfer roedd hi wedi anghofio cau cwt yr ieir am y nos. Roedd y creaduriaid gwirion yn clwydo'n reddfol wrth iddi nosi, wrth gwrs. Dyma nhw yn clwcian yn gysglyd yn eu bocsys nythu, ond doedd yr un iâr yn y byd yn medru cau drysau.

Cwynodd Nia wrthi'i hun wrth iddi yrru i lawr y ffordd o'r diwedd. Dyma hi unwaith eto yn cychwyn i rywle pan ddylai hi fod yn cyrraedd. Ond dim ond pum munud o daith oedd ganddi ac mi ddylai Eleri a Rhys gyrraedd y ffilm efo digon o amser yn weddill.

Lai na phedair awr yn ddiweddarach roedd hi yn ei hôl. Wrth ymbalfalu â'r goriad yng nghlo y drws ffrynt gallai glywed y ffôn yn canu'n glir. Gan ruthro i mewn cydiodd yn y derbynnydd a gollwng ei bag ar y llawr.

'Helô?' Roedd hi wedi colli'i gwynt yn lân.

'Nia? Chdi sy' 'na?' Roedd llais Siw yn aneglur, a'r dwndwr yn y cefndir yn profi bod yna fwynhau garw i'w gael. Bron na allai Nia arogli'r mwg a'r alcohol.

'Pwy ti'n feddwl sy' 'ma?' Ni fu'n fwriad ganddi fod mor swta ond roedd hi wedi rhuthro at y ffôn. 'Wyt ti'n cael amser da?' Meddalodd ei llais gan obeithio nad oedd Siw wedi sylwi ar ei diffyg amynedd.

'Ydw wir. Ma'r parti 'ma'n grêt.' Swniai Siw fel pe bai wedi cael rhyw ddiferyn bach yn ormod. Gwenodd Nia. Anaml iawn y byddai ei ffrind yn gor-wneud dim ac roedd hi'n amlwg fod y ddiod wedi mynd yn syth i'w phen. 'Dwi'n falch 'mod i wedi cael gafael arnat ti. Ro'n i isio gofyn fasa ots gen ti taswn i'n aros yma dros nos. Ti'n gweld, dwi ddim yn meddwl y dyliwn i yrru, a dydi fflat Meurig 'mond dau funud i ffwrdd felly roeddan ni'n meddwl . . . ' Diflannodd ei llais yn ddim.

Lledodd gwên Nia, ond doedd hi ddim yn wên gwbl ddiffuant

chwaith. 'Wrth gwrs nad oes ots gen i. Ac ers pryd ma'n rhaid iti ofyn am fy nghaniatâd i? Dwi ddim yn fam iti a does wahaniaeth yn y byd gen i yn lle, nac efo pwy ti'n cysgu.' Bu'n rhaid iddi ymdrechu i gadw tôn ei llais yn ysgafn ddifater.

'Dwi'n gwybod hynny, Nia, ond . . . ' Oedodd Siw, gan geisio meddwl beth ddylai ddweud nesaf. 'Cyn belled ag y byddi di'n iawn ar dy ben dy hun.'

'Wrth gwrs y bydda i. Dwi wedi bod ar fy mhen fy hun o'r blaen wyddost ti.' Ceisiodd Nia orfodi ei hun i ymlacio. 'Rŵan, gwna di'n siŵr dy fod ti'n mwynhau dy hun. A phaid â phoeni.'

'Iawn, wela' i di fory ryw ben, 'ta. O, a Nia . . . '

'Ia?' Be rŵan neno'r tad. Eisteddodd Nia ar y llawr.

'Wnei di ddim anghofio mynd i gael golwg ar Greta cyn iti fynd i'r gwely, na wnei?' Ynghanol rhialtwch parti hyd yn oed nid oedd Siw yn un i anghofio'i dyletswyddau.

'Ar fin gwneud oeddwn i. Rŵan, dos i fwynhau dy hun a phaid â brysio'n ôl fory chwaith. Wela' i chdi pan wela' i chdi, iawn?'

'Iawn. A Nia, diolch yn fawr iti. Dwi'n mynd rŵan.'

'Nos da, a phaid â gwneud dim . . . ' ond dim ond hymian gwag oedd i'w glywed erbyn hyn. Syllodd Nia ar y derbynnydd am eiliad cyn ei osod yn ôl yn araf.

Ar ôl tyrchu am y fflachlamp, allan â hi i'r sgubor. Roedd Greta'n gorwedd ar ei hochr, ei choesau ar led. Pan welodd hi Nia ymdrechodd i godi ar ei thraed, ond disgynnodd yn sigledig yn ôl i'r gwair. Anelodd Nia olau'r fflachlamp ar wyneb yr arf. Oedd yna ofn yn ei llygaid? Symudodd y golau i lawr ar hyd y corff. Roedd hi'n tuchan digon, y cyw y tu mewn iddi'n cicio, neu . . . ?

Dringodd Nia i gorlan Greta a phenlinio wrth ei hochr. Ag un llaw mwythodd y clustiau melfedaidd a gosod y llall ar yr ystlys gynnes gan ganolbwyntio ar yr hyn a deimlai. Cyhyrau'n tynhau'n sydyn ac yna'n ymlacio. Doedd dim amheuaeth fod Greta ar fin esgor!

O na! Be rŵan? Gadael i natur gymryd ei gwrs, dyna oedd cyngor Rhodri Puw. Ond ers faint oedd Greta wedi bod yn y cyflwr hwn? A beth yn union *oedd* cwrs natur? Beth pe na bai

Greta yn gallu dygymod ar ei phen ei hun? Gan geisio rheoli ei phanig anelodd Nia ei golau at ben isa'r afr. Fyddai hi fawr callach pe bai rhywbeth yn digwydd. Y foment honno ysgydwodd Greta drwyddi gan wneud sŵn a oedd yn gymysgedd o frefu a griddfan. Rhewodd Nia pan welodd rywbeth yn dechrau ymddangos, ac yna'n diflannu eto. Efallai y byddai popeth yn iawn wedi'r cyfan. Dim ond iddi aros yma yn gwmni i'r afr. Gan eistedd yn hollol lonydd anogodd Greta yn ei blaen, a phob nerf a chyhyr yn dynn.

Roedd y pwl drosodd a Greta wedi llwyr ymlâdd. Dim ond sŵn ei griddfan a'i hanadlu anwastad a dorrai ar y tawelwch. Ymhen ychydig, wedi ei dychryn gan ei llesgedd anelodd Nia'r fflachlamp arni unwaith eto. Oedd, roedd yna rywbeth i'w weld — y pen ar ei ffordd allan mae'n siŵr.

Ond nid pen mo hwn, ond carnau bach pitw. Roedd y creadur yn ceisio cael ei eni ond yn methu cydymffurfio â'r drefn. Doedd Nia ddim yn arbenigwr ond fe wyddai mai'r pen oedd i fod i ymddangos gyntaf. Roedd Greta wedi rhoi'r gorau i ymdrechu; roedd ei llygaid yn ddwl a'i phen yn drwm. Roedd rhywbeth o'i le.

Gwyddai Nia yn iawn beth oedd y cam nesaf. Wedi sibrwd geiriau cysurlon yng nghlust Greta carlamodd am y tŷ ar goesau sigledig ac anelu'n syth am y ffôn. Doedd dim pwrpas iddi boeni Siw, hyd yn oed pe gwyddai'r rhif. Go brin y gallai gyflawni dim o Fangor ac ni allai yrru beth bynnag. Doedd dim amdani ond galw Rhodri Puw. Wel, roedd o wedi dweud wrthyn nhw am alw pe baen nhw'n poeni, on'd oedd? Ac roedd hyn yn fwy na dim ond poeni — roedd hyn yn argyfwng!

Â bysedd crynedig daeth Nia o hyd i'r rhif yn y llyfr a deialu. Gwnaeth lanast o bethau a gorfod dechrau eto. Wedi iddi ddeialu'r rhif cywir o'r diwedd doedd dim taw ar y canu. Roedd dwrn Nia'n wyn o amgylch y derbynnydd. Pam nad oedden nhw'n ateb? Mae'n rhaid fod rhywun ar ddyletswydd, hyd yn oed berfeddion nos fel hyn. Rhif cartref Rhodri oedd hwn, yr un oedd o wedi'i roi i Siw ar gyfer argyfyngau. Mae'n rhaid fod 'na ffordd o drosglwyddo negeseuon . . . O'r diwedd. Cymerodd

Nia anadl ddofn, gan baratoi i adrodd ei stori.

'Ia?' Llais merch. Adnabu Nia ef ar unwaith: oer ac aruchel. Roedd hi wedi siarad â'r llais yma o'r blaen.

'Ydw i'n siarad efo'r ffariar?' Cwestiwn gwirion, ond roedd Nia wedi'i chynhyrfu.

'Ydach. Debra Cannington sy' 'ma. Fedra' i'ch helpu chi?'

'Medrwch. 'Dach chi'n gweld, ma'n gafr ni ar fin esgor ond doedd 'na ddim byd i fod i ddigwydd am sbel a . . . '

'Does dim angen poeni os ydi hi ychydig ddyddiau'n gynnar. Mi ddylai fedru dygymod yn ddigon didrafferth.' Roedd yna dinc diamynedd yn ei llais, a dirmyg hefyd tuag at bwy bynnag oedd wedi ei galw am ddeg munud i hanner ar nos Sadwrn, dim ond i ddweud hyn. Ceisiodd Nia reoli'i chynnwrf.

'Na, dydach chi ddim yn deall. Mae o'n dod allan. Mi alla' i ei weld o, ond dim ond y traed. Be dwi'n drio'i ddeud ydi 'mod i'n meddwl ei fod o'n cael ei eni'r ffordd anghywir.'

'Mae popeth yn iawn,' cysurodd y llais hi. 'Mae'r traed blaen yn ymddangos yn gyntaf yn eitha aml. Rhowch amser iddi. Ers pryd mae hi wedi bod fel hyn?'

'Dyna'r peth, dwi ddim yn gwybod. Oriau ella; dwi wedi bod allan. A rŵan does 'na ddim byd o gwbl yn digwydd, ac mae Greta wedi ymlâdd, fel pe bai hi . . . '

O'r diwedd roedd hi wedi llwyddo i ennyn diddordeb Ms Cannington, diolch i'r drefn. 'Dim yn digwydd?'

'Pan ddois i adre am un ar ddeg roedd hi yn ei chanol hi. Roeddwn i isio gweld bod pob dim yn iawn a dyma fi'n gweld y traed 'ma, ond dim byd wedyn. 'Plis dewch,' crefodd. 'Dwi'n siŵr fod angen help arni. Dwi'n gwybod 'i bod hi'n hwyr, ond mi ddwedodd Mr Puw . . . '

'Wela' i.' Siaradai'r milfeddyg yn gwbl hamddenol a digynnwrf, ac roedd gan Nia gywilydd o'r llifeiriant o eiriau a ddaeth allan mor sydyn. 'Wel, Mr Puw sydd ar ddyletswydd ond mae o allan ar hyn o bryd. Dwi ddim yn gweithio heno fel mae'n digwydd. Ar fin cael bàth oeddwn i,' ychwanegodd yn gyhuddgar, fel pe bai Nia wedi tarfu arni'n fwriadol.

'O.' Dechreuodd Nia ddadansoddi'r wybodaeth hon. Ms Cannington ar ei ffordd i'r bàth, yng nghartref Rhodri Puw. Diddorol iawn. Nid bod Nia'n malio, wrth gwrs; roedd ganddi hi ddigon ar ei phlât ar hyn o bryd. 'Mae'n ddrwg gen i 'mod i wedi tarfu ar eich bàth.' Roedd mwy o eironi nag ymddiheuriad yn ei llais, ond roedd ei phryder am Greta yn boddi'r holl rwystredigaethau eraill. 'Felly be dwi i fod i'w *wneud*?' llefodd.

'Dim byd o gwbl. Dim ond aros efo'r afr ac mi wna' inna geisio cael gafael ar Mr Puw cyn iddo fo gychwyn am adre. Dwi'm yn meddwl ei fod o'n rhy bell oddi wrthach chi a deud y gwir. Penrhos yntê?'

'Ia.' Teimlodd Nia ei hun yn cochi wrth feddwl am Puw yn adrodd hanes ei gyfarfyddiad â pherchnogion gwallgo yr afr ym Mhenrhos wrth y ddynes Cannington 'ma. Gan eu bod nhw'n rhannu bàth a rhif ffôn mae'n rhaid eu bod nhw'n gwybod popeth am ei gilydd.

'Os na fydd o wedi cyrraedd ymhen hanner awr,' aeth Ms Cannington yn ei blaen, 'ffôniwch fi eto ac mi ddo' i draw fy hun. Ond dwi'n siŵr y bydd o yna cyn hir.'

'Diolch.' Rywsut roedd y milfeddyg yn gwneud i Nia deimlo'n ddig â hi ei hun am fod mor aneffeithlon. Ar ôl rhoi'r derbynnydd yn ôl yn ei grud, eisteddodd gan rwbio'i llygaid, y panig yn lleihau. Yna rhuthrodd yn ei hôl i'r sgubor.

Dim newid. Roedd Greta'n hollol llipa a phrin y llwyddodd i godi ei phen i gydnabod Nia. Ar ôl edrych yn gyflym gyda'r fflachlamp gwelodd fod y carnau bychain wedi diflannu unwaith eto.

Allai Nia wneud dim ond penlinio yn y gwair wrth ochr yr afr druan. Gan ddilyn ei greddf gosododd ben Greta yn dyner yn ei chôl a'i fwytho. Greta druan! Siw druan! Y cyw druan! A Rhodri Puw druan hefyd, yn dal i weithio am hanner nos!

Hy! Rhodri Puw druan wir. Dyna oedd ei waith o yntê? A dyma'i gyfle i brofi'n union pa mor dda oedd o wrth ei waith a'i chyfle hi i ddangos y gallai hithau ddygymod â realiti natur pan oedd raid.

Am bum munud wedi hanner clywodd Nia yr Audi'n

cyrraedd. Ni fyddai raid iddi darfu ar Ms Cannington eto (a oedd wrthi'n socian ei hun mewn bàth persawrus erbyn hyn mae'n siŵr). Roedd y Cringoch ei hun wedi cyrraedd.

Rhedodd Nia i'w gyfarfod wrth iddo roi clep ar ddrws ei gar ac edrych o'i gwmpas, yn barod ar gyfer gwaith. Nid oedd wedi diffodd prif oleuadau'r car a chafodd Nia ei dallu ganddynt. Ond gallai ef weld pob manylyn ohoni hi — pob cudyn melyn, pob tro yn ei chorff siapus. Cododd Nia ei llaw i gysgodi ei llygaid wrth iddi chwilio am ei wyneb ef yng ngolau egwan y lleuad.

'Dyma ni'n cyfarfod eto wedi'r cyfan, Miss Tudur.' Roedd ei gyfarchiad yn rhyfeddol ddramatig. Yna roedd o'n cerdded tuag ati a bag gorlwythog yn ei law.

Symudodd Nia o'r golau er mwyn ei gyfarfod ar dir cyfartal.

'Ia wir, Mr Puw.' Nawr ei fod o wedi cyrraedd teimlai Nia ei bod hi'n rheoli pethau unwaith eto. Ac os oedd rhaid iddi ddelio â'r dyn yma roedd hi'n benderfynol o beidio â rhoi unrhyw fantais iddo.

Os oedd o am ddal ati i anghytuno â hi byddai'n barod amdano. Ond y cwbl a wnaeth oedd symud y bag trwm o'r naill law i'r llall a gwthio cudyn o'i wallt, a ymddangosai'n ddu bron yn y tywyllwch, yn ôl o'i dalcen. Wrth sylwi ar yr ystum cofiodd Nia am y graith honno, ac am y llewyrch copr yn ei wallt. Doedden nhw ddim i'w gweld ar hyn o bryd ond gwyddai eu bod nhw yno, fel cyfrinachau synhwyrus.

Daeth ei lais â hi'n ôl o'i breuddwyd. 'Dwi'n deall bod hyn yn argyfwng, felly mi fasa hi'n well inni . . . '

'Wrth gwrs,' mwmiodd Nia, gan droi i'w arwain i'r sgubor. Roedd hi'n flin â hi ei hun am adael i'r effaith a gafodd o arni gymylu ei phryder am Greta, hyd yn oed am eiliad. Beth oedd ar ei phen hi?

Ar ôl cyrraedd corlan Greta trodd yn ei hôl ato, yn awyddus i egluro difrifoldeb y sefyllfa wrtho. 'Does gen i ddim syniad be sy'n digwydd. Un funud mae 'na draed bach pitw yn sticio allan a'r funud nesa maen nhw wedi diflannu. Ac ma' hi wedi bod yn hollol swrth ers tua hanner awr bellach.'

'Hmmm.' Cymerodd Rhodri Puw yr awenau ar unwaith gan

lamu i'r gorlan ac estyn fflachlamp o'i fag a'i gosod yn erbyn y wal, wrth ochr un Nia. Yna gwyrodd i archwilio Greta a oedd yn gorwedd ar ei hochr ac yn crynu.

'Mi fydda i angen dŵr.' Ymatebodd Nia'n syth i'r awdurdod yn ei lais ac estyn llond pwced o ddŵr iddo o'r tap y tu allan. 'Does 'na'm trydan yma?' holodd yn gwta heb dynnu ei lygaid na'i ddwylo oddi ar Greta am eiliad.

Cafodd Nia'i mesmereiddio gan y bysedd hirion, yn gryf ac yn sicr wrth iddynt brodio'n dyner yng ngolau'r fflachlamp. Roedd Siw yn llygaid ei lle. Roedd yna rywbeth amdano, yn broffesiynol o leia — rhywbeth a ennynai hyder. Roedd Greta hyd yn oed yn ymddangos yn llai poenus ei byd ers iddo gyrraedd.

Bechod ei fod o'n gymaint o ben bach, meddyliodd Nia wrth i'r tawelwch ddwysáu, ei llygaid wedi'u hoelio ar ei symudiadau. Pesychodd yntau'n ddiamynedd.

Roedd o wedi gofyn cwestiwn, ac yn aros am ateb. Ysgydwodd Nia'i hun. 'Trydan? Nac oes. Ond mi alla' i nôl fflachlamp arall o'r tŷ.'

'Fydd hynny ddim yn ddigon chwaith,' atebodd gan ysgwyd ei ben. 'Mi fydd yn rhaid inni ddefnyddio goleuadau'r car. Dos i droi'r car fel ei fod o'n wynebu ffor' hyn, wnei di?'

'*Be*?' Syllodd Nia arno mewn anghrediniaeth. Ar ôl yr hyn ddigwyddodd ddau ddiwrnod ynghynt roedd o'n gofyn iddi — na, yn rhoi gorchymyn iddi — i fynd y tu ôl i lyw ei gar gwerthfawr o. Pwy fasa'n meddwl . . .

'Glywaist ti fi, do? Tyrd 'laen. Dwi angen golau.' Doedd o bellach ddim yn ymdrechu i fod yn fanesol, ond gan ei fod o'n amlwg yn gwneud ei orau dros Greta, fe gâi faddeuant ganddi. 'Dwyt ti ddim yn debygol o fedru gwneud fy ngwaith i, felly mi fydd yn rhaid iti fod yn gyfrifol am daflu rhywfaint o oleuni ar bethau,' meddai'n goeglyd.

'Iawn, iawn.' Rhywbeth er mwyn 'mestyn help llaw. I mewn â hi i'r Audi ond wrth gwrs ni allai gyrraedd y pedalau. Roedd ei choesau hi dipyn yn fyrrach na'i rai ef. Ymbalfalodd am fachyn i ryddhau'r sedd.

'Be ddiawl wyt ti'n ei wneud?' cyfarthodd. 'Fedra i ddim bod yma drwy'r nos.'

'Mae'n ddrwg gen i,' galwodd hithau drwy'r ffenest agored, 'ond dwi'n fyrrach na chdi a fedra' i ddim symud y sedd.'

'Dduw mawr!' griddfanodd, cystal ag awgrymu ei bod hi fodfeddi'n fyrrach yn fwriadol er mwyn gwneud pethau'n anodd iddo fo.

Gwnaeth hynny hi'n benderfynol. Estynnodd ei choesau nes bod blaenau ei thraed yn gorffwyso ar y pedalau. Yna trodd yr allwedd, rhoi'r car yn ei gêr a mynd ati i geisio'i symud. Ac fe lwyddodd, nid yn unig i'w symud ond i'w droi nes ei fod yn wynebu'r sgubor. Roedd y goleuadau pwerus yn pwyntio drwy'r fynedfa yn syth ar Greta a Rhodri. Gwych. Roedd Nia wedi medru cyfrannu rhywbeth wedi'r cyfan, a hynny heb ormod o drafferth.

Roedd hi'n falch ohoni'i hun wrth gamu allan o'i gar ac ymuno ag ef. Ond ni ddywedodd air wrthi; ni chafodd unrhyw gydnabyddiaeth na diolch. Roedd o'n canolbwyntio'n llwyr ar ei waith. Wedi'r cwbl, ceisiai achub dau fywyd.

Nesaodd Nia ato gan wyro dros ei ysgwydd, yn llawn diddordeb ond yn ceisio cadw o'i olau. 'Sut ma' hi'n mynd.' Roedd hi'n ddigon call i gadw ei llais mor ddistaw â phosibl.

'Fedri di symud yn dy ôl?' cyfarthodd gan beri iddi neidio oddi wrtho. Y funud nesaf cafodd ei synnu wrth ei glywed yn ymddiheuro. 'Mae'n ddrwg gen i,' meddai heb dynnu'i lygaid am eiliad oddi ar yr hyn yr oedd o'n ei wneud, 'ond mae'n rhaid imi gael digon o le.' Tra siaradai roedd ei ddwylo wrthi'n brysur. 'Ac a deud y gwir dydi hi ddim yn mynd yn rhy ddrwg.' Brefodd Greta fel petai'n cytuno ag o. Roedd hi'n amlwg yn dra diolchgar iddo ac onid oedd unrhyw beth yn well na'r hyn oedd wedi bod yn digwydd cynt — neu'n hytrach heb fod yn digwydd!

'Dwi wedi gorfod helpu rhywfaint ar y cyw. Roedd ei ben o wedi gwyro reit yn ôl. Dyna pam roedd y creadur bach yn sownd. A'r traed blaen oedd y rhai welaist ti'n sticio allan.' Oedodd a'r eiliad nesaf roedd Greta'n gwthio â'i holl egni. Daliodd Nia ei gwynt. Doedd yr olygfa ddim yn rhyw glir iawn o'r cefn ond gallai glywed Greta'n tuchan a'i chalon ei hun yn curo. Ond er bod ganddi ofn teimlai'n gynhyrfus hefyd.

'Ydi hi . . . ydi hi'n mynd i fod yn iawn?' Roedd yn rhaid i Nia ofyn er ei bod yn ofni ei wylltio.

Ond wnaeth hi ddim ac fe synnwyd Nia gan dôn ei lais hefyd wrth iddo siarad â Greta yn dyner, cyfeillgar a chynnes. ''Dan ni'n meddwl dy fod ti am 'i gwneud hi, yn tydan, 'rhen goes?' Roedd y cyfan yn cadarnhau'r argraff gyntaf a gafodd Nia ohono — gŵr llawn gwrthgyferbyniadau. 'Ond am y cyw,' meddai a'i lais yn dwysáu, 'Fedra' i ddim deud. Dwi'n credu ei fod o'n fyw, ond . . . ' oedodd ac unwaith eto roedd Greta'n gwthio a thuchan yn uchel, ' . . . ond dydi'r coblyn bach ddim yn . . . rhyw . . . awyddus . . . iawn . . . i . . . ddŵad . . . i'r . . . byd.'

Wrth iddo ynganu'r geiriau olaf roedd Rhodri Puw yn prysur berfformio'i dric olaf. Yna roedd yna blop sydyn a hanner neidiodd Greta ar ei thraed. Symudodd Rhodri yn ei ôl a phe na bai Nia wedi gwasgu'i hun yn erbyn wal y sgubor byddai wedi taro yn ei herbyn. Ni allai Nia weld dim ond siâp ei gorff yn awr, ac roedd ei chorff hithau, mor agos ato, yn dynn gan densiwn. Ychydig wifrau ac fe allai hi oleuo'r holl le! Ond serch ei hymateb personol clustfeiniodd er mwyn gallu ceisio dyfalu beth oedd yn digwydd yr ochr arall iddo.

'Dyma hi!' Roedd llais Rhodri mor agos nes ei fod yn rhan ohoni bron. 'Na, nid *hi*,' chwarddodd wrth wyro ymlaen i gael golwg agosach. 'Bwch gafr ydi o, un bach brown ac mae o'n gwbl iach.' Roedd 'na falchder yn ei lais yn awr. '*Nubian* bach o'i gorun i'w sawdl ac mae Greta Garbo fan hyn wrthi'n ei lyfu fel petai hi'n hen law arni. Da iawn ti, 'rhen Greta. Da iawn ti.'

Fel pe bai'n cadarnhau ei eiriau ymunodd bref fach egwan â brefu balch Greta. Oedd yn wir, roedd y cyw bach yn fyw iawn.

O'r diwedd symudodd Rhodri er mwyn i Nia gael golwg iawn ar y ddau. Ond wrth iddi edrych ar Greta'n ymgymryd yn reddfol â'r dasg o ymgeleddu'r bychan daeth dagrau i'w llygaid. A pha ots os oedd *o* yn ei gweld hi — y dyn caled ag yr oedd o? Onid oedd ganddi hawl i golli deigryn neu ddau ar ôl digwyddiadau'r awr ddiwethaf?

Ond roedd Rhodri'n brysur yn taflu'r dŵr i'r buarth, yn cau ei fag ac yn cymryd golwg derfynol ar ei gleifion. Yna trodd i wynebu Nia. 'Dwi am gadw llygad manwl ar y fam. Ma' hi wedi cael amser caled ac wedi colli dipyn o waed. Ond gadael lonydd iddyn nhw sydd ora am y tro — iddyn nhw gael dŵad i arfer efo'i gilydd.'

'Felly . . . dyna ni?' Teimlai Nia'n siomedig.

'Be arall oeddat ti'n ei ddisgwyl?' Roedd o eisoes ar ei ffordd yn ôl i'w gar. 'Gofala roi diod gynnes a mymryn o fwyd iddi cyn mynd i glwydo. Does 'na ddim byd arall fedra' i 'i wneud am y tro. Oni bai . . . ' Roedd o'n edrych ar Nia yn fanwl yng ngolau'r car. Am y tro cyntaf y noson honno cafodd hithau olwg fanwl ar ei wyneb — edrychai wedi blino.

'Oni bai . . . ?' holodd hithau pan adawodd ei frawddeg yn benagored.

'Mae 'na un peth y dylwn i drafod efo ti cyn mynd. Dwi'n gwybod ei bod hi'n tynnu am un ond mi fasa'n well peidio'i adael o. Ga' i ddŵad i mewn am funud?'

Arweiniodd Nia'r ffordd i'r tŷ. Roedd tôn ei lais wedi ennyn cymysgedd o chwilfrydedd ac ofn ynddi. 'Gymeri di goffi?' cynigiodd gan fethu â chredu eu bod nhw newydd fod trwy'r fath brofiad.

'Os gweli di'n dda.' Taflwyd Nia oddi ar ei hechel — gan y ffaith ei fod wedi derbyn yn ogystal â chan y blinder amlwg yn ei lais. 'Rŵan 'mod i'n hwyr, waeth imi fod yn wirioneddol hwyr ddim.' Gwelodd gysgod gwên ar ei wyneb ac am eiliad fer daliodd y ddau lygaid ei gilydd. Gan deimlo'n reit ffwndrus, trodd Nia i roi'r tegell ar y tân. Aeth yntau allan i gadw ei fag a diffodd goleuadau'r car gan fwmian rhywbeth am fatri fflat! Yna aeth i ymolchi ac erbyn iddo ddod yn ei ôl roedd Nia wrthi'n gosod dau fŷg, llefrith, siwgr a phaced o fisgedi ar y bwrdd.

Teimlad rhyfedd oedd ei weld yn eistedd mor gartrefol ar un o'i chadeiriau, yn helpu'i hun i lefrith a bisgedi fel pe bai'n rhan o'r lle. Roedd ei chyfraniad bychan hi i'r enedigaeth wedi creu rhyw agosatrwydd rhyngddynt — dros dro wrth gwrs, a chwbl artiffisial — ond agosatrwydd serch hynny. Eisteddai Nia ar flaen ei chadair yn awr — ar bigau'r drain.

'Lle mae Miss Huws?' gofynnodd Rhodri Puw o'r diwedd, ar ôl yfed y rhan fwyaf o'i goffi a bwyta tair bisgeden.

'Siw?' Cochodd Nia pan sylweddolodd mwya sydyn fod y ddau ohonynt ar eu pennau eu hunain. Rhyfedd nad oedd y peth wedi ei tharo ynghynt — yn ystod y 'ddrama'. 'O, ma' hi i ffwrdd tan fory.' Doedd dim pwynt dweud dim gwahanol. Roedd hi'n gwbl amlwg nad oedd Siw yno. 'Wrth gwrs, roedd yn rhaid i Greta ddewis noson pan oeddwn i yma ar fy mhen fy hun, 'doedd?' meddai gan ymdrechu i gadw ei llais yn ysgafn.

'Rwyt ti i dy ganmol am ddygymod cystal.'

Cododd Nia ei llygaid yn syn a gweld ei fod o ddifrif.

'Ac mi wnest ti'n iawn yn ein galw ni. Gallech chi fod wedi ei cholli hi'n hawdd. Roedd y cyw yn wirioneddol sownd.'

Syllodd Nia i waelodion ei choffi. 'Mae gen i ofn imi fynd i banig — doeddwn i ddim yn siŵr be i'w wneud, felly . . . '

'Mi wnest ti'n iawn,' pwysleisiodd eto. Yna roedd o fel petai wedi ymgolli yn ei feddyliau ei hun. 'Pan oeddwn i'n Affrica mi ddois i'n hoff iawn o eifr. Maen nhw'n eu ffarmio nhw o ddifri yno, 'sti.' *Yn wahanol i amaturiaid fel chi* awgrymai ei lais. 'Pan mae gwartheg yn marw mewn sychder a newyn mae geifr yn byw. Creaduriaid tebol tu hwnt, ac mae eu llaeth nhw'n dda hefyd. Oeddat ti'n gwybod ei fod o'n naturiol homogenaidd?'

'Oeddwn fel mae'n digwydd.' Cymerodd Nia lymaid o goffi cyn ei ateb yn hyderus, 'Dyna un rheswm pam oedd Siw mor awyddus i gael gafr — am nad ydi llaeth buwch yn dygymod â hi. A dyna pam roedd Greta'n disgwyl, er mwyn i ni gael ei godro hi. Ti'n gweld, mae hi'n fwy nag anifail anwes i ni; mae iddi hi swyddogaeth ymarferol hefyd.'

Pam yn y byd roedd hi wedi ailagor yr hen grachen honno, yn enwedig rŵan â'u cyfarfyddiad cyntaf yn teimlo mor bell yn ôl. Daliodd Nia ei hanadl wrth aros iddo ymateb i'w sylw, gan hanner difaru iddi ddweud y fath beth.

Ond y cyfan a wnaeth oedd cydnabod yr ergyd gyda gwên. '*Touché*,' meddai'n dawel. 'Roeddwn i'n gofyn am honna. Mae'n rhaid imi gyfaddef bod yr hyn ddigwyddodd rhyngom ni'r noson o'r blaen wedi fy nhaflu i oddi ar fy echel braidd.'

Roedd Nia wedi disgwyl iddo ymosod arni eto am ei gamarwain yn fwriadol yn ystod y cyfarfyddiad cyntaf hwnnw, ond nawr roedd o'n ymddwyn yn aeddfed a rhesymol ac ni wyddai hi sut i ymateb. Roedd hi'n amlwg fod ganddo bethau pwysicach ar ei feddwl. I dorri ar y tawelwch annifyr gofynnodd ble yn union roedd o wedi bod yn Affrica.

'Yn Simbabwe oeddwn i ddiwetha.' Wnaeth o ddim ymhelaethu. Gwyrodd tuag ati. 'Gwranda, Nia.' Daliodd ei hanadl am eiliad pan y'i clywodd yn ynganu ei henw, a phan deimlodd ei agosatrwydd.

Gwelwodd a gwyro am yn ôl, a'i chalon ar ras wyllt. 'Ynglŷn â'r cyw 'ma.' Syllodd ei lygaid duon yn ymholgar arni. 'Ti'n sylweddoli mai gwryw ydi o?'

'Mae'n rhaid imi gymryd dy air di am hynny,' atebodd hithau'n sych.

'Gwryw yn bendant,' sicrhaodd hi. 'A dwi'n siŵr y bydd Miss Huws — Siw — am gael ei wared o, yn bydd? Fydd yr un ohonoch chi am ymgymryd â'r dasg, ond os 'dach chi isio, mi a' i â fo efo fi rŵan.' Roedd o'n bod yn ymarferol, ei lygaid a'i lais wedi caledu.

Doedd hi ddim yn deall nac wedi disgwyl hyn. Roedd ei phen yn troi a dechreuodd deimlo'n sâl. 'Cael ei wared o?'

'Ti'n gwybod be dwi'n geisio'i ddeud.' Oedd o'n ei herian hi'n fwriadol? 'Does neb isio trafferthu efo bwchod, yn enwedig os mai llaeth maen nhw isio. Na, yn anffodus does 'na'm llawer o ddefnydd i'r gwrywod druan, ar wahân i'r amlwg wrth gwrs.' Syllodd arni, a hanner gwên ar ei wyneb. 'Ma' posib eu bwyta nhw ar ôl iddyn nhw dyfu rhywfaint — ond does 'na ddim llawer o gig ar yr esgyrn. Ella mai dyna fwriad Siw?'

Ysgydwodd Nia ei phen. Wyddai hi ddim beth i'w ddweud. Ai tynnu'i choes hi yr oedd o? Neu bod yn fwriadol gignoeth er mwyn dial arni? Profi beth oedd gwir ystyr bod yn ymarferol efallai?

'Y peth gora,' parhaodd yn ddidostur, 'ydi'u difa nhw'n syth — cyn i'r fam na'r perchennog gael cyfle i ddŵad yn rhy agos atyn nhw. A ti'n gwybod pa mor anghymdeithasol ydi bwchod ar ôl tyfu. Tydyn nhw mo'r petha mwya dymunol i'w cael.'

Heb fod yn ymwybodol ei bod wedi symud hyd yn oed, roedd Nia ar ei thraed a'i llygaid yn fflachio.

'Dwn i ddim be ti'n drio'i brofi ond dwi'n gwybod cymaint â hyn. Siw sydd i benderfynu be ma' hi am ei wneud, nid fi ac yn wahanol i ti dydw i ddim yn un sy'n cymryd petha'n ganiataol.'

'Be? 'Dach chi ddim wedi trafod y peth?' Cododd un ael yn ymholgar.

'Naddo, ond pan ddown ni i benderfyniad mi alla' i dy sicrhau di na fyddwn ni'n galw am dy *wasanaeth* di.' Poerodd y gair 'gwasanaeth' er mwyn mynegi ei sarhad. Roedd y stafell yn troi a chydiodd yn y bwrdd, ei hwyneb yn gwelwi wrth i'r nerth lifo o'i chorff blinedig. 'Felly, os byddi di cystal â mynd rŵan. A diolch iti am dy help.' Cyfarfu ei llygaid gleision â'i lygaid duon ef, yn benderfynol o gadw'i hurddas hyd y diwedd.

Oedd yna bryder yn ei lygaid, neu edifeirwch hyd yn oed? Roedd o wedi llamu ar ei draed a chroesi tuag ati cyn iddi gael cyfle i symud. Yna teimlodd ei ddwylo cadarn ar ei hysgwyddau — yn ei chynnal ac yn gyrru pob math o negeseuon gwrthgyferbyniol trwyddi. Doedd ryfedd iddi ddod yn agos at lewygu.

'Hei, Nia.' Roedd ei lais yn isel a chynnes unwaith eto. 'Dim ond ceisio helpu oeddwn i, a wir iti, doedd hi ddim yn fwriad gen i dy ypsetio di.'

'Dwi'n gwybod yn iawn be oedd dy fwriad di.' Diolch byth fod ei llais yn dal i weithio, er ei fod braidd yn gryg. 'Ti wedi gwneud dy bwynt rŵan, felly wnei di adael plis?'

Syllodd i lawr arni ac roedd hithau'n ddigon penderfynol i ddefnyddio'r mymryn nerth oedd ganddi ar ôl i godi gan anadlu'n ddwfn ond yn gyson. O'r diwedd, gollyngodd yntau ei afael. Er ei bod braidd yn sigledig o hyd doedd hi ddim am ddangos hynny iddo ar unrhyw gyfrif. Roedd hi'n ddigon drwg ei bod hi'n dal i allu teimlo cyffyrddiad ei fysedd yn llosgi'n goch ar ei chnawd ac yn ei meddwl.

Roedd o'n ei gwylio'n fanwl yn awr, fel pe yn aros iddi gymryd cam gwag unwaith eto. 'Profa di i mi'n gyntaf y byddi di'n iawn yma ar dy ben dy hun.'

Cododd Nia'r mygiau gwag oddi ar y bwrdd a cherdded yn araf ond yn bwrpasol tuag at y sinc. Ar ôl tywallt dŵr trostynt trodd i'w wynebu, ei breichiau wedi'u plethu o'i blaen, ei llygaid yn llachar a'i gwefusau'n dynn. 'Ti'n fodlon rŵan?' Unrhyw beth i gael ei wared o.

Wrth iddi siarad gallai deimlo ei lygaid yn oedi ar ei cheg — yna'n teithio ar hyd y gweddill ohoni. Safodd hithau'n dalsyth fel na fyddai ganddo unrhyw ddewis ond cydnabod ei bod wedi dod ati ei hun.

'Iawn. Mi a' i 'ta. Duw a ŵyr, 'sgin i mo'r awydd lleia i aros yma dros nos.' *Nac oes mae'n siŵr, a Ms Cannington yn aros amdanat ti*, meddyliodd Nia'n amheus.

Brasgamodd Rhodri i gyfeiriad y drws, yna troi. 'Cofia dy fod ti'n rhoi diod a rhywbeth bach i'w fwyta i Greta ac yna'n gadael llonydd iddi. Mi ddo' i'n ôl i gael golwg arni 'mhen rhyw ddiwrnod neu ddau.' Ai bygythiad oedd hwnna? Teimlai Nia fel gweiddi arno i beidio â thrafferthu, ond y cwbl a wnaeth oedd dal ati i rythu arno o'i chornel ddiogel wrth y sinc. 'Yn y cyfamser, os wyt ti'n poeni amdani o gwbl cofia ffônio.'

Nodiodd hithau. Gallai deimlo ei nerth yn pallu; roedd hi am iddo fynd. Ac o'r diwedd mi aeth. Arhosodd Nia yn ei hunfan nes iddi glywed sŵn ei gar yn diflannu yn y pellter. Yna dim ond tawelwch cefn gwlad. Roedd hi ar ei phen ei hun.

Ond na, ddim yn hollol. Gan gydio yn ei fflachlamp aeth allan i'r ward famolaeth er mwyn dilyn cyfarwyddiadau Rhodri. Roedd Greta a'i chyw yn swatio ar ddarn glân o wellt a doedd gan Nia ddim egni i wneud dim byd arall am y tro. Roedd hi'n ysu am ei gwely; byddai wedi bod yn fwy na bodlon i gyrlio yma yn y gwair wrth ochr y fam a'r bychan.

Yng ngolau'r fflachlamp edrychodd i grombil llygaid brown Greta. Roeddent yn llawn balchder a thynerwch — yn dawel ar ar ôl y storm. Na, nid oedd yr afr ddim gwaeth ar ôl ei phrofiad. Byddai'n dda gan Nia pe gallai ddweud yr un peth amdani hi ei hun.

51

Pedwar

Fel arfer ni châi Nia drafferth yn y byd i gysgu, ond nid felly heno. Bu'n troi a throsi tan ymhell wedi tri ond o leia roedd hynny'n well na'r breuddwydion a gafodd wedyn: delweddau o Greta a'i chyw yn troi o fod yn gnawd cynnes i lympiau oer o glai; yna'r clai'n dod yn fyw yn ei dwylo gan droi'n llwynogod ac yna'n ôl yn eifr unwaith eto. Yn ymdreiddio drwy'r cwbl roedd presenoldeb y gŵr oedd yn gyfrifol am ddod â'r cyw i'r byd, y gŵr oedd yn gyfuniad prin o dynerwch a realaeth egr ac a oedd wedi llwyddo i ddrysu Nia'n lân.

Wedi gor-flino yr oedd hi, a phan ddeffrôdd am bump penderfynodd godi a pharatoi mygiaid o siocled poeth iddi'i hun. Byddai hynny, ynghyd â phennod o'r nofel yr oedd hi ar ganol ei darllen, yn siŵr o wneud byd o les iddi. O'r diwedd, gyda Matilda wedi cyrlio'n braf ar waelod y gwely — fel arfer châi hi ddim dod ar gyfyl ei llofft ond roedd hi'n falch o'i chwmni heno — syrthiodd Nia i drymgwsg lle na tharfodd yr un freuddwyd arni.

Chododd hi ddim tan un ar ddeg ac wedi iddi wisgo hen jîns tyllog a chrys llac aeth o gwmpas ei dyletswyddau. Gallai fod wedi gwneud efo awr neu ddwy arall yn ei gwely ond roedd yna ieir i'w gollwng i'r buarth, wyau i'w casglu, cathod i'w bwydo, ac wrth gwrs, rhaid oedd ymweld â'r ward famolaeth, newid dŵr a llosgi gwair.

Pam na allai hi fod yn onest â hi ei hun. Roedd hi'n ysu am gael eu gweld nhw yng ngolau dydd ac roedd hi'n ddiwrnod gwerth chweil hefyd — yr haul yn tywynnu, y cymylau'n uchel a chlychau'r eglwys yn atseinio ar yr awel. Yn nhywyllwch cyfriniol y nos roedd hi wedi bod yn anodd credu eu bod nhw'n fyw ond os oedden nhw'n dal yno ar fore fel hwn yna mae'n rhaid eu bod nhw. Pan agorodd hi ei llygaid tua hanner awr yn ôl roedd Nia wedi rhyw amau mai breuddwyd fu'r cwbl.

Ond na. Dyma Greta, fel brenhines, yn gwylio'n falch dros ei phlentyn. Ac wrth weld y bychan bu bron i galon Nia doddi'n ddim. Wedi'i lyfu'n lân, yn sych ac yn feddal roedd o'n werth y byd i gyd yn grwn, yn berffeithrwydd ar bedair troed a'r un ffunud â Greta oni bai am ei gôt unlliw. Y bore 'ma roedd o'n sefyll yn ansicr ar goesau sigledig gan syllu'n amheus ar y dieithryn y tu draw i'r ffens.

'Greta, 'dwyt ti'n glyfar? Yli del ydi o!' Estynnodd Nia i gyffwrdd y pen bach yn ysgafn. Ar unwaith roedd Greta ar ei gwyliadwriaeth, er cystal yr oedd yn ei hadnabod. 'Paid â phoeni, wna' i ddim byd iddo fo siŵr.'

Ysgydwodd Nia ei phen mewn rhyfeddod. Felly dyma ganlyniad drama neithiwr? Hi a Rhodri yn gweithio gyda'i gilydd hyd yr oriau mân. Nawr ei bod hi wedi deffro'n iawn fe ymddangosai'r cyfan yn amhosibl.

Yna tynhaodd wrth gofio beth yn union roedd Rhodri wedi'i awgrymu. A dweud y gwir roedd hi'n gwbl anhygoel ei fod o wedi gallu awgrymu'r fath beth ar ôl bod trwy cymaint i sicrhau bod y fam a'r bychan yn byw. *'Mae'n siŵr y byddwch chi am gael ei wared o, yn byddwch? . . . Y peth gora ydi'u difa nhw'n syth, cyn i'r fam na'r perchennog gael cyfle i ddŵad yn rhy agos atyn nhw.'* Pam dweud y fath beth? Er mwyn dial? Er mwyn dangos pa mor ddynol a chaled yr oedd o a pha mor feddal yr oedd hi? Neu ai dim ond helpu yr oedd o?

Ochneidiodd Nia wrth edrych i lawr ar y cyw. Byddai Siw wrth ei bodd, ond a oedd hi wedi ystyried beth i'w wneud â gwryw? Doedd hi 'rioed wedi crybwyll y peth beth bynnag.

Plygodd Nia i roi mwythau i Greta. Roedd y cyw yn pwnio'i fam mewn ymgais drwsgwl i sugno. Dim problem fan yna. Teimlai Nia ei bod wedi cyflawni hyn oll ar ei phen ei hun tra mewn gwirionedd y cwbl wnaeth hi oedd galw am y ffariar gorau oedd i'w gael.

Caeodd ei llygaid wrth i don o sinigaeth lifo drosti, ac roedd hynny'n gwbl anodweddiadol o'r Nia hyderus, gadarn. Gwaith, dyna'r ateb ac aeth ati ar unwaith i glirio gwair budr a gosod peth glân yn ei le. Yna, ar ôl gwneud yn siŵr fod gan Greta ddigon o ddŵr a bwyd gorfododd ei hun i'w gadael. Aeth i'r tŷ i baratoi brecwast hwyr cyn cau ei hun yn y stiwdio — ei lloches yn ystod adegau ansicr.

Ac erbyn canol y prynhawn, pan gyrhaeddodd Siw adref, roedd gafr glai Nia yn dod yn ei blaen yn well o lawer. Cafodd Siw hyd i'w ffrind yn hymian yn braf tra'n gwrando ar Symffoni Fugeiliol Beethoven ar y radio, blaen ei thafod wedi'i wthio allan yn arwydd pendant ei bod yn canolbwyntio'n galed. Cododd Nia ei phen a gwenu wrth sylwi ar Siw yn dod i mewn gyda hapusrwydd yn llenwi ei llygaid disglair.

'Helô, Siw.'

'Ti'n edrych yn brysur,' meddai Siw gan ddod draw at yr uned waith. 'Hei, ma' hwnna'n dda!'

'Ydi, dwi'n dechrau cael hwyl ar y coblyn peth o'r diwedd.'

'Ac mi fydd gofyn iti wneud mwy ohonyn nhw, gei di weld. Mi fydd 'na alw mawr am rheina.'

Tra oedd ei dwylo'n dal i fod yn brysur yn mowldio a siapio roedd Nia'n bwrw golwg dros ei ffrind. 'Wel, mae'n amlwg dy fod ti wedi cael amser da beth bynnag.' Roedd hi'n mwynhau cadw'r newydd iddi'i hun gan ei bod yn edrych ymlaen at gael gweld ymateb Siw. Wnaeth hi mo'i ffônio i fflat Meurig gyda'r newyddion yn fwriadol oherwydd hynny. Ac wedi'r cwbl, mae'n debyg bod Siw hefyd wedi gwerthfawrogi cael aros yn y gwely y bore hwnnw.

'Ew, do.' Roedd yna rywbeth gwahanol ynghylch Siw heddiw, rhyw olwg bell yn ei llygaid a rhyw feddalwch o gwmpas ei cheg a oedd yn rhywsut yn gwneud iddi ymddangos yn fwy cyflawn. 'Yr unig reswm 'mod i adre rŵan ydi am fod Meurig wedi trefnu i fynd at ei rieni i de.'

Dylai Nia fod wedi hen arfer erbyn hyn â'i hymateb hi ei hun i hapusrwydd amlwg Siw: balchder ar ran ei ffrind yn gymysg ag anghymeradwyaeth a phryder ar ei rhan ei hun.

'Dwi'n falch dy fod ti wedi mwynhau'r parti,' oedd y cwbl a ddywedodd gan fynd ymlaen i weithio ar y clai.

Tro Siw oedd hi nawr i archwilio wyneb Nia. 'Ydi popeth yn iawn fan hyn?' Gwyddai fod rhywbeth wedi digwydd. 'Dwi'n falch bod hwn yn mynd cystal,' a phwyntiodd at y clai, 'ond ti'n ymddangos yn wahanol rywsut.'

Dechreuodd Nia chwerthin. 'Fedra' i byth gadw dim oddi wrthat ti, na fedra'? Oes Siw, mae 'na rywbeth wedi digwydd. Dyfala be ydi o.'

Meddyliodd Siw ac yna codi'i hysgwyddau. 'Deud wrtha' i. Dwi'n gwybod dy fod ti bron â thorri dy fol isio gwneud. Tyrd yn dy flaen.' Ond wnaeth Nia ddim ond ysgwyd ei phen a gwenu fel ffŵl. 'Ti wedi cael cytundeb newydd? Cwsmer newydd? Wedi ffeindio'r fodrwy 'na?' Roedd Siw yn mynd yn fwyfwy chwilfrydig, yn methu'n lân â dyfalu beth allai fod wedi bodloni ei ffrind i'r fath raddau.

O'r diwedd tosturiodd Nia wrthi. 'Wyt ti wedi bod yn gweld Greta ers iti ddod yn ôl?' holodd yn ddiniwed i gyd. 'Gwneud yn siŵr ei bod hi'n iawn?'

Agorodd llygaid Siw yn fawr fel soseri. 'Be? Ti 'rioed yn deud . . . Ro'n i wedi meddwl gofyn fel ag yr oeddwn i'n dŵad i'r tŷ, ond mi wnest ti . . . Nia!' gwaeddodd wrth weld yr olwg ar wyneb ei ffrind, 'Mae o 'di cyrraedd, do?'

'Well iti fynd allan i weld, 'tydi?'

Dilynodd Nia ei ffrind wrth iddi redeg am y sgubor. Roedd hi wedi edrych ymlaen at gael gweld ei hwyneb drwy'r dydd a chafodd hi ddim mo'i siomi. Roedd Siw yn bictiwr o lawenydd.

'O, Nia!' ebychodd, heb wybod beth arall i'w ddweud.

'Ia, dyma iti Bili Bwch Gafr a benderfynodd mai am un o'r gloch y bore yr oedd o am ddŵad i'r byd 'ma,' hysbysodd Nia fel pe bai'r enedigaeth wedi bod y peth symlaf fyw.

Gwyrodd Siw yn erbyn y ffens, yn amlwg wedi gwirioni'n lân. 'O, Greta! Am bishyn bach! Pam na fasat ti 'di deud? Faswn i byth wedi d'adael di taswn i'n gwybod.'

'Tasa ganddi hi'r eirfa dwi'n siŵr y basa hi wedi deud. Beth bynnag, mi lwyddon ni i ddŵad i ben hebddat ti'n iawn. Wel, mwy ne' lai, yntê.'

Agorodd Siw ei llygaid yn fwy fyth. 'Be? Oedd 'na broblem?'

'Oedd wir. Mi fu'n rhaid inni gael y ffariar atat ti, do Greta?' Ond wnaeth hi ddim ymhelaethu am y tro.

'O, na. Be oedd yn bod?' Denwyd llygaid Siw yn ôl at y ddau yn y gorlan. 'Pam oedd yn rhaid iddi ddewis yr union noson oeddwn i i ffwrdd? A bod bron i wythnos yn gynnar?'

'Dwi'm yn meddwl mai dewis ddaru hi,' nododd Nia'n rhesymol. Am unwaith Siw oedd yr un wedi cynhyrfu. 'Cofia, mi fasa hi wedi bod yn dda dy gael di yma, yn enwedig ar y cychwyn. Ond wedi imi sylweddoli bod 'na rywbeth o'i le mi ffônis i'r rhif 'na roeddat ti wedi'i gael . . . '

'Ond be *ddigwyddodd*?' mynnodd Siw.

Adroddodd Nia hanes drama'r noson cynt gan ddod yn ymwybodol o wrthdaro mewnol wrth iddi sôn am Rhodri Puw. Er ei bod yn ddigon parod i gydnabod bod ei gyfraniad wedi bod yn allweddol doedd hi ddim yn rhy awyddus i grybwyll ei enw nac i drafod ei weithrediadau. Yn hytrach, canolbwyntiodd ar ei hymateb personol hi i'r enedigaeth.

Gwrandawodd Siw yn astud a phan siaradodd o'r diwedd roedd 'na ddagrau yn ei llygaid a'i llais yn gryg. 'Dwn i'm sut y medra' i ddiolch i chdi. Chdi yn ei chanol hi fan hyn a finna heb roi fy rhif ffôn yn y parti 'na iti hyd yn oed.'

'Pa werth fasa hwnnw a chditha ddim ffit i ddreifio? Beth bynnag,' ychwanegodd yn gyndyn, 'nid i mi mae isio iti ddiolch, ond i'r dyn Puw 'na. Mae'n debyg ei fod o'n arbenigwr ar eifr rŵan, yn ogystal â llwynogod.'

Crwydrodd llygaid Siw yn ôl at y fam a'i phlentyn barus. 'Ddwedis i ei fod o'n gwybod sut i drin anifeiliaid, do?' meddai'n fyfyrgar. 'Doeddat ti ddim yn meddwl bod 'na rywbeth am ei ddwylo fo?'

Aeth ias drwy Nia wrth iddi glywed Siw yn sôn am ei ddwylo. Cofiodd am gyffyrddiad trydanol y bysedd hirion; gwres ar gorff; y ffaith ei fod rhywsut wedi llwyddo i'w llethu a'i chynnal ar yr un pryd.

'Ydi,' cytunodd yn oeraidd, 'mae o'n ffariar ardderchog. Gwybod be mae o'n 'i wneud ac mae o wedi addo dŵad yn ôl 'mhen rhyw ddiwrnod ne' ddau i gael golwg arnyn nhw.' Atgoffodd hynny Nia am y mater arall roedd rhaid iddi ei drafod â Siw. Doedd 'na ddim diben gohirio'r peth, ond Duw a ŵyr beth fyddai ei hymateb. Cymerodd anadl ddofn cyn mentro.

'Siw, mi ofynnodd Rhodri Puw rywbeth i mi cyn gadael neithiwr. Gofyn a oeddat ti wedi meddwl be i'w wneud efo'r cyw tasa fo'n wryw?'

'Gwneud? Be ti'n feddwl? Gwryw ydi o 'te?'

Roedd hi'n amlwg i Nia nad oedd ei ffrind wedi ystyried hyn o gwbl: cadarnhawyd ei hofnau. 'Roedd o'n deud nad ydi pobol isio bwchod am eu bod nhw'n drewi, ac yn da i fawr o ddim. Felly, os mai dim ond isio'r llefrith wyt ti, does 'na ddim diben i ti ei gadw fo a . . . '

Tra oedd hi'n mynd i deimlo'n fwyfwy anghyffordus sylwodd Nia fod Siw yn gwenu. Tawodd gan edrych yn obeithiol ar ei ffrind. 'Dim problem, Nia,' meddai honno. ''Nes i ddim sôn wrthat ti pan aethon ni â Greta i'r fferm fagu?'

'Sôn am be?' Oedd hi wedi anghofio rhyw fanylyn pwysig? Oedd y Puw 'na wedi gwneud iddi boeni'n ddiangen?

'Mae'r bobol brynis i Greta ganddyn nhw wedi cynnig prynu'r cyw, unwaith y bydd o'n ddigon hen i adael ei fam? Mae o *yn* bedigri ti'n gwybod?' A syllodd Siw yn gariadus ar y bychan.

'Hyd yn oed os ydi o'n wryw?' Roedd yn rhaid i Nia fod yn siŵr er bod baich mawr i'w deimlo'n codi oddi ar ei hysgwyddau.

'Beth bynnag ydi'i ryw o. Mae'n debyg fod ei dad o'n dipyn o stalwyn ac mi fydd angen un arall arnyn nhw maes o law. Ond paid â phoeni, fydd hynny ddim am rai misoedd o leia — blwyddyn ella. Dwi'n siŵr 'mod i wedi deud wrthat ti 'sti.'

'Mae'n siŵr dy fod ti, ond ti'n gwybod pa mor anghofus dwi. Felly, mi allwn ni'i fwynhau o'n llwyr ac yn ulw heb boeni dim rŵan?'

'Wrth gwrs. Ac mi ddyla fod 'na ddigon o lefrith iddo fo ac i ni. Y peth nesa fydd raid inni ei wneud,' ychwanegodd Siw yn ddireidus, 'fydd dysgu godro. Ond ddylai hynny ddim bod yn rhy anodd.'

'Duwcs, na ddyla',' cytunodd Nia. 'Gawn ni sbort, gei di weld.' Diolch byth! Diolch byth nad oedd hi wedi gwrando ar Rhodri Puw neithiwr. Hi oedd yn iawn ac fe gâi'r diawl didostur wybod hynny hefyd, y tro nesa . . .

Yr eiliad honno daeth y ddwy ohonynt yn ymwybodol o sŵn car yn agosáu. Trodd Siw i wynebu Nia a'i holi, 'Wyt ti'n disgwyl rhywun?' Roedd hi'n amlwg fod Nia wedi ymlâdd erbyn hyn, fel pe bai holl gynnwrf y bedair awr ar hugain diwethaf wedi bod yn drech na hi. Ysgydwodd ei phen. 'Na. Wyt ti? Ella bod . . . wel, mi wnaeth o ddeud y basa fo'n dod yn ei ôl, ond nid mor fuan â hyn, does bosib. Ac ar y Sul?' Rhyw hanner siarad â hi ei hun yr oedd Nia.

'Os mai ffariar sy' 'na, go brin mai Rhodri Puw fydd o,' ymresymodd Siw, fel petai hi'n synhwyro bod angen tawelu meddwl ei ffrind. 'Fedrith o ddim bod ar ddyletswydd drwy'r adeg, na fedrith?'

Ond roedd y ddwy'n anghywir. Y Puwmobile *oedd* o, ac fe arafodd y tu allan. Yr eiliad nesaf llamodd y gyrrwr allan ohono gan frasgamu tuag atynt, y cydynnau copr yn ei wallt yn disgleirio yn haul mis Medi.

'Sion Blewyn Coch,' sibrydodd Siw gan edrych ar Nia drwy gil ei llygaid. Ond roedd o wedi dod o fewn clyw cyn i honno gael cyfle i'w hateb. Ddaeth 'na'r un ateb priodol i'w meddwl beth bynnag. Roedd hi'n rhy brysur yn brwydro'n erbyn ymateb ei chorff i sioc ei ddyfodiad. Pam roedd o'n cael cymaint o effaith arni? A pham oedd raid iddo ddod yma eto heddiw?

'Miss Huws.' Roedd o'n wenau i gyd — nid yr un dyn ag yr oedd o neithiwr o gwbl. ''Dach chi 'nôl. A sut mae 'nghleifion i erbyn hyn?'

Effeithiol iawn, meddyliodd Nia'n watwarus. Gwenodd yn ôl arno ond doedd ei gwên ddim yn lledaenu i'w llygaid. Ni fentrodd ei ateb.

Roedd cyfarchiad Siw ychydig yn fwy brwd. 'Mr Puw, 'dach chi 'rioed yn gweithio ar ddydd Sul. A dwi'n deall mai i chi mae'r diolch am hyn,' meddai gan amneidio i gyfeiriad y geifr. 'Tasach chi heb . . . '

'Dim ond gwneud fy ngwaith, Miss Huws,' torrodd ar ei thraws. 'A beth bynnag,' meddai gan wincio ar Nia, 'mi ge's i gryn dipyn o help.' Chymerodd hithau ddim mymryn o sylw ohono felly trodd yn ei ôl at Siw. Hi wedi'r cwbl oedd y perchennog swyddogol ac efallai ei fod wedi synhwyro'r drwgdeimlad yn Nia. 'Wna' i ddim o'ch cadw chi'n hir. Dim ond bwrw golwg dros y ddau ohonyn nhw, os ydi hynny'n iawn efo chi?'

'Wrth gwrs ei bod hi. 'Dach chi'n dda iawn efo ni.'

Oedd rhaid i Siw fod mor amlwg ddiolchgar? Camodd Nia yn ei hôl yn sydyn wrth i Rhodri gamu rhyngddynt a neidio'n egnïol dros y ffens. Mae'n amlwg nad oedd nosweithiau hwyr yn cael llawer o effaith arno fo.

Heb wastraffu eiliad roedd o'n penlinio o flaen y cyw. Roedd ei ddwylo medrus wrthi'n ei archwilio'n fanwl o'i ben i'w gynffon bach. 'Hmmm. Dwyt ti'm mymryn gwaeth, nac wyt 'ngwas i?' Aeth ati wedyn i roi sylw i Greta a oedd wedi bod yn sefyll yn dawel gerllaw tra oedd y ffariar yn archwilio cannwyll ei llygaid — yn amlwg roedd ganddi bob hyder ynddo. 'A sut mae'r fam, tybed?' Dyfnhaodd ei lais a synhwyrodd Nia yr un agosatrwydd ag a oedd ynddo neithiwr wrth iddo drin yr anifail. Er bod ei agwedd allanol tuag at greaduriaid yn gwbl galed ac ymarferol gallai Nia synhwyro bod ganddo'n fewnol rhyw gydymdeimlad greddfol â hwy.

Wrth wylio'i ddwylo'n gweithio ac wrth wrando ar ei lais teimlodd awydd cryf i ddianc, ac ysfa i greu — sef yr unig ffordd ddibynadwy o ymollyngdod emosiynol. Câi loches yn ei stiwdio.

Lloches? Pam yn y byd roedd arni angen lloches? Na, roedd hi wedi cael hen ddigon a phenderfynodd mai Siw, a Siw yn unig, fyddai yno i glywed Rhodri'n datgan ei farn ar gyflwr Greta a'i chyw.

'Os wnewch chi f'esgusodi i.' Gallai deimlo dau bâr o lygaid tywyll yn syllu arni ond yn ei blaen â hi serch hynny. 'Dwi am fynd yn f'ôl i'r stiwdio, Siw, i wneud dipyn bach mwy o waith ar y model 'na.' *Ac mi hoffwn i gael llonydd*, awgrymai'i llais, gan obeithio y byddai ei ffrind yn deall ei neges. *Paid â tharfu arna' i, o leia tan y byddi di ar dy ben dy hun unwaith eto*.

'Wrth gwrs, Nia.' Roedd Siw wedi sylwi ar y taerineb yn ei llais, er nad oedd eto'n deall pam ei fod yno. 'Ti 'di gwneud hen ddigon yn barod, a dwi'n siŵr dy fod ti'n ysu i fynd yn ôl at dy waith.'

'Wela' i chdi, 'ta,' meddai Nia a throi ar ei sawdl. Ond a bod yn deg, fedrai hi ddim gadael heb ddweud yr un gair wrth y dyn, na fedrai? Gan gymryd anadl ddofn, trodd yn ei hôl. 'O, a diolch am ddŵad draw neithiwr, Mr Puw. Dwi'm yn meddwl y gwnes i ddiolch ar y pryd, ond a bod yn onest dwi'm yn siŵr be faswn i wedi'i wneud petawn i heb gael help.' *Dy help di*, dyna be ddylai hi fod wedi'i ddweud, ond fedrai hi ddim.

Edrychodd yntau'n gellweirus arni a'i law ar ystlys Greta.

'Roedd y cyfan yn bleser, Nia.' Wnaeth o ddim ymdrech o gwbl i gadw'r nodyn personol o'i lais ac er mawr gywilydd iddi gallai Nia deimlo'i hun yn gwrido.

'Hwyl, 'ta.' Trodd ac anelu am y bwthyn a llonyddwch ei stiwdio. Unwaith roedd hi yno, caeodd y drws arni hi ei hun a thyrchu ymhlith ei phentwr o gryno ddisgiau am un o'i ffefrynnau: Miles Davies yn chwarae ei fersiwn jazz o *Porgy a Bess*. Wrth i'r nodau cychwynnol godi ac esgyn, eisteddodd i lawr, cau ei llygaid ac anadlu'n drwm ddwy neu dair o weithiau. Yna cerddodd yn araf at ei model ac ar ôl tynnu'r cadachau gwlyb yn ofalus oddi arno a throchi'i bysedd mewn powlen o ddŵr, aeth ymlaen â'r gwaith o'i siapio.

Ugain munud yn ddiweddarach roedd hi fwy neu lai wedi llwyddo i gau popeth o'i meddwl ar wahân i'r gerddoriaeth a'r clai, ond pan glywodd hi glep y drws ffrynt fe lamodd ei chalon. Siw yn dod i mewn? Doedd Nia ddim wedi clywed y car yn gadael, ond mi roedd y gerddoriaeth yn uchel ganddi, a'r stiwdio wedi'i lleoli ar ochr arall y buarth. Gorfododd ei hun i barhau â'i gwaith.

Agorodd drws y stiwdio a daeth Siw i mewn, ond doedd hi ddim ar ei phen ei hun. Y tu ôl iddi safai Rhodri Puw, yn edrych o'i gwmpas ac yn cymryd diddordeb amlwg yn yr hyn a welai.

Gan deimlo ei bod wedi'i chornelu, canolbwyntiodd Nia ar y model.

'Mae popeth yn iawn,' meddai Siw wrthi'n llawen gan gyfeirio at Rhodri â'i llygaid, cystal â dweud nad oedd ganddi ddewis ond ei wahodd i mewn. 'Mi fydd angen tabledi antibiotig ar Greta, ond mae'r cyw yn rêl boi.'

'Da iawn.' Roedd Nia'n rhy brysur yn ceisio cadw'i llygaid oddi ar gydymaith Siw, a oedd yn llenwi ffrâm y drws, i allu dangos llawer o frwdfrydedd yn yr hyn a ddywedai.

'Roedd Mr Puw ar fin gadael, ond roedd o am gael gair efo chdi cyn mynd.' Roedd 'na apêl yn llais Siw wrth iddi symud tuag ati. Ond doedd Rhodri Puw ddim yn un i adael i rywun arall siarad ar ei ran, ac yntau'n bresennol ei hun. Camodd i'r stafell gan lenwi'r lle'n syth â'i bresenoldeb, a chan ddewis peidio â sylwi ar y fflach o ddicter a ddaeth i lygaid gleision Nia.

'Un pwynt bach yr hoffwn i 'i setlo efo chdi, os fedri di sbario munud neu ddau. Ynglŷn â rhywbeth wnaethon ni 'i drafod neithiwr,' ychwanegodd yn bwrpasol.

'Dwi'n gweld.' Doedd ei llais hithau chwaith ddim yn datgelu'r cynnwrf a deimlai oddi mewn. 'Wel, os wyt ti isio siarad hefo fi, prin y medra' i dy rwystro di, 'te?' Ond doedd ysgafnder y sylw na'r wên oedd yn cyd-fynd ag ef yn twyllo neb, ar wahân i Siw efallai, a oedd erbyn hyn yn edrych fel petai wedi ymlâdd. Edrychodd ar Nia a'r rhyddhad yn amlwg ar ei hwyneb. 'Mi'ch gadawa' i chi felly. A deud y gwir, dwi'n meddwl yr a' i i orwedd i lawr am dipyn, dwi'n teimlo braidd yn . . . ' Simsanodd wrth i'w llais ballu, ei llygaid yn goch a'i chroen yn welw.

Llamodd Nia tuag ati. 'Gwely i ti, rŵan hyn. Dyna sydd i'w gael am ei gor-wneud hi, 'te. Fasat ti'n hoffi imi ddŵad â phaned i ti?'

'Na. Dwi'n meddwl . . . os nad oes ots gen ti . . . che's i'm llawer o gwsg neithiwr,' esboniodd wrth i Nia ei hebrwng o'r stiwdio. 'Ti'n deall, 'dwyt?'

'Ydw'n iawn.' Ond er gwaetha tôn ei llais doedd gan Nia ddim cymaint â hynny o gydymdeimlad â hi. 'Paid â phoeni, a gwna'n siŵr dy fod ti'n gorffwyso. Mi ddo' i i weld sut wyt ti'n nes ymlaen.'

'Diolch. A diolch i chitha hefyd, Mr Puw,' ychwanegodd wrth gyrraedd y drws. Roedd ei gwên yn wan ond yn amlwg yn ddiffuant.

'Rhaid ichi ddim, Miss Huws. Dyna 'ngwaith i siŵr iawn ac mi fydda i'n dal i ddod yn f'ôl i gadw golwg arnyn nhw am dipyn eto. Ac os oes 'na unrhyw beth yn eich poeni chi . . . '

Roedd Nia'n rhyw amau tybed a fyddai o wedi bod yr un mor gydwybodol pe baen nhw'n ddwy hen wraig.

Wedi diolch iddo unwaith eto, gadawodd Siw gan adael tawelwch annifyr ar ei hôl. Tawelwch, hynny yw, ar wahân i drwmped Miles Davies yn canu hoff ddarn Nia o'r opera, sef *'Summertime'*.

Hypnoteiddwyd Nia am ychydig gan naws atgofus y gân, a phan siaradodd Rhodri fe neidiodd.

'Gwych, 'tydi?' Roedd o'n sefyll ynghanol y stiwdio, ei ddwylo yn ei bocedi a'i lygaid wedi'u hoelio arni hi. 'Artist a hanner ydi Davies.'

Aeth Nia ati i gadw ei gwaith. 'Ydi wir, a dwi wrth fy modd efo'r gân yma a'r ffordd mae o'n 'i chwarae hi.' Syndod iddi oedd canfod ei bod yn gallu sgwrsio'n reit naturiol ag ef, a hwythau ar eu pennau eu hunain erbyn hyn, ar ei thir hi ac yn trafod rhywbeth anfygythiol.

'Wyt ti'n hoffi jazz yn gyffredinol, neu dim ond hwn?' Camodd ymlaen gan wyro'n erbyn yr uned waith gyferbyn â hi, a chanolbwyntio'i sylw ar yr hyn roedd hi'n ei wneud.

Camodd hithau'n ôl, er ei bod yn teimlo'n eitha diogel ar ochr arall yr uned waith. 'Dwi 'di gwirioni ar jazz erioed. Mi ge's i 'nghyflwyno iddo fo'n ifanc iawn gan un o 'mrodyr a fûm i byth 'run fath wedyn.'

'Pob math? Traddodiadol? Modern? Canol y ffordd?' Roedd o'n ei hasesu hi nawr gan symud yn ôl ac ymlaen ar ei sodlau — fel ton a oedd yn ymestyn tuag ati ac yn bygwth ei boddi.

'Bron pob dim.' Ystyriodd Nia am funud. 'Dim byd rhy fodern, na rhy ddraddodiadol.' Rhestrodd rai o'r bandiau a'r artistiaid roedd hi'n eu hedmygu. 'Charlie Parker, Dizzy

Gillespie. A'r piano'n enwedig. Art Tatum, Keith Tippett . . . '

'Detholiad go amrywiol,' meddai Rhodri gyda gwên.

Gallai deimlo ei lygaid arni unwaith eto, ac er mwyn cael rhywbeth, unrhywbeth i'w wneud dechreuodd Nia glirio'r uned. 'Pam y fath ddiddordeb?'

'Am fy mod inna wrth fy modd efo jazz hefyd,' atebodd yn syml. 'Yn methu dychmygu bywyd hebddo fo a deud y gwir.' Ac yn sydyn, roedd Nia am wybod mwy am y tebygrwydd hwn rhyngddynt. Pwy fasa'n meddwl bod y gŵr cadarn, di-ildio yma — milfeddyg yr Helfa, yn rhannu'r diddordeb hwn â hi! Gwrthgyferbyniad arall yn ei gymeriad. Wrth iddi edrych yn fyfyrgar arno a gwrando arno'n siarad, yn ddiarwybod iddi, fe feddalodd y llygaid gleision.

'Dw inna'n hoff iawn o'r darn yma gan Gershwin hefyd. A deud y gwir, pan oeddwn i'n Affrica, Porgy a Bess oedd enwa'r ddau gi oedd gen i.' Sylwodd Nia ar ei lais yn tynhau wrth iddo grybwyll y cŵn. 'Dau Rhodesian Ridgebacks — creaduriaid tu hwnt o ddeallus. Roedd hi'n torri 'nghalon i i orfod 'u gadael nhw. Wyddost ti eu bod nhw wedi'u magu i hela llewod?'

Hoeliwyd sylw Nia gan yr hyn a ddywedai. Gwybodaeth bersonol iawn yn gymysg â'r gwrthrychol. Rhoddodd y gorau i'w thwtio a phwyso'n ôl yn erbyn yr uned waith, ei breichiau ymhleth o'i blaen. 'Pam na ddoist ti â nhw efo ti?'

'Y deddfau cwarantin. Fasan nhw fyth wedi gallu dygymod â chael eu caethiwo am chwe mis. Anifeiliaid yr awyr agored oeddan nhw, yn mwynhau eu rhyddid.'

Deallai Nia pa mor anodd y bu hi iddo'u gadael ar ôl. A'i llais yn llawn cydymdeimlad dechreuodd ei holi. 'Pryd oedd hyn?'

'Tua dwy flynedd yn ôl. Pan benderfynais i ei bod hi'n bryd dod 'nôl i'r hen wlad.'

'Dod 'nôl am byth?' awgrymodd wrth iddo dewi.

'Ddim yn union.' Doedd o'n amlwg ddim yn un i wastraffu ei eiriau. 'Dau reswm. Wel, tri a deud y gwir. Yn gynta, mi gollais i 'nhad a doedd Mam ddim yn rhyw dda iawn. Dw inna'n unig blentyn. Mi fu hi farw'n fuan wedyn ond o leia roeddwn i hefo hi.' Datganiad syml, diemosiwn. Cafodd Nia'i synnu. Iddi hi roedd teulu'n bwysig. Efallai nad oedd hi'n eu gweld nhw mor aml â hynny ond roedd hi'n braf gwybod eu bod nhw yno, heb fod yn rhy bell i ffwrdd.

'Mae'n ddrwg gen i.'

Cododd yntau ei ysgwyddau, cystal ag awgrymu bod y pethau yma'n digwydd. 'Fu hi 'rioed yn berson cryf iawn ac felly roedd hynny i'w ddisgwyl. Yr ail reswm oedd bod y gwaith roeddwn i'n ei wneud yn Affrica fwy neu lai wedi'i gwblhau. Ac yn drydydd, mi ge's i gynnig bod yn rhan o brosiect difyr iawn sy'n gysylltiedig ag Adran Amaeth y brifysgol ym Mangor. Roeddwn i hefyd yn awyddus iawn i gychwyn fy mhractis fy hun, cyn iddi fynd yn rhy hwyr,' ychwanegodd gan wenu arni.

'Rhy hwyr? Faint oedd ei oed o? Tri deg pump? Pum mlynedd arall ac mi fyddai yn ei breim! Dyna sut ddyn oedd o. Dyn â'i nerth yn datblygu wrth iddo fynd yn hŷn.

Fyddai hi fyth yn dweud dim o'r fath beth wrtho ef wrth gwrs. 'Call iawn,' cytunodd yn ddwys. 'Mae hi'n werth bachu ar bob cyfle tra medri di.' Gan sylwi ar y coegni yn ei llais gwenodd arni unwaith eto, a llwyddo i ddal ei llygaid y tro hwn. 'Pa fath o waith oeddat ti'n ei wneud yn Simbabwe?' Doedd hi ddim yn siŵr faint ohoni oedd yn bod yn gwrtais, a faint oedd yn ddiddordeb gwirioneddol.

'Gweithio efo gwartheg. Genteg a ballu. Sut i'w haddasu ar gyfer yr amgylchiadau yno — y tywydd, porfa ac yn y blaen. Mae'r cwbl braidd yn gymhleth a deud y gwir.'

Fe wyddai Nia'n iawn beth roedd o'n ei awgrymu. Doedd o'n amlwg ddim yn meddwl bod yna lawer o bwynt egluro'n fanylach wrth berson anwybodus fel hi.

Wel, doedd hi 'mond yn ceisio bod yn gyfeillgar. Os oedd ganddo fo bethau gwell i'w gwneud, roedd ganddi hithau hefyd! Ar ôl saib fer, cliriodd ei gwddf. 'Wnaeth Siw ddim deud bod 'na rywbeth oeddat ti isio'i drafod efo mi? Dwi ddim am dy gadw di, yn enwedig os oes gen ti alwadau eraill.'

'Wedi cael llond bol arna' i'n barod?' heriodd, gan ei bwrw oddi ar ei hechel yn llwyr. Yna, yn hytrach na gwneud ei bwynt a gadael, estynnodd gadair ac eistedd arni y tu ôl ymlaen, ei goesau o boptu iddi a'i ên yn gorffwyso yn ei ddwylo. 'Fel mae'n digwydd, dwi ddim ar ddyletswydd,' cyfaddefodd.

'O! dwi'n gweld. Wel, fasat ti'n hoffi aros i de, 'ta?' Dyma un ffordd sicr o gael gwared arno fo. O ystyried ei sefyllfa broffesiynol a phersonol, fyddai hi ddim yn beth call iawn iddo gael ei weld yn bod yn orgyfeillgar â chleientau ifanc benywaidd.

'Wel.' Doedd o erioed am gymryd ei gwahoddiad o ddifrif! 'Na, well imi beidio. Dwi'n disgwyl cael fy 'mwydo'n reit dda heno 'ma.' Taflodd gipolwg ar ei oriawr. 'A deud y gwir, mi fydd rhaid imi'i chychwyn hi'n 'o fuan.' Cododd a dod yn ei ôl at yr uned waith, a doedd hwnnw bellach ddim yn teimlo'n ddigon sylweddol i'w gwahanu. 'Y cwbl o'n i isio'i ddeud, Nia, oedd ei bod hi'n ddrwg gen i am neithiwr. Y busnas 'na ynglŷn â rhoi'r cyw i gysgu. Ro'n i'n gallu deud dy fod ti wedi cymryd atat.'

'Cymryd ata'?' Wyddai Nia ddim beth a effeithiodd arni fwyaf — ei ymddiheuriad annisgwyl neu cael ei hatgoffa am achos yr ymddiheuriad hwnnw. 'Wrth gwrs 'mod i wedi cymryd ata'. Be goblyn oeddat ti'n ei ddisgwyl?'

'Wn i, wn i.' Roedd o'n ymestyn yn nes ati'n awr. 'A dwi'm yn gweld bai arnat ti am ymateb fel y gwnest ti. Ond ceisio helpu oeddwn i. Wnes i ddim mynegi fy hun yn dda iawn, naddo?'

'Ti'n cydnabod hynny o leia.' Ond roedd hi'n amheus. Pam ymddiheuro?

'Does neb yn mwynhau'r math yna o waith,' meddai a'i lygaid yn culhau wrth iddo orfodi ei hun i fod yn gwbl onest â hi. Roedd rhaid iddi hithau barchu'r gonestrwydd hwnnw. 'Ac ella 'mod i'n ceisio dy brofi di mewn rhyw ffordd. Dwi'n realydd ti'n gweld a dwi'n hoffi gweld yr un agwedd mewn pobol eraill hefyd.'

'Ro'n i wedi sylwi.' Roedd yna rywbeth ysmala ynghylch y ffordd y dywedodd hi hynny.

'Ond wir iti, Nia, beth bynnag ydi di farn amdana' i, dydw i ddim yn gwbl ddidostur.'

Â'i chefn eisoes yn erbyn y wal ni allai hi symud yn ei hôl ddim pellach. Teimlai ei bod wedi ei chornelu gan ei drem. 'Does gen i ddim barn o gwbl,' meddai'n swta. 'Dwi prin yn dy nabod di.'

'Ti'n iawn.' Gwgodd am ennyd, cyn camu'n ôl oddi wrthi mor

gyflym nes ei gadael yn fyr ei gwynt. Unwaith eto roedd o'n effeithiol a di-lol. 'Beth bynnag, mae Miss Huws wedi egluro wrtha' i be 'di'r sefyllfa a dwi'n ofandwy o falch na fydd raid imi wneud dim.'

Roedd y newidiadau cyson yma yn ei hwyliau yn drysu Nia'n llwyr. O'r diwedd, fe ildiodd, ond roedd hi'n gyndyn iawn o wneud hynny. 'Mae'n iawn,' meddai'n sychlyd. 'Wedi'r cwbl, meddwl amdanon ni oeddat ti mae'n siŵr.'

'Mae'n siŵr.' Yn ddirybudd hollol, trodd am y drws. 'Dyna'r cwbl oedd gen i isio'i ddeud, ac mae'n hen bryd imi fynd.' Ar ei ffordd, oedodd ac estyn am un o'i ddarnau abstract oddi ar y silff. 'Dy waith di?' Trodd ef yn ofalus â'i fysedd hirion.

Daeth Nia i sefyll y tu ôl iddo. Roedd ei llygaid wedi'u hoelio ar y ffordd roedd ei ddwylo'n trin ei darn crochenwaith hi. Fyddai hi ddim wedi teimlo'n fwy annifyr petai o'n archwilio ei chorff.

'Ia,' crawciodd gan lyncu'i phoer. Yn sydyn reit roedd ei cheg wedi mynd i deimlo'n sych i gyd. 'Siw sy'n gwneud y mygiau, y setiau coffi ac ati.'

'Clyfar iawn. Dwi'n siŵr eu bod nhw'n gwerthu'n dda.' Roedd o'n dal i ganolbwyntio ar ei gwaith serameg hi. 'Mae'r lliwiau 'ma'n wych. Wyt wir, Nia, ti'n artist.'

'Diolch.' Gwenodd yn gam i geisio cuddio'i hansicrwydd. 'Ydyn, maen nhw'n gwerthu'n dda. Yn ddigon da i 'nghadw i mewn bara menyn beth bynnag.'

'I fynd efo'r wyau?' Trodd i'w hwynebu gan ddal i gydio'n ofalus yn y darn crochenwaith.

'Be ti'n feddwl?'

'Sylwi ar yr ieir coch cynffonddu wnes i. Wyau buarth bach del i frecwast?'

Ymatebodd hithau i'r her ysgafn yn ei lais. 'A pham lai? Dwi'n siŵr eu bod nhw'n costio dipyn llai na rhai siop, a does na'm cymhariaeth o ran blas. Ac mae'r ieir yn flasus hefyd. O ydw, Mr Puw. Os nad ydi iâr yn dodwy, dwi'n ddigon parod i'w bwyta hi.'

Ailosododd Rhodri y darn crochenwaith yn bwrpasol ar y silff ac wedi'i hastudio am funud, ysgydwodd ei ben. 'Tynnu dy goes di oeddwn i, Nia. 'Sdim isio iti fod mor amddiffynnol. Dwi'm yn gweld bai arnat ti o gwbl am gadw ieir. Ddyla'r un cartre fod hebddyn nhw.'

Gallai hithau fod yr un mor ysmala. 'Hwyrach yr hoffet ti fynd â rhyw hanner dwsin o'r wyau bach del adra hefo ti?'

Cododd ei aeliau tywyll. 'Diolch, ond well imi beidio. Mi fasa derbyn cil-dwrn gan gwsmer yn amhroffesiynol iawn ar fy rhan i.'

'Mr Puw!' Roedd ei llygaid yn fflachio. 'Ma' hynna'n annheg.'

'Rhaid imi ymddiheuro iti eto felly bydd?' Ond doedd o ddim yn ymddangos yn edifeiriol o gwbl. Gwenodd arni â'i lygaid tywyll, treiddgar. 'A Rhodri 'di'r enw,' ychwanegodd yn isel. 'Felly, er mwyn tad, defnyddia fo.'

Roedd o'n cau amdani. Ble roedd ei hewyllys cryf hi nawr a hithau ei angen yn fwy na dim? 'Fasa hynny ddim yn . . . amhroffesiynol?' sibrydodd hithau. Gallai deimlo'i anadl gynnes yn gogleisio'i chroen. Roedd o mor agos a'i synhwyrau'n cael eu boddi gan ei arogl: dyn ac anifail, sebon a phridd. Grymus, daearol a real.

Roedd o'n chwerthin yn ysgafn yn ei chlust. 'Dim o gwbl, ond mi fasa hyn.'

Plygodd i'w chusanu ac roedd cyffyrddiad ei wefusau yn union fel y dychmygodd ers yr eiliad gyntaf iddi ei weld — yn ysgafn ond eto'n gadarn. Yn ymchwilgar a meistrolgar ar yr un pryd. Dyma ben draw anochel y tyndra cynyddol a fodolai rhyngddynt, a oedd hefyd yn llawn addewid ar gyfer y dyfodol. Cusan a oedd yn ddiwedd ac yn ddechrau.

Roedd Nia wedi cael ei chusan o'r blaen, gan wahanol ddynion mewn gwahanol ffyrdd. Roedd hi wedi meddwl ei bod hi'n gwybod beth i'w ddisgwyl, yn gwybod sut i ymateb ac yn gwybod pa mor bell y dylai adael i bethau fynd. Ond na! Yn awr, wrth iddo dynnu'i fysedd hirion drwy'i gwallt golau, wrth i'w geg frwsio'n ysgafn yn erbyn ei cheg hi ac wrth i'w dafod amlinellu ei gwefusau llawn fe aeth i deimlo'n gwbl ddiymadferth. Roedd y teimladau a'i meddiannai mor newydd, mor bwerus, ac mor annisgwyl fel mai prin roedd hi'n ei hadnabod hi ei hun.

Roedd ei meddwl yn mynd fel trên. Rasiai pob math o

feddyliau drwy ei phen. Mae'n rhaid bod hyn yn iawn oherwydd yma yn rhinwedd ei swydd oedd o. Ac er nad dyn cyffredin mohono o bell ffordd, roedd o wedi'i wisgo'n gyffredin. A dyna Nia hithau, yn ei jîns, heb fymryn o golur yn agos ati, yn gweithio'n dawel yn ei stiwdio ar nos Sul. Na, doedd 'na ddim yn afreal ynghylch eu hamgylchiadau beth bynnag.

Tawodd y meddyliau yn ei phen wrth iddi ymateb i'r teimladau oedd yn corddi y tu mewn iddi. Symudodd ei cheg yn erbyn ei un ef, yn ysu am gael dyfnhau'r gusan — a'i chorff yn gyffro byw.

Pan gamodd yn ôl oddi wrthi o'r diwedd roedd ei geg a'i lygaid yn gwenu. Gollyngodd ei afael yn ei gwegil yn dyner ac estyn am ei dwylo a oedd yn pwyso'n erbyn cadernid ei frest. Gafaelodd ynddynt yn dynn.

'Tyrd yn dy flaen.' Roedd ei lais yn ddwfn a thanbaid. 'Defnyddia fo.'

'Defnyddio be?' gofynnodd hithau'n gryg.

'Fy enw i siŵr iawn. Gad imi'i glywed o.'

Roedd yna orfoledd a darostyngiad yn ei llais wrth iddi ynganu'r enw. 'Rhodri.'

'Dyna welliant.' Nodiodd ei ben yn fodlon. 'Gwelliant a hanner.'

'Rhodri.' Dywedodd yr enw eto gan fwynhau clywed ei sŵn.

Gwenodd arni. 'O hyn allan, proffesiynol neu beidio, dwi am i ti ei ddefnyddio fo. Iawn?' Wrth iddo siarad, gadawodd i'w dwylo lithro'n araf o'i afael.

Ni fu'n rhaid iddi ymateb. Torrwyd y we hudolus a oedd wedi ei gwau o'u cwmpas gan wich aflafar a oedd fel petai'n dod o gyfeiriad ei siaced.

'Damia!' Estynnodd i'w boced fewnol ac ar unwaith tawodd y sŵn. 'Neges gan un o 'nghydweithwyr i mae'n siŵr. Diolch i dechnoleg fodern, does 'na'm llonydd i'w gael, nac oes?' eglurodd wrth weld yr olwg syn ar ei hwyneb.

Ond allai hi ddim bod mor ddifater ag o ynghylch yr hyn oedd newydd ddigwydd rhyngddynt. Yn wir, oherwydd y modd y tarfwyd arnynt teimlai fel petai trydydd person wedi bod yn dyst i'r olygfa ac i angerdd y munudau diwethaf.

'Ga' i ddefnyddio'r ffôn?' Roedd hi'n amlwg mai gwaith, a dim ond gwaith, oedd ar ei feddwl erbyn hyn. 'Rhag ofn bod fy angen i ar frys.'

'Wrth gwrs.' Gan obeithio nad oedd ei hosgo'n bradychu'r cynnwrf o'i mewn fe'i arweiniodd i'r cyntedd. 'Helpa dy hun.'

Deialodd ei rif ei hun heb oedi dim. 'Gobeithio'r nefoedd na cha' i mo 'ngalw allan,' meddai wrth Nia tra oedd yn aros am ateb. Safodd hithau'n anghyfforddus wrth ei ochr heb wybod yn iawn beth i'w wneud â hi ei hun. 'Dwi 'di cael hen ddigon am . . . Helô?' cyfarthodd. 'Debra? Be sy'n bod. Oes 'na rywbeth 'di digwydd?'

Ymneilltuodd Nia i'r gegin. Y peth olaf oedd hi eisiau ei wneud oedd gwrando arno ef yn sgwrsio â Ms Cannington, ond serch hynny gallai glywed bob gair drwy'r drws agored.

'Be? Dim galwadau?' Roedd ei lais yn wastad, ond yn llawn cynhesrwydd. 'Diolch byth. Ond pam . . . ?' Chwarddodd, ac wrth ei glywed fe rewodd Nia. 'O, dwi'n gweld. Wn i, ond dwi wedi cael 'y nal braidd. Wrth gwrs do'n i ddim wedi anghofio. Mi fydda i yna o fewn chwarter awr, iawn? O, a cadwa fo'n gynnes i mi!'

Roedd o'n gwenu'n braf wrth osod y derbynnydd yn ôl yn ei le. 'Dwi'n gofyn amdani rŵan,' cyhoeddodd wrth i Nia ddod o'r gegin. 'A dy fai di ydi o 'mod i'n hwyr i swper.'

Trodd i'w hwynebu a thynnu'i fys yn araf i lawr ochr ei hwyneb ac yna ar hyd ymylon ei gwefusau. Rhewyd hithau i'r fan, ei chnawd yn gogleisio drosto.

Gwyrodd i'w chusanu'n dyner iawn ar ei thalcen, a'i thynnu'n agos ato er mwyn ail-greu am ennyd beth o'r swyn a oedd wedi bodoli rhyngddynt. Ond gallai deimlo'i ddwylo'n drwm ar ei hysgwyddau, yn ei dal hi'n ôl. Doedd o'n gwneud dim mwy na ffarwelio â hi, fe wyddai Nia hynny ond eto roedd ei chorff yn mynnu ymateb hyd yn oed i gyffyrddiad mor syml â hwn o'i eiddo.

Pan gamodd oddi wrthi, ni ddywedodd Nia air. Beth oedd yna i'w ddweud? Roedd o ar fin ei gadael a mynd yn ôl at ba gyfrifoldebau bynnag oedd yn ei aros.

'Hwyl 'ta, Nia. Mi gysyllta' i â chdi cyn bo hir, iawn?'

'Hwyl, Rhodri,' meddai hithau. Ond roedd o eisoes wedi rhoi clep i'r drws ar ei ôl, ar frys gwyllt i gyrraedd adre. Â'i boch, ei gwefusau a'i thalcen ar dân gwrandawodd Nia ar sŵn y car a'i cludai i ffwrdd i ble bynnag yr oedd Ms Cannington yn cadw swper yn gynnes iddo.

Pump

'O, na!' Dyma'r peth olaf oedd hi eisiau.

Craffodd Nia i'r gwyll, heibio i'r weipars prysur. Glaw trwm a'r awyr yn fwll heb ddim sêr na hyd yn oed olau lleuad. Ar amgylchiadau fel hyn byddai ar bigau'r drain.

Yn hynod ofalus, gyrrodd y car ar hyd y ffordd droellog. Rhyw hwyliau digon rhyfedd fu arni gydol yr wythnos. Pyliau o iselder yn dod drosti bob yn ail â chyfnodau o weithgarwch prysur ac o fod ar ben ei digon. Be goblyn oedd yn digwydd iddi? I'r Nia radlon, gymedrol.

Daeth at dro neilltuol o hegar a thynhaodd ei holl gorff. Dim llwynogod heno, ond dyma'r union gornel roedd hi wedi dynesu ati o gyfeiriad gwahanol wythnos gyfan yn ôl erbyn hyn.

Gorfododd ei hun i ymdawelu. Doedd o ddim wedi bod yn ei ôl ers y Sul, ac efallai na fyddai angen iddo ymweld â nhw eto. Roedd Greta a'r bychan yn dod yn eu blaenau'n dda iawn, ond dyna'r unig beth oedd ganddi i deimlo'n hapus yn ei gylch. Beth bynnag, anfon dirprwy wnâi o'r tro nesaf mae'n siŵr yn ôl Siw. Ni soniodd Nia ddim wrthi ynghylch yr hyn a ddigwyddodd, ond roedd gan ei ffrind ryw allu greddfol i weld o dan yr wyneb er ei bod hi fel arfer yn cadw'n dawel ynghylch yr hyn a welai.

A dyna beth arall. Tynhaodd ei dwylo ar y llyw a llamodd y car yn ei flaen wrth iddi roi gormod o bwysau ar y sbardun. Byddai'n rhaid iddi ganolbwyntio. Doedd hi ddim am adael iddo amharu ar ei gyrru. Be goblyn oedd ei gêm o? Yn ei hudo hi fel yna ac yntau'n amlwg ddim ar gael. Be am Ms Cannington?

Rhyddhad oedd cyrraedd adref. Wrth iddi droi i mewn i'r

buarth aeth car arall heibio iddi. Escort Meurig. Doedd hi ddim yn syndod ei fod ef a Siw wedi manteisio ar y cyfle i dreulio'r gyda'r nos ar eu pennau eu hunain.

Canodd ei gorn arni a gwnaeth hithau yr un peth — yn flin braidd. Onid oedd ganddi ddigon ar ei phlât heb i Siw benderfynu ei bod am drawsnewid nid yn unig ei bywyd hi ond un Nia hefyd? Onid oedd hi'n bosibl dibynnu ar neb?

Wrthi'n golchi llestri yn y gegin yr oedd Siw a throdd i groesawu Nia â gwên wrth iddi ddod i mewn. Roedd rhywun yn hapus o leia.

'Sut oedd y dosbarth?'

'Iawn, 'sti?' Wedi gollwng ei bag eisteddodd Nia yn flinedig ar gadair wrth y bwrdd. 'Ew, dwi 'di gweithio'n galed.' A dyna'r gwir. Roedd hi wedi bod fel dau anifail, yn ymladd am gael rhyddhau y dymer ddrwg a oedd wedi cronni o'i mewn. Doedd ryfedd yn y byd ei bod hi wedi blino cymaint.

'Wnest ti ddim aros am ddiod? Ti'n gynt nag arfer.' Erbyn hyn roedd Siw wrthi â'i chadach yn ymosod ar y sosbenni.

'Un sydyn cyn i flinder gael y gora arna' i,' meddai Nia gan agor ei cheg.

'Welist ti mo' Tim, 'ta?'

'O do. Mi roedd o yno, fel arfer,' ychwanegodd Nia'n goeglyd. 'Mi rois wybod iddo fo am y cyw ac mae o'n deud ei fod o am ddŵad draw i dy longyfarch di.'

'I fy llongyfarch i?' chwarddodd Siw. 'Greta ddyla gael 'i llongyfarch ganddo fo, neu chdi wrth gwrs.' Taflodd gipolwg dros ei hysgwydd. 'Gyda llaw, ma'r model gafr 'na'n ardderchog gen ti.'

Ymlaciodd Nia. 'Mae o'n well nag oeddwn i wedi'i ddisgw'l beth bynnag.' A dweud y gwir, geifr oedd unig nodweddion cadarnhaol ei hwythnos. Roedd gweld Greta a'i chyw gyda'i gilydd wedi tanio'i hysfa greadigol. 'Mae hynna wedi f'atgoffa i, Siw. Mae ar Tim angen mwy o stwff ar gyfer y siop. Mi ddyla un ohonan ni fynd draw yno mor fuan â phosib. 'Sgin ti ffansi trip? Ma' gen ti dipyn o stwff yn barod, 'does?'

'Oes, ac mi fasa'n esgus i gael gwneud dipyn o siopa. A dwn

i'm pryd welis i Tim ddwetha. Dwi'n meddwl yr a' i fory.'

'Iawn, dyna hynna wedi'i setlo.' A dweud y gwir roedd Nia'n falch iawn o gael peidio â mynd. Roedd y sgwrs fer a gafodd â Tim yn y dafarn heno yn hen ddigon am dipyn. Safodd ar ei thraed gan ymestyn ei breichiau i'r awyr. 'Os nad oes ots gen ti, Siw, dwi'n meddwl yr . . . '

'Aros funud, Nia.' Trodd Siw tuag ati, cadach gwlyb yn ei llaw a'i hwyneb yn rhyfedd o boenus. 'Cyn iti fynd i dy wely ma' gen i rywbath dwi isio'i ddeud wrthat ti.'

Aileisteddodd Nia, wedi ei dychryn gan y taerineb yn llais Siw. Gallai deimlo cwlwm yn tynhau o'i mewn. 'Be sy?' Gosododd wên ar ei hwyneb a gwneud ymdrech arbennig i gadw ysgafnder yn ei llais.

'Mae o ynglŷn â Meurig a fi.' Syllodd Siw arni gan chwarae â'r cadach gwlyb yn ei llaw.

'Ro'n i'n ama rhywsut.' Byddai'n rhaid iddi geisio ymddangos yn falch.

'Roedd o yma heno ac mi gawson ni sgwrs hir. Y peth ydi . . . ' Cymerodd Siw anadl ddofn, ac felly hefyd, Nia. 'Y peth ydi, Nia, 'dan ni wedi penderfynu priodi!'

O'r diwedd. Roedd y peth wedi'i ddweud. Roedd yna ryddhad amlwg yn llygaid Siw, yn gymysg â phryder wrth iddi aros am ymateb ei ffrind.

'*Priodi*!' Dyma'r union beth oedd Siw wedi'i ofni. Roedd wyneb ei ffrind yn fflamgoch, y llygaid gleision wedi caledu a'r gwefusau llawn wedi'u tynhau. Ond ar ôl yr ebychiad cychwynnol hwnnw distawodd y llais, yn benderfynol o beidio â bradychu mwy ar ei gwir deimladau. 'Do'n i ddim yn sylweddoli pa mor ddifrifol oedd petha rhyngoch chi. Ma' gofyn dy longyfarch di wedi'r cwbl felly, toes?'

Wedi iddi gael gwared â'r gwaethaf, daeth Siw i eistedd gyferbyn â'i ffrind. 'Dwn i'm sut y byddi di'n teimlo ynghylch hyn, Nia.' Roedd ei brwdfrydedd a'i chynhesrwydd cynhenid yn dechrau cael y gorau ar ei phryder. 'Ond dwi'n siŵr dy fod ti wedi sylwi 'mod i a Meurig — wel ein bod ni wedi datblygu'n fwy na ffrindia a . . . ' Cododd ei hysgwyddau, ei llygaid gwyrddion yn loyw, yn methu'n glir â chuddio'i llawenydd.

Ymladdodd Nia'n erbyn y chwerwedd a deimlai, er mwyn Siw. 'Ac mi syrthioch chi mewn cariad?'

'Do ma' gen i ofn.'

'Wel, mae o'n digwydd.' Roedd Nia yn casáu ei hun am ymateb mor negyddol i hyn i gyd. Ond roedd syrthio mewn cariad yn un peth — a phriodi'n beth arall. Aberthu pob dim roeddan nhw wedi'i gyflawni gyda'i gilydd? Eu huchelgais a'u haddewidion i'w gilydd? 'Wnest ti'm sôn rhyw lawer am y peth.' Swniai'n gyhuddgar. Syllodd Nia ar y lliain bwrdd glas a gwyn.

'Mae'n ddrwg gen i, ond fedrwn i ddim.' Roedd Siw yn wironeddol ofidus. Cododd Nia ei phen ac edrych arni. Am y tro cyntaf fe sylweddolodd pa mor anodd fu hi i Siw orfod dweud hyn wrthi ac roedd ganddi gywilydd ohoni ei hun. Roedd Siw yn dal i siarad, dagrau'n cronni yn ei llygaid a'i llais fel petai ar fin torri. 'Mae'n wir ddrwg gen i, wir iti. Dwi wedi bod yn teimlo fel petawn i'n cael fy nhynnu i ddau gyfeiriad. Dwi'n gwybod sut ti'n teimlo ynghylch ein partneriaeth ni a dwi'n gwerthfawrogi dy fod ti'n ofni i ddynion a rhwymau emosiynol ddifetha petha, ond fedra' i ddim bod fel ti.'

Sylweddolodd Nia o'r diwedd bod ei ffrind o dan gryn deimlad. Peidio â dweud dim fyddai orau iddi am y tro a gadael i Siw orffen egluro. 'Dwi'n 'i garu o, Nia.' Er bod ei gwên yn wantan roedd hi'n amlwg yn golygu pob gair. 'Hen ffŵl bach rhamantus ydw i'n y diwedd ti'n gweld, a dwi'n gwybod 'mod i'n dy siomi di, ond does gen i mo'r help. Ma' Meurig am inni brynu tŷ efo'n gilydd a gwneud y cyfan yn iawn a . . . a . . . ' Daeth nerth iddi o rywle wrth iddi feddwl am ei darpar ŵr. 'A'r peth ydi, dyna ydw i isio hefyd! O, Nia! Fedri di fadda imi am fod mor gonfensiynol?'

I'r Siw fewnblyg roedd hyn yn dipyn o gyfaddefiad ac ni allai ei geiriau beidio â chael effaith ar Nia ac o'r diwedd fe ddechreuodd deimlo'n wironeddol falch dros ei ffrind. Doedd hi ddim yn gwbl ddideimlad wedi'r cwbl, a diolch byth am hynny. 'Siw fach, wrth gwrs y medra' i,' meddai gan osod ei llaw yn dyner ar fraich ei ffrind. 'Mi fedra' i weld pa mor hapus wyt ti a dwi'n wirioneddol falch drosoch chi'ch dau. Mi roeddwn i'n sylweddoli bod 'na rywbath ar y gweill wrth gwrs, ond heb ddisgwyl i betha ddatblygu mor sydyn.' Llyncodd ei phoer cyn parhau. 'A dwi'n gobeithio . . . na, dwi'n gwybod,' cywirodd ei hun, 'y byddwch chi'n hapus iawn efo'ch gilydd.' Gwasgodd fraich Siw ac ar yr un pryd ceisiodd anwybyddu'r hen feddyliau oedd yn mynnu edliw *beth amdana' i? Ein cynlluniau ni? Y lle 'ma?*

Gan ymlacio drwyddi, nawr ei bod wedi dweud ei newydd, aeth Siw ymlaen i drafod yr union bethau hynny fu'n poeni Nia. 'Gwranda, dwi wedi bod yn meddwl. Er na fydda i'n byw yma, dydi hynny ddim yn golygu fod rhaid i hyn i gyd ddod i ben. Wrth gwrs, mi fasa'n rhaid iti wneud heb y rhent, os na fasat ti'n cael rhywun arall i rannu efo ti, ond ti 'rioed wedi codi digon arna' i beth bynnag.'

'Does gan y rhent ddim byd i'w wneud efo'r peth,' atgoffodd Nia hi'n dawel. 'Mi fydda i'n iawn ar fy mhen fy hun siŵr, a beth bynnag, fedrwn i ddim meddwl rhannu efo neb arall.'

'Wel dwi 'di deud wrth Meurig mai ffordd hyn dwi isio byw, a does ganddo fo ddim gwrthwynebiad. Ac mae o hefyd am imi ddal ati efo 'ngwaith.'

'Mi faswn i'n gobeithio hynny wir!' torrodd Nia'n ddifeddwl ar ei thraws.

Gwenodd Siw gan wrido wrth fynd ati i ddisgrifio'i chynlluniau hi a'i dyweddi. 'Mae o'n deud bod rhaid inni brynu tŷ efo digon o le ar gyfer stiwdio, a hyd yn oed taswn i'n cael babi,' dyfnhaodd y wrid, 'mi allwn i ddal i weithio.'

Edrychodd Nia arni mewn braw. Ond roedd yna eiddigedd yn ei llygaid hefyd ac roedd hyn yn rhywbeth cwbl newydd iddi hi. Beth oedd yn digwydd?

Penderfynodd ganolbwyntio ar oblygiadau ymarferol yr hyn roedd Siw wedi'i ddweud. 'Felly, os dwi'n deall hyn yn iawn, mi allwn ni ddal i fod yn bartneriaid, er nad ydan ni'n rhannu'r un safle?'

'Pam lai? Yn ôl Meurig, mater bach ydi trefnu'r peth yn ariannol, ac mae'r busnes wedi'i sefydlu erbyn hyn.' Roedd Siw yn llawn brwdfrydedd yn awr. 'A ti 'di deud dy hun fod y stiwdio'n dechra mynd yn rhy fach. Dwi'n siŵr y basat ti'n cytuno y gallwn ni wneud efo un bob un.'

'Hmmm.' Doedd dim modd gwadu hynny. 'Mi fedra'r peth weithio, am wn i.' Gadawodd Nia i Siw ei argyhoeddi, er, roedd hi wastad wedi bod yn dipyn o optimist. 'Ac mi alla' i weld bod 'na fanteision.'

'O, Nia!' Gwenodd Siw mewn rhyddhad. 'Ro'n i'n ofni y basat ti'n meddwl 'mod i'n dy fradychu di!'

'Ella 'mod i.' Ond tynnu coes roedd hi'n awr. Os oedd y newid yn anochel yna pa ddiben cymhlethu pethau i'r ddwy ohonynt. 'Paid ti â phoeni amdana' i, Siwan. Fi, wedi'r cwbl, sy' wastad yn pregethu am annibyniaeth. Wel dyma 'nghyfla i i brofi'r peth.' Pylodd ei gwên. 'Mi gollwn ni chdi wrth gwrs, Matilda a'r ieir a finna.' Ac mewn fflach fe sylweddolodd. 'Mae'n siŵr y byddi di'n mynd â'r geifr efo ti felly?'

'Byddaf.' Petrusodd Siw wrth sylwi ar y siom yn llygaid Nia. 'Fedrwn i mo'u gadael nhw, Nia, ac ma' Meurig yn hoff iawn ohonyn nhw hefyd, mae o'n deud y gallwn ni gael darn bach o dir a sied ar eu cyfer nhw. A dwi angen y llefrith, dyna oedd yr holl bwynt. Ond mi elli di gael peth hefyd a dŵad i'w gweld nhw pryd bynnag ti isio.'

Tawodd, gan sylweddoli cymaint o ergyd oedd hyn i Nia, ar ben popeth arall. Ymladdodd honno unwaith eto yn erbyn y chwerwedd oedd yn bygwth ei llethu. Roedd Meurig yn caru Siw, wrth gwrs ei fod o, ond fedrai o fyth deimlo unrhyw beth tuag at y geifr a oedd yn cymharu â chariad Nia tuag atynt. Oedd, roedd hi'n eu caru a'u parchu nhw ac yn mwynhau eu cael nhw o gwmpas y lle. Rhywsut, hyn oedd wedi peri'r loes fwyaf iddi.

Ceisiodd Nia reoli ei theimladau. Roedd hi'n amlwg fod hwn yn mynd i fod yn un o'r cyfnodau hynny pan oedd bywyd yn hyrddio newidiadau ati o bob cyfeiriad. Chwalu ac aildrefnu. Allai hi wneud dim; dim ond derbyn y cyfan mor raslon â phosibl.

'Iawn, 'ta,' meddai Nia gan ymlwybro ar ei thraed. 'Yli, mae'n rhaid imi fynd i 'ngwely. Gawn ni drafod hyn eto, ia?'

'Well i minna 'i throi hi hefyd dwi'n meddwl,' cytunodd Siw yn fwyn. 'A diolch iti Nia, am gymryd petha cystal. Doedd dim rhaid imi boeni, nac oedd?'

Oedd hi wedi cymryd pethau cystal? 'Mi fasa gofyn imi fod yn ddewr iawn i feiddio taflu dŵr oer ar betha, a chditha'n amlwg mor hapus. Ac mae hynna'n f'atgoffa i, pryd a lle mae'r seremoni gyntefig 'ma'n digwydd? Ydi o'n mynd i fod yn achlysur crand? Ydw i am gael bod yn forwyn a mynd allan efo'r gwas?'

Ymunodd Siw yn yr hwyl. 'Chdi fydd y brif forwyn, siŵr iawn. Ac mi wna' i'n siŵr fod Meurig yn dewis y mwya golygus o blith 'i ffrindia i fod yn was.'

Ysgydwodd Nia ei phen. 'Paid ti â dechra meddwl am ddod o hyd i ŵr i minna hefyd. Mae 'na rai ohonan ni o hyd yn driw i'n hegwyddorion.'

'Digon teg. Mae'n siŵr fod ganddo fo ffrind yn rhywle sy' mor amharod â thitha i setlo i lawr!' Difrifolodd. 'Dolig yma 'dan ni'n bwriadu priodi. Dwi'n gwybod bod hynny braidd yn fuan, ond gan ein bod ni wedi penderfynu, dwi'm yn gweld llawer o bwynt aros. Ac ia, priodas capel draddodiadol fydd hi.' Roedd hi'n herfeiddiol bron.

'Wyt ti wedi deud wrth dy rieni?'

'Mi rois i ganiad iddyn nhw gynna. Maen nhw wrth eu bodda. A dwi'n mynd i gyfarfod teulu Meurig y penwythnos yma — yn Aberystwyth.'

Nodiodd Nia. Roedd y cyfan mor ddisgwyliadwy — y darnau i gyd yn ffitio fel jig-so. Confensiynol, ond eto'n gysurus. I rai pobl, wrth gwrs. Ac onid oedd Nia'n dod o gefndir digon cyffredin a sefydlog ei hun? Ond roedd hi wedi penderfynu'n gynnar yn ei bywyd na allai rhyddid creadigol fynd law yn llaw â'r math hwn o ymrwymiad. Nid i ferched beth bynnag, nid os oedden nhw am reoli eu bywydau eu hunain.

Efallai mai cael ei llethu gan ddyletswyddau domestig a wnâi Siw hefyd, yr un fath yn union â chynifer o ferched eraill. Ond ar y llaw arall, efallai na châi hi ddim.

Cliriodd Nia ei gwddf. 'Wel, mi wela' i di bore fory 'ta. Ma' bywyd yn mynd yn ei flaen 'tydi,' ychwanegodd ar ei ffordd o'r gegin.

'Ydi wir,' cytunodd Siw a'i llygaid yn disgleirio. 'A dwi'n meddwl y cychwynna' i efo'r llwyth yna y peth cynta ar ôl brecwast.'

Ddeng munud yn ddiweddarach llithrodd Nia i'w gwely, ond fe wyddai na fyddai'n cysgu'n syth. Ac roedd hi'n iawn hefyd.

Roedd Nia a Siw wedi dod yn hen lawiau ar bacio'u creadigaethau bregus i focsys pwrpasol a'u llwytho i gefn y fan. Erbyn deg o'r gloch fore trannoeth roedd Siw wedi cychwyn ar ei thaith. Soniwyd yr un gair am sgwrs y noson cynt er eu bod yn gwybod mai dyna oedd ar eu meddwl hwy ill dwy.

Mae bywyd yn mynd yn ei flaen. A chan ddilyn ei hystrydeb ei hun aeth Nia i'w stiwdio. Ond mwya'n y byd roedd hi'n ymdrechu, lleia'n y byd roedd hi'n ei gyflawni. Dylai wybod erbyn hyn bod gan y defnyddiau crai eu hewyllys eu hunain. Waeth beth a wnâi ei dwylo, os nad oedd ei chalon yn y gwaith fe wrthodai'r clai â chydweithredu. Heddiw, roedd ei chalon yn drom, a'i bysedd o ganlyniad yn drwsgwl.

Am hanner awr wedi deg rhoddodd y gorau iddi a mynd allan am dro. Doedd hi'n ddim syndod iddi gerdded yn syth i'r sgubor. Gwyrodd yn erbyn ochr y gorlan gan wylio castiau'r cyw a thendans diddiwedd Greta. Bron na allech chi ei weld o'n tyfu ac roedd Greta'n bwyta'n iawn unwaith eto, sglein ar ei chôt a'i llygaid yn loyw. Daeth draw i gyfarch Nia gan wthio'i thrwyn hir yn erbyn y llaw agored, a rhag ofn iddo golli unrhyw sylw fe sbonciodd y cyw ar ei hôl.

Wrth i Nia syllu i lawr arnynt daeth lwmp mawr i'w gwddf a dagrau i'w llygaid. Cymylodd Greta a'i chyw wrth iddi adael i'r dagrau poeth lifo'n ffrydiau i lawr ei bochau. Hunandosturi llwyr ond doedd yna neb i'w gweld ar wahân i'r geifr.

Pan glywodd sŵn car yn troi i mewn i'r buarth prin y cafodd hi ddigon o amser i sychu'r olion gwaethaf oddi ar ei hwyneb â chefn ei llaw. Pwy oedd yn cyrraedd yn gwbl ddirybudd ar amser mor anffodus ac yn ei dal ar un o'r adegau prin hynny pan oedd hi wedi caniatáu iddi'i hun ymollwng yn llwyr i'w theimladau?

Fe wyddai'r ateb cyn iddi droi hyd yn oed. Teimlo grym

presenoldeb Rhodri Puw wnaeth hi yn hytrach na'i weld. Estynnodd ei fag o gefn yr Audi cyn troi ei ben i'w chyfeiriad. Tywynnodd yr haul hydrefol ei belydrau gwan ar y cudynnau cochlyd yn ei wallt nes bod ei wyneb yn edrych yn fwy clir nag arfer.

Creodd yr un pelydrau lewyrch llachar o gwmpas pen golau Nia. I Rhodri, wrth iddo agosáu, roedd ei hwyneb yn anniffinadwy a safodd ennyd, fel petai'n ceisio ymresymu â'i hun.

'Nia.' Amneidiodd tuag ati yn gwta. 'Sut wyt ti?'

Llyncodd hithau'n galed, i gael gwared ag unrhyw ddagrau oedd ynghlwm yn ei llwnc. 'Iawn diolch, Rhodri.' Er bod ei llais yn gryg roedd hi fwy neu lai yn medru'i reoli. Gorfododd ei hun i ddefnyddio ei enw, nid er mwyn ufuddhau i'w gais ond fel rhyw fath o brawf personol. Wnaeth o ddim gweithio. Roedd ynganu ei enw yn cynyddu'r gwrthdaro oedd wedi bod yn taranu o'i mewn drwy'r wythnos.

Symudodd heibio iddi at y gorlan. 'A sut mae 'nghleifion i heddiw? Mae'n rhaid imi ddeud 'u bod nhw'n edrych yn hynod o iach.'

'Dyna'r oeddwn inna yn ei feddwl hefyd.' Y sylw llipa hwnnw oedd yr unig beth allai Nia ei ddweud wrth iddi ymladd i dawelu ei chorff a'i meddwl. Dyma fo eto, y tensiwn, y llawenydd poenus wrth iddo sefyll wrth ei hochr gan wyro'n erbyn y gorlan, ei fraich yn gorffwyso yn erbyn ei hun hi, yn cyffwrdd ei gilydd o'r penelin i lawr.

Yna, fe drodd i edrych yn fanwl arni a newidiodd yr olwg ar ei wyneb wrth iddo ymateb i'r hyn a welai. Pryder? Chwilfrydedd? Ond y cwbl a ddywedodd oedd, 'Well imi gael golwg sydyn arnyn nhw gan 'mod i yma. Dwi ddim ar ddyletswydd fory felly ro'n i'n meddwl mai gwell fasa imi alw draw heddiw, gan fod y bychan bron yn wythnos oed.' A'r eiliad nesaf roedd o wedi llamu i blith y geifr a'i fysedd medrus wedi dechrau gweithio'u swyn, nid yn unig ar yr anifeiliaid ond ar Nia oedd wedi'i chyfareddu gan bob symudiad o'u heiddo.

'Ydi, mae hi'n dod yn ei blaen yn ardderchog,' meddai gan

fwytho Greta'n dyner. 'Ac am y cymeriad bach yma, mae o'n llawn bywyd 'tydi?'

'Mae o'n werth y byd,' crawciodd Nia, 'ac mae Greta'n fam ardderchog.'

'O ydi.' Roedd yr agosatrwydd yna yn ei lais unwaith eto ac yn gwrthgyferbynu'n llwyr â'i ffordd swta arferol. 'Nid pob mam sy'n cymryd at y peth cystal, yn enwedig ar ôl dechreuad mor galed.' Roedd o'n agor ei fag yn awr ac yn estyn am chwistrell a ffiol. 'Cofia, mi wnaethon ni'n gora iddi hi, yn do 'rhen goes? Un pigiad bach arall a dwi'n meddwl y gwnei di'r tro.'

Chdi wnaeth dy ora iddi, meddyliodd Nia, ond roedd ei llygaid yn dal ar ei ddwylo, y dwylo oedd yn paratoi'r dôs, yn llenwi'r chwistrell ac yn gwneud popeth mor bwyllog fel mai prin y sylwodd Greta ar y pigiad. Roedd yna rywbeth cyfareddol ynghylch yr holl olygfa ac ni allai Nia yn ei byw deimlo'r dicter a ddylai fodoli, a hithau yn ei gwmni o eto.

'Ydi hi'n bwyta'n iawn?' Roedd Rhodri wrthi'n hel ei bethau at ei gilydd. 'A'r cyw? Ydi o'n sugno'n rheolaidd?'

'Mae'r ddau'n rêl bolia,' sicrhaodd Nia. Pam nad oedd ei gwên yn cyrraedd ei llygaid tybed?

'Da iawn.' Camodd Rhodri o'r gorlan a sefyll gyferbyn â hi. 'Ydi Miss Huws o gwmpas? Well imi gael gair efo hi gan mai hi ydi'r . . . '

'Na,' torrodd Nia'n ddiamynedd ar ei draws. 'Ond os oes 'na unrhyw neges mi elli di ymddiried ynдда i. Ella na wnest ti sylweddoli ond mi rydw i'n digwydd rhannu'r cyfrifoldeb efo hi.' *Am ychydig wythnosau eto, o leia.*

Ni cheisiodd Rhodri guddio'i ddiddordeb yn hyn i gyd. 'Oeddwn, Nia, mi oeddwn i wedi sylweddoli. Ond os ydi o neu hi ar gael, yr arferiad ydi trafod efo perchennog yr anifail.' Siaradai'n dawel ac wrth iddo wneud hynny fe gymerodd gam tuag ati. 'Felly pan ddaw hi'n ei hôl, fedri di ddeud wrthi 'mod i'n ymddiheuro am beidio galw ynghynt ond ma' hi wedi bod yn wythnos anarferol o brysur ac ro'n i'n gwybod y basach chi'n galw pe bai yna unrhyw broblem. A dweda wrthi hi hefyd fod y ddau ohonyn nhw'n ddigon tebol i fod allan erbyn hyn.'

'Mi wna' i'n siŵr ei bod hi'n cael gwybod. A diolch i ti.' Roedd Nia'n mwmian yn awr ac roedd arni gywilydd ohoni ei hun am ymateb mor bigog iddo. Yna'n sydyn, roedd hi mewn panig. Doedd o 'rioed am fynd? Ac os oedd o, pam nad oedd hi'n teimlo rhyddhad yn hytrach na siom? Prin ei bod hi'n ei hadnabod ei hun bellach — allai hi ddim ymateb yn gyson i affliw o ddim.

Roedd hi'n cael ei thynnu i bob cyfeiriad. Ei gadw fo yma neu gael gwared ohono gynted â phosibl? Emosiwn a gafodd y gorau ar synnwyr yn y pen draw. 'Fasat ti'n . . . oes gen ti amser am goffi?' mentrodd.

'Nac oes, mae gen i ofn, ond diolch iti 'run fath.' Roedd hi wedi methu. Tynhaodd ei stumog yn gwlwm. Roedd hi'n ei chasáu ei hun. 'Maen nhw'n fy nisgwyl i mewn fferm tua phum milltir o fan hyn unrhyw funud rŵan, i archwilio coblyn o darw mawr blin. Ond paid â phoeni,' gwenodd, 'fi roddodd y fodrwy yn ei drwyn o ac mae o'n gwybod yn iawn pwy 'di'r mistar.'

'Poeni? Fi?' atebodd yn egr. 'Wel,' ychwanegodd pan na symudodd, 'mi ddyweda' i hwyl fawr 'ta.' Camodd yn ei hôl. Doedd yna ddim pwynt ceisio'i ddal o.

Ond roedd o'n camu ar ei hôl, yn nes nag erioed, un llaw yn estyn amdani a dau o'r bysedd hirion yn amgylchynu ei harddwrn gan gyfarfod â'i fawd â modfedd dda yn weddill. Doedd yna ddim bygythiol na garw ynghylch y ffordd roedd o'n gafael ynddi ond fe gafodd Nia ei rhewi i'r fan. 'Nia, nid dod yma i weld y geifr yn unig wnes i. Mi ddois i yma i ofyn rhywbeth i ti.' Dyfnhaodd ei lais. Doedd yna ddim byd yn broffesiynol ynghylch y ffordd roedd o'n edrych arni.

'O, felly?' Roedd ei weddnewidiad wedi ei synnu gymaint fel nad oedd hi prin yn gallu siarad.

'Ond cyn imi wneud hynny,' tynhaodd ei afael yn ei harddwrn. Gosododd ei fag ar y llawr er mwyn rhyddhau y llaw arall a ddaeth i fyny at ei gwallt gan droelli un cudyn melyn o amgylch un o'i fysedd. Dilynodd ei lygaid tywyll y symudiaid hwn o'i eiddo am ennyd cyn dychwelyd at ei hwyneb. 'Cyn imi ofyn dim i ti, Nia, oes 'na rywbeth yn bod? Roeddet ti wedi bod yn crio, doeddet, pan gyrhaeddais i?'

'Nac oeddwn.' Doedd hi ddim am gydnabod gwendid wrtho fo o bawb. A pha hawl oedd ganddo i fusnesu? Ond er ei fod yn ymyrryd roedd yna rywbeth yn braf ynghylch y ffaith ei fod wedi sylwi. Gydag un ochenaid fawr, newidiodd ei meddwl. Roedd teimlo'i lygaid arni a chyffyrddiad ei gnawd yn ddigon i chwalu ei hamddiffynfeydd. 'Oeddwn.'

'Pam?' Ysgydwodd ei phen gan osgoi edrych arno, ond roedd o'n benderfynol. 'Mi fedri di ddeud wrtha' i. Dwi'n un da am wrando ac mi fasat ti'n synnu be ma' pobol yn ei ddeud wrtha' i pan fydda i'n trin 'u hanifeiliaid nhw.'

Gwenodd Nia er gwaetha'i gofid, cyn tynnu ei llaw o'i afael ac fe wyliodd yntau hi'n syrthio'n llipa cyn trosglwyddo'i sylw'n ôl at ei hwyneb wrth iddi holi, 'Be am dy apwyntiad di efo'r tarw?'

'Wneith hi ddim drwg i Caradog yr Ail o Blas y Glyn aros am dipyn,' cyhoeddodd yn ffurfiol. 'Wedi'r cwbl, ella nad wyt ti'n ddim ond tyddynnwr bach di-nod ond dwi'n ama bod dy anghenion di gryn dipyn yn bwysicach na'i rai o.'

Lledodd gwên Nia wrth iddo'i galw'n dyddynnwr ac fe wyddai y gallai ymddiried ynddo. 'Siw . . . ' dechreuodd.

'Be sy'n bod ar Siw?' Roedd o'n glustiau i gyd yn awr.

'Dim, dim byd o gwbl.' Oedd yna 'chydig o wawd yn ei llais? 'A deud y gwir mae hi ar ben ei digon. Mae hi mewn cariad. Ac mae hi'n mynd i briodi, dyna'r cwbl.'

'Be sy' o'i le ar hynny?' Crebachodd talcen Rhodri wrth iddo geisio chwilio am ateb i'w gwestiwn ei hun. Yna agorodd y llygaid duon yn fawr wrth iddo sylweddoli'n sydyn, fel petai'n medru darllen y geiriau o fewn ei phen. 'Dwi'n gweld. Mi fydd hi'n symud ac yn dy adael di ar dy ben dy hun.'

Nodiodd Nia'n ddigalon. Roedd o'n llygad ei le. 'Dwi'n falch drosti hi, wrth gwrs.' Rhyfedd pa mor hawdd oedd dweud hyn wrtho, a hithau nawr yn dechrau cynhesu. Erbyn hyn, pont oedd yr atyniad corfforol a fodolai rhyngddynt, nid rhwystr. 'Dwi ar fai am deimlo mor negyddol ynghylch y peth. Dim ond neithiwr ddywedodd hi wrtha' i a dwi ddim wedi cael cyfle i ddygymod â'r syniad eto a dyna pam . . . ' Petrusodd wrth i'r dagrau fygwth cronni unwaith eto ond roedd hi'n benderfynol o beidio â cholli rheolaeth. 'Ro'n i'n gwybod bod 'na rywbeth ar droed wrth gwrs ond doeddwn i ddim wedi disgwyl iddyn nhw briodi'r Dolig yma. Hyd yma, rydan ni . . . ma' hi wedi medru rheoli petha.' Doedd 'na ddim pwynt iddi dynnu ei hun i mewn i hyn. Roedd pethau'n ddigon personol fel ag yr oedden nhw.

Syllodd Rhodri arni ac fe syllodd hithau ar y llawr. Pan siaradodd roedd 'na gydymdeimlad yn ei lais. 'Mi wyddost ti be mae rhai yn ei ddeud — mae rhai merched yn medru rhoi'r cyfan, ac eraill yn rhoi coblyn o ddim — fatha potel sôs! Mae'n debyg fod Siw yn rhoi'r cyfan.'

'Mochyn siofinistaidd!' Ond fe wenodd Nia serch hynny, wedi ei chyffwrdd gan ei hiwmor ysgafn. 'A pha ffŵl ddwedodd hynny beth bynnag?' Roedd hi'n edrych i fyny arno nawr.

'Fedra' i ddim yn fy myw gofio,' atebodd yn fwriadol annelwig. 'Ond mi fedra' i ddeall yn iawn sut wyt ti'n teimlo. Mae gennych chi drefniant bach braf yma, y ddwy ohonoch chi, a dwi'n siŵr nad oedd i un ohonach chi adael yn rhan o'r cynllun, nac oedd, Nia? Yn enwedig un ohonoch chi'n syrthio i freichiau dyn.'

Fflachiodd ei llygaid. Y fath hyfdra. 'Dwi'n siŵr o allu dygymod.'

'Wrth gwrs y gwnei di, er dy fod ti'n diodda rŵan. Ond dwi'n falch iawn dros Siw, mae'n rhaid imi ddeud. Mae hi'n ymddangos yn hen hogan iawn sy'n haeddu dyn da. Dwi'n gobeithio ei fod o'n ddyn da.'

'Cyfrifydd ydi o,' hysbysodd Nia'n sychlyd.

Nodiodd yn ddoeth. 'Dyn da iawn.' Roedd o'n dal i edrych arni, yn ceisio deall arwyddocâd yr hyn yr oedd hi newydd ei ddweud wrtho. Doedd Nia ddim yn siŵr a oedd ei allu i fynd at wraidd ei phroblem yn ennyn edmygedd neu ddicter ynddi. 'Dwi'n cymryd y bydd hi'n mynd â'r rhain efo hi?' Pwyntiodd at y geifr.

'Bydd.' Erbyn hyn roedd Nia'n fwy swta fyth.

'Nia druan.' Am foment gadawodd iddo'i hun fynegi'i gydymdeimlad yn llawn. Gosododd ei law yn dyner ar ei hysgwydd — cyffyrddiad byr â'i cynhyrfodd i'r byw. Yna gwthiodd y llaw i'w boced, i le diogel, a thynhaodd yr olwg ar ei wyneb. 'Dwi'n dymuno pob lwc iddi,' meddai wrtho'i hun yn hytrach nag wrth Nia. Ei thro hi i'w wylio ef oedd hi'n awr. 'Dwi 'rioed wedi cael rhyw lawer o lwyddiant ar yr ochr ddomestig, dim llwyddiant parhaol beth bynnag. Rhy brysur yn crwydro'r byd mae'n siŵr. Heblaw am . . . '

Tawodd. Roedd y foment wedi'i cholli. Ond roedd o wedi llwyddo i ennyn chwilfrydedd Nia er ei bod yn gwybod y dylai droedio'n ofalus. Heblaw am . . . *Debra Cannington*, dyna oedd o ar fin ei ddweud mae'n debyg. Ond byddai datgan bod un o'i is-bartneriaid yn rhannu ei fàth, yn ogystal â'i wely yn gwbl amhroffesiynol ar ei ran, er bod hynny'n amlwg i unrhyw ffŵl a ddigwyddai ei ffônio.

Wrth iddi gael ei hatgoffa o hynny enciliodd Nia ymhellach oddi wrtho, gan ddifaru ei bod wedi datgelu cymaint wrtho. Beth yn y byd oedd ar ei phen hi, yn ymddiried ynddo fo o bawb? Doedd dim posibl deall y dyn; roedd o'n llawn gwrth-gyferbyniadau. Ond yn nwfn ei bod fe wyddai'n iawn paham ei bod wedi dweud wrtho.

'Mi ddwedist ti fod gen ti rywbeth i ofyn imi cyn iti fynd?' gofynnodd. 'Neu wyt ti wedi newid dy feddwl?'

'Do.' Gwenodd gan ddeall ei hawgrym. 'A na, dydw i ddim wedi newid fy meddwl. I'r gwrthwyneb a deud y gwir. Meddwl oeddwn i be oeddat ti'n 'i wneud heno 'ma?'

Roedd hyn mor annisgwyl fel na allodd wneud dim am eiliad ond syllu'n hurt arno.

'Pam?' Ymateb anfoesgar ond plaen.

'Oherwydd fe hoffwn i'n fawr iawn gael cyfle i dy weld di heb fod yng nghwmni geifr. Cofia di,' sicrhaodd hi, 'mae gen i feddwl y byd o eifr, ac o Greta Garbo'n arbennig, ond mae gen i fywyd y tu allan i fyd anifeiliaid. Dwi'n ama bod gen titha hefyd, ond hyd yma dydi'r un ohonon ni wedi cael cyfle i brofi'r bywyd hwnnw.'

'Ydan ni isio?' Roedd Nia'n amheus, ond yn cael ei hudo ar yr un pryd.

'Dwn i ddim amdanat ti, ond mi ydw i. Ac mae'n rhaid iddo fo fod heno 'ma oherwydd mae 'na rywbeth yr hoffwn i'n fawr iti . . . ' petrusodd, 'ei weld,' gorffennodd hyd yn oed yn fwy cryptig.

Roedd chwilfrydedd Nia ar fin cael y gorau arni. 'O ia?'

'Ia, a phaid â phoeni.' Cododd ei aeliau'n gellweirus wrth iddo sylwi ar y benbleth ar ei hwyneb. 'Mewn lle cyhoeddus, ynghanol pobol eraill.'

'Ond . . . ' Beth allai o fod? Ac a fyddai Debra Cannington ynghanol y bobl eraill yma? 'Pa fath o beth?' Ni lwyddodd o gwbl yn ei hymdrech i swnio'n ddi-daro.

'Fedra' i ddim deud mae arna' i ofn. Dyna fy abwyd i, i dy gael di yno.'

Roedd rheswm Nia'n dweud wrthi bwyllo, tra oedd pob greddf arall o'i heiddo yn ei hannog i dderbyn y sialens. Felly roedd hi'n teimlo — ei bod hi wedi derbyn sialens yn hytrach na gwahoddiad. 'Dwn i'm.' Brathodd ei gwefus, gan fethu'n glir â dod i benderfyniad. Arhosodd Rhodri'n amyneddgar. Yna edrychodd ar ei oriawr.

'Yli, mae'n rhaid imi fynd, ne' mi fydd gan Caradog yr Ail reswm i ddefnyddio'i gyrn arna' i. Os benderfyni di ddod, Nia . . . '

'Go brin,' torrodd ar ei draws, wedi ei brifo gan ei agwedd ddi-hid.

'Wel, os gwnei di, yn y *Llwynog Llon* ym mhentre'r Rhyd fydda i. Unrhyw bryd rhwng wyth ac un ar ddeg.' Trodd oddi wrthi ond wedi oedi i godi ei fag fe ychwanegodd, 'Ceisia fod yno, Nia. Wnei di ddim difaru, dwi'n addo iti.' Roedd y cynhesrwydd wedi dychwelyd i'w lais. 'Wna' i mo' dy fwyta di, 'sti. Ddim yn gyhoeddus beth bynnag.'

Allai hi ddim ymrwymo'i hun, felly y cyfan wnaeth hi oedd syllu wrth iddo frasgamu i ffwrdd, neidio i'w gar a rhoi clep i'r drws ar ei ôl. Gan godi'i law arni rhuodd i ffwrdd a safodd hithau am funud i wylio'r cwmwl mwg oedd yn hofran yn yr awyr.

Cerddodd yn araf yn ôl am y bwthyn a'i phen yn troi. Y *Llwynog Llon* — beth allai fod yn fwy addas! Byddai Siw wrth ei bodd yn clywed sut y ceisiodd y Cringoch ei hun ei denu i'w ffau.

Sut? Wel drwy apelio at ei hawydd am antur. Oedd o am

ddangos rhywbeth iddi o ddifrif, neu ai cynllwyn oedd hynny. A beth am Ms Cannington?

Wnâi hi ddim ystyried y peth — dyna fyddai gallaf, yn enwedig ar ôl beth ddigwyddodd nos Sul. Ni fyddai'n ystyried y fath gynnig heno na'r un noson arall chwaith.

Chwech

Naw awr yn ddiweddarach, a hithau wedi'i gwisgo mewn pâr o jîns smartiach na'r cyffredin a blows sidan o'r un lliw yn union â'i llygaid, agorodd Nia ddrws y *Llwynog Llon*.

Roedd y tu mewn yn gartrefol, yn dywyll ac hen ffasiwn, ac yn llawn at yr ymylon. Oedodd Nia wrth y drws ond doedd dim golwg o Rhodri a doedd yr un o'r wynebau eraill yn gyfarwydd iddi chwaith. Nid oedd hynny'n syndod a hithau yma am y tro cyntaf. Dechreuodd ystyried gadael y dafarn, ond yna penderfynodd beidio. Gan godi ei phen yn uchel cerddodd yn dalsyth a phwrpasol at fwrdd gwag yn y gornel, tynnu'i siaced ac eistedd i lawr.

Edrychodd o'i chwmpas unwaith eto. Oedd, roedd 'na awyrgylch braf i'r lle ac nid oedd rhaid iddi boeni ei bod yno ar ei phen ei hun. Roedd yna gerddoriaeth jazz i'w chlywed yn y cefndir hyd yn oed. Wrth glustfeinio tybiai ei bod yn gwrando ar grŵp byw. Gwych! Dechreuodd gadw'r curiad â'i throed. Doedd ryfedd fod Rhodri'n dod i'r dafarn hon os oedd 'na grwpiau fel hyn yma'n aml.

Ble'r oedd o beth bynnag? Rhwng wyth ac un ar ddeg — dyna ddwedodd o ac roedd hi'n awr yn tynnu am naw. Dim ond un fynedfa oedd yna felly petai o'n dod i mewn byddai hi'n sicr o'i weld. A phetai o yma'n barod siawns na fyddai o wedi chwilio amdani. Chwarae teg!

Dechreuodd y grŵp ar gân arall, a chyn iddi ei hadnabod hyd yn oed, rhoddodd ei stumog dro. *Porgy a Bess*! Yr holl gyd-ddigwyddiadau yma — y gerddoriaeth, enw'r dafarn. Ac roedden nhw'n grŵp a hanner hefyd, yn llawn bywyd. Gwyddai Nia ddigon am jazz i sylweddoli mai nid rhyw grŵp ceiniog a dimai oedd hwn, nid efo cerddorion fel yna, ac roedd y pianydd yn wirioneddol wych. Mewn munud neu ddau, os na fyddai Rhodri wedi ymddangos, byddai'n mynd draw i ben arall y stafell hir i'w gweld.

Erbyn ugain munud wedi naw roedd hi ar bigau'r drain. Roedd o ar fai, oedd wir, yn ei denu hi yma ac yna'n peidio â dod ei hun. Roedd hi wedi bod yn ffŵl yn gadael iddo chwarae â'i theimladau a hithau'n gwybod yn iawn beth oedd ei sefyllfa. Wedi trefnu'r cyfarfyddiad mae'n siŵr ei fod o wedi cael traed oer a difaru'i enaid. Diolch byth fod ganddi gyfle i ddianc. Safodd ar ei thraed.

Ym mhen arall y dafarn roedd y gerddoriaeth wedi peidio ac arweinydd y noson yn ymdrechu i siarad uwch twrw'r gynulleidfa. Ond o'r diwedd cafwyd distawrwydd.

'Foneddigion a boneddigesau, fel arfer ar nos Wener rydan ni'n mwynhau seiniau melodaidd y Bow-wow's . . . ' Eisteddodd Nia unwaith eto. Gan fod pawb wedi tawelu nid dyma'r adeg i dynnu sylw ati ei hun drwy adael. Y Bow-wow's wir! ' . . . Dwi'n siŵr nad oes isio imi gyflwyno aeloda'r grŵp i chi, ond dwi am wneud beth bynnag . . . ' Trosglwyddodd Nia ei sylw at y drws; gan ei bod hi wedi penderfynu gadael roedd hi'n awr yn gobeithio'r nefoedd na fyddai Rhodri'n cyrraedd. ' . . . Bas, Dafydd Preis; dryms, Jac Lewis; sacs, Gwyndaf Jones.' Roedd 'na guro dwylo a chwibanu mawr ar ôl pob enw. Roedd hi'n amlwg fod y grŵp yn un poblogaidd ond erbyn hyn roedd Nia'n ysu am gael gadael.

'Ac ar y piano, dyma'r doctor anifeiliaid — seren ar lwyfan ac allan yn y caeau — Rhodri Puw!'

Llamodd calon Nia ac ar amrantiad roedd hi ar ei thraed unwaith eto ac yn gwthio'i ffordd yn nes at y llais.

'Yn awr bydd y Bow-wow's yn parhau â'u detholiad o *Porgy a Bess*, ac mae'r nesaf yma'n ffefryn i mi ac i chitha hefyd mae'n siŵr: "*Summertime*".'

Ac o'r diwedd dyma hi'n eu gweld nhw, fel roedden nhw'n

bwrw iddi i chwarae'r union gân yr oedd hi a Rhodri wedi gwrando arni yn ei stiwdio, y gân a wnaeth iddi sylweddoli bod ganddyn nhw o leia un peth yn gyffredin. Ond y tro yma y fo ei hun oedd yn creu'r gerddoriaeth, neu'n o leia yn ei dadansoddi, a gwych iawn oedd o hefyd. Er gwaetha'i chynnwrf gallai Nia werthfawrogi'r nodau clir a gâi eu chwarae gan swnio mor ddiymdrech.

Y fo oedd o'n sicr, yn eistedd yn gwbl gartrefol wrth y piano. Rhoddai ei holl sylw a'i holl egni i'r gerddoriaeth, gan drosglwyddo'r harmoni a'r rythm a deimlai ef, drwy'i fysedd i'r allweddellau — ac iddi hi.

Disgleiriai'r goleuadau gwan ar ei wallt ac ar y cudyn oedd wedi disgyn ar draws ei dalcen wrth iddo chwarae gan ryddhau'r wawr goch ynghanol y duwch. Roedd ei ben wedi'i wyro am yn ôl, ei lygaid ar gau a'i geg rhyw fymryn ar agor, yn amlwg wedi ymgolli'n llwyr yn y synau a gynhyrchai yn ogystal â'r rhai oedd yn ei amgylchynu. Oedd, roedd ei fysedd hirion yn mwytho ac yn cael y gorau ar yr offeryn yn union yr un modd ag yr oedd o'n cael y gorau ar ei gleifion. Yn yr un modd ag yr oedd o wedi mwytho Nia.

Wrth deimlo ei chalon yn rasio, gallai Nia daeru ei fod o'n gwneud hynny'n awr. Sadiodd gan baratoi ei hun — yn allanol o leia — at y foment pan fyddai'n rhaid iddi fynd i gwrdd ag o.

Rhywbeth yr hoffwn i iti ei weld. Gwenodd wrth gofio'i eiriau. Y bore 'ma oedd hynny, a Rhodri Puw, y milfeddyg deinamig oedd yn siarad; y dyn yr oedd hi wedi meddwl ei bod hi'n ei adnabod. Ond dim ond hanner y dyn oedd hwnnw, a dyma'r hanner arall, sef y pianydd jazz. Er gwaetha'i sioc, yn greadigol gallai Nia werthfawrogi cysondeb y peth. Dwy ochr i'r un cerflun perffaith. Yr artist yn y dyn mawr pwerus.

Nawr roedd y gerddoriaeth yn dod i ben ac roedd yna gryn gymeradwyo wrth i aelodau'r grŵp wenu'n fodlon ar ei gilydd, ac wrth i Rhodri godi oddi ar ei stôl. Roedd ei lygaid tywyll yn chwilio am rywun — amdani hi, Nia. Diflannodd pob amheuaeth. Dau funud arall ac fe fyddai wedi gadael, a hynny heb wneud y darganfyddiad cwbl anhygoel yma. Roedd meddwl am y peth hyd yn oed yn ddigon i dorri'i chalon, a diolch i'r nefoedd bod ffawd wedi trefnu pethau cystal — er gwaetha'i hanner awr ansicr.

Yna, fe'i gwelodd a brysiodd tuag ati gan wenu'n braf. 'Mi benderfynist ti ddod, 'ta?' Gosodiad syml, ond un a oedd yn llawn arwyddocâd.

'Wel, do.' Camodd tuag ato gan ddychwelyd ei wên, gwên a oedd yn fwy na chydnabyddiaeth wag rhwng ffrindiau.

'Wedi bod yma'n hir?' Arweiniodd hi at fwrdd gwag yn agos at y grŵp.

'Do wir,' ceryddodd o'n ysgafn. 'Roeddwn i draw wrth y drws yn aros amdanat ti. A deud y gwir, ar fin gadael oeddwn i pan sylweddolis i dy fod ti . . . i fyny fa'ma.' Roedd hi'n ymwybodol bod ei bochau'n gochach nag arfer a'i llygaid yn fwy llachar. Ond fedrai hi ddim peidio. Teimlai fel hyn am ei bod hi wedi cynhyrfu. Doedd 'na ddim pwynt iddi gymryd arni fel arall.

'Mae'n ddrwg gen i.' Eisteddodd wrth ei hochr ond doedd o ddim yn edifarhau. 'Ond o leia rwyt ti'n deall rŵan pam na fedrwn i ddeud wrthat ti be oedd y sypreis?'

'Sypreis a hanner!'

'Ond mi ge'st ti dy blesio?' Ni allai Nia ond nodio gan fod arni ofn datgelu gormod â'i geiriau. 'Yn enwedig gan "*Summertime*", gobeithio?' Nodiodd Nia eto a gwenu. 'Mi wnes i'n siŵr ein bod ni'n ei chwarae hi, ein cân ni,' ychwanegodd yn ysmala. Yna roedd o ar ei draed, yn adlais o'r dyn proffesiynol unwaith eto. 'Rŵan, be gymeri di i'w yfed? Hanner awr o doriad rydan ni'n ei gael ti'n gweld.'

'O.' Â chryn anhawster gorfododd Nia ei hun i wneud penderfyniad. Roedd arni syched erbyn meddwl, a chan mai noson o fentro i barthau newydd oedd heno gofynnodd am win gwyn a soda yn hytrach na'i seidr arferol.

'Ar 'i ffordd.' Cychwynnodd am y bar a gwyliodd hithau ef yn sgwrsio'n fyr efo hwn a llall ac yna'n cael ei ddiodydd ar unwaith. Oedd hynny am ei fod o'n aelod o'r grŵp, am fod iddo barch fel milfeddyg lleol neu am ei fod o'n boblogaidd a charismataidd ac felly'n siŵr o gael sylw ble bynnag yr âi?

Pan ddychwelodd â'i gwin hi a pheint o chwerw iddo'i hun nid oedd o bellach ar ei ben ei hun ac ymdrechodd Nia i geisio cuddio'i siom. Wedi'r cwbl, os mai dim ond hanner awr oedd ganddo fo doedd hi ddim am ei rannu â neb arall. Yn enwedig merch! Ac roedd y ddau'n ymddangos fel petaen nhw'n dipyn o ffrindiau. Aeth Nia i'w gilydd i gyd. Na, nid *hi*, doedd bosib? Ac yntau wedi cyflwyno rhodd personol iddi — oherwydd dyna sut yr ystyriai Nia ei wahoddiad — fyddai o ddim yn gwneud hynny iddi, na fyddai?

O byddai. 'Nia, mi hoffwn i iti gyfarfod fy ffrind a'm partner, Debra Cannington. Deb, dyma Nia Tudur.'

Sut y gallai o fod mor greulon? Yn gwenu fel'na fel petai o wedi arfer gwneud hyn! Efallai ei fod o, ond eto roedd yn anodd gan Nia dderbyn y fath bosibilrwydd. Camodd y wraig arall tuag ati, ei llygaid llwydion wrthi'n brysur yn ei hasesu.

'Mae'n dda gen i dy gyfarfod di, Nia.' Nodiodd ei phen tywyll i'w chyfeiriad, ei gwallt trwchus wedi'i dorri'n gwta a thwt. Arhosodd ei dwylo ym mhocedi'r sgert batrymog a gyrhaeddai at ei thraed ond roedd ei gwên yn ddiffuant ddigon a'i hwyneb yn ddeniadol a deallus. Doedd hi'n ddim byd tebyg i'r hyn roedd Nia wedi'i ddychmygu, ond erbyn meddwl, darlun o *femme fatale* chwe throedfedd wedi'i lapio mewn tywelion meddal oedd ganddi hi mewn golwg. Er gwaetha'i hanesmwythyd roedd yn rhaid i Nia chwerthin am ei phen ei hun am fod mor gonfensiynol ei syniadau.

Ond yr un oedd y llais, yn oeraidd, aruchel, dan reolaeth. Ond eto fe weddai i'w berchennog. Un fechan oedd Debra Cannington, yn ei thridegau cynnar ac yn amlwg yn gwisgo'n dda mewn ffordd gwbl ymarferol.

'Helô, Debra.' Gan ddefnyddio'i holl nerth gwenodd Nia'n ôl arni.

'Diolch iti am fy nisgrifio i fel partner, Rhodri.' Roedd Debra wedi eistedd erbyn hyn a Rhodri'n estyn diod i Nia cyn gosod ei hun rhyngddynt. 'Tydw i ddim yn bartner llawn ti'n gweld,' eglurodd wrth Nia a oedd yn dal i fethu â chredu ei bod yn eistedd yma gyda'r ddau ohonyn nhw.

'Partner llawn ne' beidio, ma' hi mor dda yn ei gwaith mi faswn i ar goll hebddi hi,' pwysleisiodd Rhodri.

A da am be arall ydi hi tybed? Ond roedd Nia'n benderfynol o beidio â dangos ei bod hi'n malio. 'Dwi'n siŵr y basat ti,' meddai gan gadw'r wên ar ei hwyneb.

Roedd Debra'n dal i ystyried Nia â chryn ddiddordeb. Yna'n sydyn dyma hi'n datgan, 'Chdi 'di'r afr!'

Roedd ei geiriau mor annisgwyl, ac mor anghonfensiynol nes eu bod wedi llwyddo i ryddhau dipyn ar y tyndra yn Nia. 'Ia, mae gen i ofn,' cyfaddefodd. 'Neu o leia dyna pwy 'di fy ffrind i, Siw. Ond ia, fi oedd yr un oedd yn llawn panig ar y ffôn ac mae'n ddrwg gen i os oerodd dŵr y bàth.' Roedd 'na nodyn coeglyd braidd i'w geiriau olaf.

'Rhan o'r gwaith siŵr,' meddai Debra, ac er gwaetha oerni'r llais roedd ei gwên yn gynnes.

Roedd Rhodri'n drachtio'n ddwfn o'i gwrw. 'Doedd 'na fawr o hwylia arna' i'r noson honno, mae'n rhaid imi gyfadda. Roeddwn i newydd golli llo ac wedi dod yn agos iawn at golli'r fuwch hefyd.' Caledodd ei wyneb. 'Doeddwn i ddim am ailadrodd y broses efo'r cyw.' Yr eiliad nesaf roedd o'n ymlacio, yn gerddor diddan unwaith eto. 'Ond mi wnaethon ni'n gora iddo fo, yn do, Nia?'

Y tro hwn wnaeth hi mo'i groesddweud, na thynnu sylw at y ffaith mai ef oedd wedi gwneud y gwaith caled i gyd. Y tro hwn derbyniodd ei rhan yn y ddrama. Debra neu beidio, roedd y digwyddiad wedi uno Rhodri a hithau, am ryw hyd beth bynnag, a doedd dim diben ceisio gwadu hynny. 'Do wir. Ac erbyn hyn mae o'n werth ei weld.'

'Yn rêl boi.' Cododd Rhodri ei wydr a'i daro'n ysgafn yn erbyn un Nia, ei lygaid duon yn fflachio. 'I Greta Garbo!'

'Greta!' Sipiodd ei gwin, a natur uniongyrchol ei lwncdestun preifat wedi ei drysu'n llwyr. A'i gwylltio. Roedd hi'n ddigon drwg ei fod o wedi bod yn mocha efo hi y tu ôl i gefn ei feistres, ond roedd ymddwyn fel hyn tra oedd Debra'n bresennol yn gwbl, gwbl anfaddeuol.

Oedd, roedd hi'n hen bryd iddi adael. Trodd tuag ato ond cyn iddi gael cyfle i ddweud dim, gwelodd rywun yn gwthio'i ffordd tuag atynt trwy'r dorf: gŵr tal, heglog, pryd golau.

'Richard!' Cododd Rhodri gan ei guro'n ysgafn ar ei ysgwydd ac yn rhyfedd iawn mi goddd Debra, estyn ei braich i'w gyfeiriad a dweud, 'Helô, cariad.'

Erbyn hyn roedd Nia mewn cryn benbleth. Doedd dim ynghylch Ms Cannington oedd yn awgrymu ei bod hi'r math o berson oedd yn galw pobl yn 'cariad' os nad oedden nhw'n haeddu hynny, os nad oedd iddyn nhw le arbennig yn ei bywyd. Roedd y dyn yma yn rhoi braich denau o'i chwmpas, yn ei thynnu hi'n agos ato ac yn gwenu i lawr arni. 'Ddrwg gen i 'mod i'n hwyr, Deb. Mi barodd y cyfarfod yn hirach na'r disgwyl. Doedd 'na ddim taw arnyn nhw. Rhieni,' eglurodd wrth Nia, nad oedd fymryn callach.

Sylwodd Rhodri ar ei phenbleth a brysio i'w gyflwyno i'w gilydd. 'Richard Cannington, prifathro'r ysgol gynradd leol. Dyma Nia Tudur, un arall sy' wedi gwirioni'i phen efo jazz.'

Wrth siarad gosododd Rhodri ei law ar ei hun hi a bu sioc ei gyffyrddiad, ar ben popeth arall, bron yn ormod i Nia. Wrth lwc, llwyddodd i atal ei hun rhag ebychu'n uchel. Gallai deimlo'i wres yn ymdreiddio i fyny ei braich ac ar yr un pryd dechreuodd sylweddoli arwyddocâd yr hyn oedd newydd ddigwydd.

Cododd Rhodri ei law oddi ar ei hun hi a'i defnyddio i wthio cudyn o wallt yn ôl oddi ar ei dalcen; efallai bod yr un ias drydanol wedi ei gyffwrdd yntau.

'Yr hanner arall,' meddai gan chwifio'i law ar y ddau Cannington a oedd yn dal i sefyll yn glòs at ei gilydd. 'Anhygoel, yn tydyn?' meddai gan daflu cipolwg sydyn ar Nia. 'Priod ers deng mlynedd, dau o blant a sbia arnyn nhw. Yr un mor hapus ag erioed.'

Felly, cyd-weithiwr Rhodri oedd Debra. Rhywsut neu'i gilydd roedd hi wedi camddeall y sefyllfa'n llwyr. Sut a pham yr oedd hynny wedi digwydd, wyddai hi ddim. Roedd hi bron fel petai hi wedi dymuno i hynny ddigwydd, er gwaetha'r boen. A nawr, er gwaetha'r rhyddhad, roedd yna bryder hefyd.

Ond nid hwn oedd y lle na'r amser i hel meddyliau. Roedd

Debra'n edrych ar ei wats ac yna'n ymddiheuro i Rhodri a Nia. 'Mae'n ddrwg gen i ond mi fydd raid inni'ch gadael chi. Mam sy'n gwarchod heno, ac mi ro'n i wedi addo y basan ni yn ein holau cyn hyn.' Tynnodd ei llaw yn chwareus trwy wallt ei gŵr. 'Mi addewist ti y basat ti yma cyn naw. Roeddan ni'n mynd i gael diod efo'n gilydd. Rŵan mi fydd raid inni fynd yn syth adre.'

'Wn i! Wn i! Roeddwn inna wedi edrych ymlaen at noson allan hefyd — ac at gael gweld y grŵp.' Trodd at Nia. 'Be oeddat ti'n 'i feddwl? Grêt, 'tydyn?'

'O, ydyn,' cytunodd hithau'n frwd. 'Does ryfedd eu bod nhw mor boblogaidd.'

'Tyrd 'ta.' Gafaelodd Richard ym mraich ei wraig. 'Fiw inni ei phechu *hi*, ne' chlywn ni mo'i diwedd hi.'

'Paid ti â meiddio siarad am Mam fel'na,' dwrdiodd Debra. Ond roedd ei llygaid yn dawnsio. 'Ti'n gwybod na allwn i fyth ddod i ben hebddi hi. Wir iti,' meddai wrth Nia oedd yn gwrando'n astud ar bob gair, 'Mae hi'n werth y byd. Hi sy'n gwarchod y plant ar ôl 'rysgol pan fydda i ar ddyletswydd.'

'A finna'n 'u gwarchod nhw yn ystod y gwyliau ac ar benwythnosau pan wyt ti ar ddyletswydd,' cwynodd Richard. 'Ond dyna dwi'n ei gael am briodi gwraig lwyddiannus 'te . . . sy'n gweithio i bractis llwyddiannus,' ychwanegodd dros ei ysgwydd gan godi'i law ar Rhodri a Nia.

'Chdi sy' 'ngofal y syrjeri bore fory yntê, Deb?' galwodd Rhodri.

'Fi yn y bore a Steff yn y pnawn.' Gwenodd ar y ddau ohonynt. 'Dda gen i dy gyfarfod di, Nia.' Ac yna, wedi ffarwelio, 'Gobeithio y gwela' i chdi eto cyn bo hir.'

'Nos da!' Gwyliodd Nia nhw'n diflannu i'r dorf, yna trodd i wynebu Rhodri oedd yn syllu'n freuddwydiol i'w wydr peint. 'Rhodri, mae 'na rywbeth na fedra' i yn fy myw mo'i ddeall.' Os na fagai hi'r plwc i ofyn iddo'n awr efallai na ofynnai hi byth.

A hwythau ar eu pen eu hunain yn awr rhoddodd Rhodri ei holl sylw iddi ac wrth edrych arno teimlai Nia y gallai ymgolli yn ei lygaid tywyll. 'Be felly, Nia?' Roedd ei lais wedi dyfnhau wrth iddo newid i'r cywair personol gan ei hatgoffa o'r llais a ddefnyddiai wrth drin a thrafod Greta, dim ond ei fod yn awr hyd yn oed yn gynhesach.

'Os dwi'n dy ffônio di am hanner nos, pam ei bod *hi'n* ateb?'

Edrychodd Rhodri arni'n syn. Doedd o ddim wedi disgwyl iddi ofyn hyn iddo. 'Deb? Hawdd. Rydan ni wedi cysylltu'r ffôn i bwy bynnag sydd ar gael i'w ateb o. Mae'r rhan fwya o feddygon a milfeddygon yn gwneud hynny. Yn ystod y dydd, wrth gwrs, mae'r alwad yn mynd yn syth i'r practis ond yn ystod y nos rydan ni i gyd yn cymryd galwada y naill a'r llall. Deb oedd yn cymryd negeseuon imi y noson y ffônist ti. Dw inna'n gwneud yr un peth iddi hi, ac i Steff a Barry. Nhw ill dau sy' ar ddyletswydd heno,' eglurodd. 'Iawn?' Edrychodd arni'n fanwl a phan na chafodd ateb, 'Ydi hynna'n ddigon i fodloni dy awch di am wybodaeth?'

Roedd Nia'n rhy brysur yn melltithio'i hun. Roedd y cyfan mor syml ac mor amlwg. Pam nad oedd hi wedi sylweddoli? 'A'r Sul diwetha, pan ge'st ti'r alwad yna gan Debra a chditha . . . '

'Wrthi'n dod i dy adnabod di'n well,' pryfociodd yntau wrth ei gweld yn petruso.

'Yn y stiwdio oeddwn i'n mynd i'w ddeud,' cywirodd ef.

'Rydw i'n cael swper efo Deb a Richard bob dydd Sul bron — gan 'mod i'n hen lanc unig 'tê,' ychwanegodd yn hunandosturiol. 'Ac yn cael fy niddanu gan y ddwy hogan bach.'

Felly, byw ei hun yr oedd Rhodri wedi'r cyfan. Ni wyddai Nia sut i ymateb i hynny. Roedd y wybodaeth i'w chroesawu ond eto'n peri dychryn. Oedd y ffaith ei fod o'n rhydd yn ei wneud yn saff, neu'n fwy o reswm byth dros gadw'n glir? Am wythnos gyfan roedd Nia wedi gallu defnyddio presenoldeb Debra Cannington fel esgus dros beidio â chydnabod ei theimladau tuag ato, hyd yn oed wrthi hi ei hun. Ac ar yr un pryd, tra oedd ganddo gariad arall gallai chwarae â thân gan wybod bod ganddi reswm dilys dros beidio â gadael i bethau fynd yn rhy bell. Nawr doedd ganddi'r un esgus. Roedd Rhodri mor sengl â hithau!

Llifodd ton o lawenydd trwyddi, ond ar yr un pryd roedd ei meddwl yn brysur ar waith. Nid dyma'r amser i golli'i phen. Ychydig wythnosau'n ôl byddai wedi gwrthod unrhyw bosibilrwydd o berthynas rhyngddi hi a Rhodri, ond yn awr roedd hi am gymryd pethau funud wrth funud, ddydd wrth ddydd.

'Wrth gwrs, dwi'n deall rŵan,' meddai gan chwerthin yn ysgafn. 'Mi ddylwn i fod wedi sylweddoli, dylwn?'

Roedd Rhodri wedi deall hefyd a gwyrodd tuag ati, ei lygaid yn llawn miri. 'Hei, Nia. Doeddet ti 'rioed yn meddwl bod Deb ar fin mynd i mewn i 'màth i, a'i bod hi'n aros amdana' i yn fy nghegin i efo pryd bach i ddau?' Pan nad atebodd hi symudodd Rhodri yn nes, ei lais yn dyfnhau. 'Dyna'n union be oeddat ti'n ei feddwl yntê?' Ysgydwodd hithau ei phen ond roedd ei bochau fflamgoch yn ei bradychu. 'O diar, diar. Does gen ti fawr o feddwl ohona' i mae'n rhaid! Nac o unrhyw ddyn arall o ran hynny!'

Ni chafodd Nia gyfle i ymateb. Roedd gweddill y grŵp yn ôl wrth eu hofferynnau. 'Wyt ti am aros ar gyfer y set ola?' gofynnodd yn eiddgar.

Nid oedodd Nia cyn ateb ac am unwaith roedd hi'n hollol agored ynghylch ei theimladau. 'Wrth gwrs 'mod i, Rhodri. Dwi'n meddwl eich bod chi'n chwarae'n ardderchog a dwi'n falch dy fod ti wedi gofyn imi ddod. Diolch i ti.'

Llwyddodd ei geiriau syml i ladd unrhyw ansicrwydd a fodolai rhyngddynt. Syllodd Rhodri arni gan ddal ei llygaid nes ei bod hi'n teimlo mai dim ond hwy ill dau oedd yn yr ystafell. 'Roedd gen i ryw deimlad y basat ti'n gwerthfawrogi'r cynnig,' meddai a'i lais yn isel, isel. Yna gosododd ei law unwaith eto ar ei llaw hithau a chan nad oedd neb o gwmpas y tro hwn roedd yr effaith yn fwy trydanol nag erioed. Ac unwaith eto, symudodd ei law i ffwrdd a gwthio'r cudyn hwnnw oedd yn mynnu syrthio ar draws ei dalcen yn ôl i'w le.

'Mi wnes i,' sibrydodd Nia.

'Da iawn. A dw inna'n falch dy fod ti wedi dod.' Yna roedd o yn ôl wrth ei biano, y nodau'n ysu am gyffyrddiad ei fysedd.

Roedd yr ail set yn eitha byr, ond gallai Nia fod wedi gwrando arnynt drwy'r nos. Ymhen dim roedd hi wedi ymgolli yn y gerddoriaeth ac yn yr awyrgylch oedd yn cael ei chreu. Byddai wedi bod wrth ei bodd hyd yn oed pe bai holl aelodau'r grŵp yn ddieithriaid llwyr ond roedd ei chysylltiad â Rhodri'n ychwanegu rhywbeth arbennig i'r achlysur. Pan ddaeth tro Rhodri i berfformio ar ei ben ei hun teimlai Nia yn un â'i offeryn, ac wrth gwrs roedd hi'n gwbl ddiogel iddi ymollwng fel hyn ynghanol yr holl bobl yma a oedd, fel hithau, yn mwynhau eu nos Wener.

Daeth y perfformiad i ben yn rhy fuan o'r hanner. Bu'n rhaid iddi ddeffro o'i breuddwyd ac ymuno yn y curo dwylo brwd. Cyn gynted ag yr oedd Rhodri wedi sicrhau wisgi iddo'i hun daeth i ymuno â Nia. Roedd ei lygaid tywyll mor ddisglair â'i rhai gleision hi, ac roedd yna gylchoedd o chwys ar ei dalcen ac o dan goler agored ei grys ble gallai Nia weld ambell flewyn tywyll. Nid cynhesrwydd yr ystafell yn unig oedd yn gyfrifol am hyn. Roedd gwefr gorfforol ac emosiynol creu cerddoriaeth fyw wedi cyfrannu at y cynnwrf hefyd.

Teimlai Nia gymysgedd o eiddigedd ac edmygedd. Gwyliodd ef yn llyncu'r wisgi ar ei dalcen cyn siarad, ei llais yn gryg. 'Mi faswn i wrth fy modd taswn i'n gallu chwarae fel yna yn hytrach na dim ond gwrando.'

Gwenodd. 'Ti'n chwarae cryno ddisgiau ardderchog.'

'Ti'n gwybod be dwi'n feddwl.' Gwenodd yn ôl, ond roedd hi o ddifrif.

'Wrth gwrs 'mod i. Ond cofia, Nia,' gwyrodd yn nes, 'mae'n rhaid i ni gael pobol sy'n gwrando hefyd, pobol sy'n gwirioneddol ddeall yr hyn mae'n nhw'n ei glywed. Fel arall does 'na'm pwynt i'r peth. Mae angen dau i greu hud.'

'Un i roi ac un i dderbyn?

'Na, mae'r ddau yn rhoi i'w gilydd a'r ddau yn derbyn, ond mewn gwahanol ffyrdd ella. Rwyt ti wedi rhoi cymaint i mi drwy ddod yma i wrando arna' i heno â dwi wedi ei roi i ti.'

Roedd ei bwyslais ar 'roi i'w gilydd' yn toddi ymysgaroedd Nia. 'Os ti'n deud,' meddai pan ddaeth hi'n amlwg ei fod o'n disgwyl iddi ddweud rhywbeth.

'Mi ydw i'n deud.' Yna sylwodd ar ei gwydr gwag. 'Un arall?'

'Dim diolch, dwi'n dreifio.' Roedd ei hymateb mor reddfol fel mai prin y sylweddolodd hi ei bod wedi agor ei cheg.

'Sôn am ddreifio, ti'n meddwl y basa hi'n bosib imi fachu lifft adre? Dwi ond yn byw rhyw ddeg munud i ffwrdd ac fel arfer dwi'n cerdded, ond ma' Wil, y boi tal 'na sy' tu ôl i'r bar, yn deud 'i bod hi'n 'i thywallt hi.'

'Ydi hi?' Gan geisio deall beth oedd ei fwriadau syllodd Nia i gyfeiriad y ffenest, ond roedd y llenni trwchus wedi'u cau. 'Doedd hi ddim pan gyrhaeddis i.' Nid swnio'n amheus oedd ei bwriad, ond ai dim ond lifft oedd ganddo mewn golwg?

'Wel ma' hi rŵan. Gofyn i Wil, mae o 'di bod allan.'

Roedd o'n swnio'n ddigon diffuant a doedd hi ddim am ymddangos yn anghymwynasgar. 'Wrth gwrs y cei di. 'Dan ni ddim isio i ti ddal annwyd nac oes?'

Gwenodd wrth glywed y coegni ysgafn yn ei llais. 'Dwi ddim yn un sy'n dal annwyd mor hawdd â hynny,' meddai gan agor ei geg. 'Ond mi ydw i wedi blino. Wedi cael diwrnod prysur. Felly, pryd bynnag ti'n barod.' Drachtiodd weddill ei ddiod a chanodd cloch y tu ôl i'r bar, fel pe'n cadarnhau ei eiriau.

Cododd Nia'i bag a'i siaced gan ymdrechu i ymddangos yn hyderus. Felly dyna ni, roedd y noson wedi dod i ben — neu a oedd hi? 'Wyt ti'n gwneud hyn bob nos Wener?'

'Os galla' i. Pan ti'n rhuthro o gwmpas gymaint ag yr ydw i mae o'n rhywbeth i edrych ymlaen ato. Felly bob nos Wener dwi'n gwneud yn siŵr nad fi sy' ar ddyletswydd. Wedi'r cwbl,' fe'i hatgoffodd yn slei, 'dwi'n gorfod bod ar gael bron bob penwythnos fel arall.'

'Roeddwn i wedi sylwi.' Dilynodd ef at y drws ac ar y ffordd roedd 'na bobl yn gwenu arno ac yn galw 'nos da'. Teimlai Nia fel petai yng nghwmni seren ac yn hanner chwareus dywedodd hynny'n uchel.

'Pysgodyn mawr mewn llyn bach,' atebodd yn ddigon gonest. Wrth iddynt fynd heibio i'r drws tynnodd ei gôt oddi ar fachyn, ei gwisgo a chodi'r goler rhag y glaw. 'Lle ma'r car?'

Pwyntiodd hithau at y maes parcio. Yna dechreuodd y ddau redeg drwy'r gwlybaniaeth a'u pennau i lawr i geisio cysgodi. Tyrchodd Nia yn ei bag am ei goriadau, ac ar ôl mynd i mewn i'r car gwyrodd i agor drws y teithiwr. Gosododd Rhodri ei hun yn y sedd gan lenwi'r car bach ar unwaith â'i bresenoldeb.

'Nid yr hen siandri.' Roedd o'n swnio'n siomedig bron.

'Ti'n gwybod yn iawn mai Siw sy' bia'r fan.' Taniodd Nia'r injan. 'Gwisga'r belt,' gorchmynnodd wrth estyn am ei hun hi.

Ymbalfalodd Rhodri amdano, ond heb unrhyw lwyddiant. Curai'r glaw ar y boned ac ar y to canfas tenau. Y tu mewn roedd y ffenestri eisoes yn stemio wrth i leithder a gwres eu cyrff adweithio â'r awyr oerach. 'Lle ddiawl mae o?' cwynodd.

'Does gan y car 'ma ddim rhai ar gyfer pobol dwp.' Teimlai Nia'n flin, fel petai o'n ei beio hi. Gydag ochenaid, datododd ei belt ei hun a gwyro tuag ato er mwyn cael hyd i fwcl ei un ef. Eisteddai Rhodri'n hollol lonydd a gallai Nia synhwyro, yn hytrach na chlywed, ei anadlu gwastad. Wrth gwrs, roedd cysylltiad corfforol yn anorfod wrth iddi estyn heibio iddo, ond doedd hi ddim yn ymddangos fel petai hynny'n cael unrhyw effaith arno fo — yn wahanol iawn i Nia. Cyn y gallai ollwng y brêcs llaw bu'n rhaid iddi anadlu'n drwm ddwy neu dair o weithiau. Gobeithio nad oedd o wedi sylwi.

Wrth iddi adael y maes parcio, mentrodd droi i edrych arno. Yn y golau pwl roedd ei wyneb yn gwbl ddifynegiant — ac fe ymlaciodd Nia. Ond yr eiliad nesaf roedd o'n troi i'w hwynebu, ei lygaid yn fflachio a'i wefusau'n gwenu. Go daria fo. Y fath haerllugrwydd. Roedd o'n chwerthin am ei phen hi wedi'r cwbl!

'Jyst deud wrtha' i lle'r wyt ti'n byw.' Crensiodd y gêrs a doedd hi bron byth yn gwneud hynny. O dan ei gwynt melltithiodd ei hun, y fo a'r car.

'Iawn, Ma'am.' Nodiodd yn ufudd. Roedd ei gyfarwyddiadau'n gryno. Dilyn y ffordd allan o'r pentref, i'r chwith, i'r dde, oddi ar y ffordd fawr ac ar hyd lôn gul nes cyrraedd dreif lydan. Canolbwyntiodd Nia ar ei gyrru. Wedi iddynt gyrraedd syllodd i'r nos, prin yn sylwi lle'r oedden nhw.

'Hwn ydi o?' Y cwbl a allai ei weld oedd siâp annelwig tŷ mawr a safai ar ei ben ei hun, y cyntedd yn olau groesawgar a phob ffenest arall yn dywyll. Gardd ffrynt enfawr, meddyliodd, a llain gwyrdd, llwyni efallai, ynghanol y dreif. Yn sydyn, cafodd ei tharo gan awydd cryf i weld y tu mewn. Tybed gâi hi gyfle rywdro?

'Ia, wir. Hwn ydi o. 'Nghartre i a'r practis.' Agorodd ei ffenest er mwyn iddi allu ei weld yn well yn llewyrch y goleuadau. Ac roedd o'n werth ei weld hefyd. Ddim yn grand ond eto'n urddasol, mewn ffordd dawel ddi-lol.

'Faint sy'n gartre a faint sy'n bractis?' gofynnodd Nia gan geisio swnio'n ddifater. Roedd hi'n benderfynol o beidio â dangos iddo gymaint o argraff roedd y lle wedi'i wneud arni.

'Ma'r syrjeri ar y llawr isa a dw inna'n byw ar y ddau lawr ucha. Ac mae gen i dir a thipyn o gytiau yn y cefn.' Roedd yna falchder yn ei lais. 'Wyt ti am ddŵad i mewn i gael gweld?'

Doedd yna ddim yn fygythiol ynghylch y gwahoddiad ond teimlodd Nia ei hun yn tynhau. 'Na, mae'n well imi fynd. Mi ddwedis i wrth Siw na faswn i'n hwyr ac, a deud y gwir dwi 'di blino a thitha wedi cael diwrnod prysur, felly . . . ' Siarad er mwyn siarad yr oedd hi ac fe wyddai hi hynny'n dda.

Gwrandawodd Rhodri arni'n paldaruo. Pan ddatododd ei wregys diogelwch doedd hi ond yn hanner ymwybodol ei fod o wedi symud. Yna'i dro o oedd hi i wyro ymlaen a datod ei hun hi, a chafodd hyd iddo'n syth. *Y diawl celwyddog!* Sgrechiodd ei meddwl ond roedd ei chorff a'i llais wedi'u parlysu. 'Ti'n gwybod be, Nia?' Llwyddodd y llais isel, melfedaidd i'w thewi ar unwaith. 'Wel, mi ddweda' i wrthat ti be,' sibrydodd a'i geg yn erbyn ei chlust, 'Ti'n siarad gormod.'

Yna roedd ei geg yn dilyn llwybr ar draws ei boch, yn llosgi'n eirias ar ei chroen llyfn, yn oedi i flysio'i gên cyn teithio i fyny'n ara, ara. Ni allai Nia ddioddef funud yn rhagor a symudodd ei phen y mymryn lleia oedd ei angen er mwyn i'w wefusau gyffwrdd ei rhai hi, oherwydd yn sydyn roedd pob modfedd o'i chorff yn ysu am yr uniad hwn.

Wrth i'w gwefusau gwrdd roedd hi fel petai hynny'n ganlyniad cwbl anochel i'w cyfarfyddiad cyntaf — eu cegau agored yn blysio'i gilydd, yn dal ati â'r hyn oedd wedi cael ei gychwyn rhyngddynt y tro diwethaf. Doedd y dyddiau a fu yn ddim ond breuddwyd. Dyma beth oedd realaeth. Breichiau Rhodri'n cau amdani, yn ei throi yn ei sedd a'i gwasgu ato'n dynn. Eu cyrff yn ymateb i'w nwydau gan anwybyddu'n llwyr rwystrau megis y llyw. Roedd dwylo Rhodri y tu mewn i'w siaced yn archwilio'i gwddf a'i hysgwyddau, yn ymlwybro'n araf i lawr botymau ei blows. Y bysedd hynny a oedd wedi mwytho nodau'r piano yn awr yn mwytho cnawd Nia nes ei bod hi'n eirias gan chwant. Ei gyffyrddiad yn ei bywiogi drwyddi yn yr un modd ag yr oedd hithau'n bywiogi clai marw. Ebychodd Nia. Nid oedd ganddi ddewis ond ymateb iddo ac erbyn hyn roedd ei dwylo hithau wedi ymestyn o dan ei gôt ef, yn tynnu ar fotymau ei grys. Roedd ei gnawd mor gynnes, ei frest a'i gefn mor gadarn, mor gyhyrog nes ei bod hi'n ysu am gael darganfod mwy ohono.

'Nia, Nia.' Roedd o'n sibrwd ei henw yn erbyn ei gwefusau wrth i'w ddwylo grwydro'n is, wrth i'w fysedd ymbalfalu â botwm ei jîns. Y bysedd oedd i'w teimlo'n dyner am ei chanol, yna ar ei stumog ac yna'n is eto nes y'i gorfodwyd i gydio yn ei law a'i rwystro cyn . . .

Cyn beth? Rhaid oedd ymbwyllo. Beth ar wyneb y ddaear oedd hi'n ei wneud? Ai dyma oedd hi ei eisiau? Ie, yn sicr! Ond roedd ei chwant amdano yn ei dychryn. Theimlodd hi erioed fel hyn o'r blaen a rhaid oedd meddwl am y dyfodol. Am y canlyniadau.

'Rhodri . . . ' Dechreuodd wingo ond ni sylweddolodd Rhodri mai gwingo yr oedd hi a chydiodd ynddi'n dynnach, ei fysedd yn boeth yn erbyn ei chnawd.

'Nia, er mwyn tad, tyrd i mewn efo fi!' Bu bron i'r angen amlwg yn ei lais ei hudo. Ac onid oedd hithau ei angen yntau? Oedd, ond roedd ei meddwl yn gwrthdaro yn erbyn anghenion ei chorff. *Dwi ddim o d'angen di na neb arall. Dwi'n hunangynhaliol a dwi jyst ddim yn barod i fentro.*

Daeth digon o nerth iddi o rywle i'w wthio oddi arni. 'Rhodri, mae'n ddrwg gen i. Ond fedra' i ddim.' Er yn gryg, roedd yna benderfyniad yn ei llais, ac ymddiheuriad hefyd.

Syllodd Rhodri arni. Roedd o eisoes yn adennill ei hunanreolaeth. 'Ma' hi'n fwy drwg gen i, wir iti.'

'Dwn i ddim am hynny.' Crynai ei llais wrth iddi gau botymau ei blows ac ymdrechu i gael rhyw drefn ar weddill ei gwisg.

'Ond pam, Nia? Os mai dyna yr ydan ni'n dau isio?'

Gwnâi i'r cwbl swnio mor rhesymol. 'Mae 'na fwy i fywyd na chael yr hyn wyt ti'i isio,' atebodd yn oeraidd.

Chwarddodd yntau'n sinigaidd. 'Digon teg, Nia, ond dwyt ti ddim yn fy nharo i fel merch sy'n tynnu ar ddynion. Ro'n i'n meddwl dy fod ti'n gwybod be oeddat ti'i isio mewn bywyd, sut i deimlo, sut i roi, sut i dderbyn — yn gwybod sut i fwynhau.'

'Mi ydw i.' Roedd o'n iawn i ryw raddau, ond doedd pethau ddim mor hawdd â hynny. 'Ond dwi'n gwybod pryd i ddeud "na" hefyd.'

Yn y gwyll roedd o'n ei gwylio hi'n fanwl. Bron na allai deimlo cyffyrddiad ei lygaid ar ei hwyneb yn yr un modd ag yr oedd hi wedi teimlo'i wefusau. 'Nia.' Roedd ei lais yn dawel iawn, yn feddal felys. Cyflymai ei chalon wrth ei glywed. Sut y gallai hyn ddigwydd, bod hyd yn oed llais yn ddigon i doddi'i thu mewn? 'Nia, ai fi fasa'r cynta?'

Trodd arno heb hyd yn oed oedi i ystyried, ei llygaid gleision yn fflamio. 'Dydi hynny'n ddim busnes i ti!' gwaeddodd, gan amddiffyn ei hun drwy ymosod.

Ond ni ddychrynodd Rhodri. 'Felly, busnes pwy ydi o?'

Aeth hynny â'r gwynt o'i hwyliau hi braidd. Efallai bod ganddo bwynt. Damia fo. Efallai bod ganddo hawl i wybod. Heb edrych arno a chan ddiolch am y tywyllwch i guddio'i hwyneb fflamgoch, cydnabu'r gwir. 'Mae 'na rai ohonan ni ar ôl. Dydan ni ddim i gyd yn ildio'n ddifeddwl i'r dyn cynta 'dan ni'n ei ffansïo.' Doedd hi erioed wedi cyfaddef hyn wrth unrhyw ddyn o'r blaen a doedd hi ddim wedi bwriadu cyfaddef yn awr — ond roedd Rhodri'n wahanol. Doedd dim dal sut y byddai'n ymateb iddo o'r naill funud i'r llall.

'Fel Siw?' mynnodd, gan ei synnu unwaith eto â'i haerllugrwydd a'i adnabyddiaeth ohoni.

'Tydi f'egwyddorion i ddim yn berthnasol i Siw,' meddai'n swta.

Ni atebodd Rhodri am dipyn, ond pan wnaeth hynny roedd o'n syndod o dyner. 'Wrth gwrs, ac mae gen ti resyma da dros wneud dy benderfyniad. Coelia ne' beidio, dwi'n dy barchu di am hynny, Nia. Dwi'n eitha hen ffasiwn fy hun, ond nid am yr un rhesyma, ella.' Pwysleisiai y gair *rhesymau* bob tro y dywedai ef, fel petai am ddangos fod yna sawl dewis mewn bywyd.

Trodd hithau i'w ateb, ond yn sydyn roedd hi wedi colli'i thafod. Gosododd yntau ei law yn ysgafn ar wres ei boch. 'Mi rydw i'n gwybod sut wyt ti'n teimlo ynghylch ymadawiad Siw, 'sti, ac nid ti yn unig ma' hi'n ei adael, naci? Ma' hi'n bradychu'r achos, yn tydi? Achos y gwragedd rhydd, annibynnol, ac mi all ymrwymiad corfforol arwain at ymrwymiad emosiynol hefyd. Os nad wyt ti'n groengaled iawn. A dwyt ti ddim yn groengaled, nac wyt, Nia? Ti'n gynnes, yn llawn bywyd ac yn barod i dy ddarganfod dy hun.' Cododd ei law at ei boch arall, a'i thynnu'n agos. Doedd ei eiriau nesaf yn ddim mwy nag anadl ysgafn yn sisial yn erbyn ei chlust. 'Dwi am rannu'r darganfyddiad hwnnw efo ti, Nia. Rwyt titha am imi wneud hynny hefyd yn dwyt?'

Yna'n sydyn roedd o'n ei rhyddhau, a hithau ar fin ildio a mynd efo fo i'r tŷ. 'Dwi yn deall, 'sti.' Roedd 'na ddwyster yn ei lais yn awr oedd yn peri iddi gynhesu ato, ei gydymdeimlad a'i dynerwch eisoes wedi'i meddalu. 'Wir iti rŵan, a phe bawn i'n cael ail-fyw y deng mlynedd diwetha 'ma, mae'n ddigon posib y baswn i'n dilyn yr un llwybr â ti. Ond,' meddai gan godi'i ysgwyddau, 'mae'n rhy hwyr i hen bechadur fel fi. Dwi wedi hen fynd yn slaf i fy chwantau cnawdol.' Ochneidiodd yn drwm a gostwng ei ben fel petai'n cywilyddio. 'Hwyrach i ti gael dy anfon i f'achub i, 'sti,' gorffennodd yn ysgafn.

Roedd hyn yn rhy gymhleth o lawer i Nia. Un funud roedd o'n ei dadansoddi hi a'i chymhellion ddarn wrth ddarn, a'r funud nesaf roedd o'n llawn hiwmor sych. Am funud ni allai wneud dim ond ysgwyd ei phen a syllu draw — drwy'r ffenest, ar y llawr, unrhywle ond arno fo. Yna sylweddolodd ei fod o'n defnyddio hiwmor yn fwriadol er mwyn rhyddhau'r tensiwn rhyngddynt — i'w rhyddhau o'i afael. Gan estyn am ei gwregys diogelwch, trodd i'w wynebu.

'Mae'n ddrwg gen i nad ydw i'n ddigon o bechadur i ti, Rhodri. Mi fydd raid i ti roi amser i mi, os wyt ti isio . . . '

'Mi wn i,' torrodd ar ei thraws. Roedd o'n gwenu'n braf.

'Dwi'n hynod falch dy fod ti wedi dod heno, Nia. Diolch i ti.'

Er gwaetha popeth? Roedd yna amheuaeth yn y llygaid gleision ond gwenodd yn ôl arno a dweud, 'Diolch i ti am ofyn i mi. Ro'n i wrth fy modd efo'r sesiwn jazz, a dwi'n gobeithio,' llyncodd ei phoer, 'dwi'n gobeithio y ca' i ddod i wrando arnat ti eto.'

'Mi fydda i wedi 'mrifo'n ofnadwy os na ddoi di.' Yna roedd o'n agor y drws, yn camu allan ac yn dal i wenu wrth wyro tuag ati drwy'r drws agored a dweud, 'Paid â phoeni am ddim o hyn. Dwi *yn* falch 'mod i wedi gofyn iti ddod draw. Ro'n i'n gwybod 'mod i'n gwneud y peth iawn. Mi gysyllta' i efo ti, yli, ond tan hynny, cymer ofal, yn enwedig os oes 'na lwynogod yn digwydd bod ar y ffordd.'

Rhoddodd glep i'r drws a gwyliodd hithau ef nes nad oedd yn ddim ond cysgod tywyll yng ngolau'r cyntedd. *Cymer ofal, yn enwedig os oes 'na lwynogod ar y ffordd.* Roedd hi dipyn bach yn hwyr i hynny. *A phaid â phoeni.* Beth yn y byd oedd 'na i boeni yn ei gylch, neu i beidio poeni yn ei gylch?

Â'i dwylo'n sigledig ar y llyw llwyddodd i droi y car ac anelu am adref.

Saith

Cinio dydd Sadwrn yn Llwyn Eithin. Eisteddai Nia wrth fwrdd y gegin yn syllu'n surbwch ar y pryd sydyn roedd hi wedi'i daflu at ei gilydd yn fwy o rym arferiad nag o awydd bwyd.

'Iawn ar rai, 'tydi,' grwgnachodd gan godi'i brechdan a'i rhoi hi i lawr eto. 'Perffaith hapus cyn belled â bod 'u traed nhw'n lân.'

Chafodd ei gwawd ddim effaith o gwbl ar Matilda a aeth ymlaen â'r dasg hollbwysig o ymolchi'i choesau ôl. Prin y cododd ei phen i gydnabod Nia o'i chornel hi ar lawr y gegin.

'A dwi'n siŵr dy fod ti wedi cael dipyn mwy o gwsg na ge's i neithiwr.' Doedd Nia ddim yn arfer bod mor biwis ond roedd hi wir wedi cael noson ddychrynllyd. 'Fatha taswn i wedi bod ar rac drwy'r nos, dyna iti sut dwi'n teimlo. Peiriant arteithio canoloesol,' ychwanegodd wrth weld y dryswch yn y llygaid melyn. 'Roedden nhw'n arfer clymu pobol wrtho fo a throi'r handlen 'ma'n ara, nes . . . ' Gwingodd a chymryd llowciad arall o goffi. 'O, dydi o'm ots. 'Molcha di. Pam ddylat ti gymryd sylw ohona' i, 'tê? Does 'na neb arall yn gwneud.'

Nid oedd hynny'n deg, a gwyddai Nia hynny'n iawn. Dim ond am fod pawb arall yn Llwyn Eithin ar ben eu digon. Siw i lawr yn Aberystwyth yn cael ei chyflwyno i deulu Meurig. Greta allan yn y cae bach o'r diwedd a'i chyw yn amlwg yn cael cryn flas ar ei ryddid newydd.

Ie, rac! Drwy'r nos a thrwy'r bore roedd Nia wedi cael ei thynnu i bob cyfeiriad — nid yn gorfforol efallai, ond yr un oedd yr artaith bob tro roedd yr handlen yn cael ei throi. Cyhoeddiad syfrdanol Siw — euogrwydd chwerw; y mwynhad o gael rhannu'r cynhesrwydd a greai Rhodri ar ei biano — ias o bleser poenus; yr ergyd pan dybiodd fod Rhodri ar fin ei chyflwyno i'w gariad — cynddaredd ac ansicrwydd; yna'r rhyddhad pan sylweddolodd y gwir a hwnnw'n cael ei ddilyn yn syth gan boeni mawr ynghylch oblygiadau hynny.

Caeodd ei llygaid yn dynn wrth i'r delweddau fynnu ailymddangos o'i blaen. Tro arall a dyna'r ddau ohonynt ym mreichiau ei gilydd, ei chorff yn crafangio am ei gorff ef. Ymroi synhwyrus a'r pleser wrth iddi sylweddoli maint ei angerdd. Ie angerdd, chwant, temtasiwn. Cyn hynny nid oeddent yn ddim ond geiriau yn ei phen — rhywbeth a ddigwyddai i bobl eraill.

Tro arall a dyma hi'n cael ei goresgyn gan banig. Ar un ochr i'r glorian, peryglon ildio; ar y llall, ing y gwrthod. Ai gwendid neu gryfder oedd wedi peri iddi gamu'n ôl o'r erchwyn? Roedd Rhodri fel petai'n deall, yn cydymdeimlo hyd yn oed, â'i hofn. Ond erbyn hyn roedd hi'n llawn edifeirwch. Petai hi ond yn gallu mynd yn ôl bedair awr ar hugain, a hynny gan wybod yr hyn a wyddai'n awr. Noson o ddiffyg cwsg a bore cyfan wedi'i wastraffu'n dilidalian yn ei stiwdio. Cyflawni dim, ac ailystyried popeth. Duw â'i helpo hi, roedd hi'n wraig yn ei hoed a'i hamser ac roedd hi eisiau'r dyn yma'n fwy nag yr oedd hi wedi bod eisiau neb na dim erioed o'r blaen. Ac roedd arno yntau ei heisiau hi hefyd. Syml.

Ond na, doedd dim mewn bywyd mor syml â hynny. Fedrai hi ddim ennill. Rhaid oedd iddi un ai mentro i berygl neu ddysgu bodloni ar yr un hen drefn sefydlog — ei bywyd bach cyffredin hi ei hun. Fel arfer roedd yn well gan Nia fynd i'r afael â'i phroblemau na gadael iddynt eu datrys ei hunain. Ond nid y tro hwn. Roedd y sefyllfa'n un rhy gymhleth o lawer ac wedi datblygu'n rhy gyflym. Amser i feddwl, dyna oedd ei angen arni.

Gan roi'r gorau i'w hymdrech dila i fwyta, cododd i fwytho Matilda gan geisio cysur yn ei blew meddal. Roedd cysur i'w gael yn yr olygfa o ffenest y gegin hefyd — yr olygfa orau yn y bwthyn. Caeau braf yn arwain at goedwig fechan a'r awyr wedi'i golchi'n las hydrefol gwan gan law y noson cynt. Yn sydyn fe wyddai

Nia'n union beth roedd hi am ei wneud. Mynd allan i gerdded drwy'r caeau iraidd hynny. Clirio'i phen i weld a gâi hi ateb i'w phroblemau yn yr awyr agored.

Cyn pen dim roedd hi'n gweithredu'r penderfyniad; yn cipio'i chôt oddi ar fachyn, yn stwffio'i thraed i'w sgidiau cerdded, yn cloi'r drws ar ei hôl ac yn brasgamu ar draws y buarth, drwy'r giât a thros y clawdd isel i'r tir o gwmpas. Roedd eu cymydog, y ffermwr rhadlon, yn ddigon bodlon iddi hi a Siw gerdded ar ei dir. Roedd yna rym o'r tu allan fel petai yn ei chymell.

Wrth ymwthio drwy wair uchel a chamu dros dir corsiog, cododd Nia'i phen golau tua'r awyr ac anadlu'n drwm. Aroglau bendigedig cefn gwlad; yr awel ysgafn yn chwarae drwy'i gwallt; gwres yr haul yn dal yn gynnes ar ei chroen — y cyfan yn uno mewn ymdrech fawr i beri iddi ymlacio. Roedd yr awyr iach a'i hynni corfforol hi ei hun yn ei hadnewyddu drwyddi ac fe lwyddodd i berswadio'i hun i beidio â gwneud môr a mynydd o bopeth. Efallai bod gan y dyfodol gynlluniau ar ei chyfer, cynlluniau gwahanol i'r hyn a oedd ganddi hi ei hun mewn golwg. Ond pa ots? Doedd hi ddim yn Dduw. Allai hi ddim rheoli ei thynged ac roedd hi'n hen bryd iddi sylweddoli hynny.

Edrychodd ar yr olygfa o'i chwmpas â phleser gwirioneddol. Edrychai'n ddigon cyfarwydd, yn ddim gwahanol i'r wythnos cynt, neu'r wythnosau a'r misoedd cyn hynny hyd yn oed, ar wahân i'r newidiadau tymhorol oedd yn ychwanegu amrywiaeth a lliw i unrhyw olygfa wledig. Ond o dan yr wyneb fe wyddai Nia fod yna newidiadau mwy a llawer amgenach yn digwydd yn ddyddiol. Yn yr un modd roedd yna newidiadau yn digwydd iddi hithau, a'r rheiny'n ymdebygu'n fwyfwy i ddaeargryn neu ffrwydriad llosgfynydd nag i newidiadau graddol y tymhorau. Bellach, doedd dim pwynt ceisio gwrthsefyll yr elfennau. Rhyngddyn nhw roedd Siw a Rhodri'n dangos y ffordd iddi.

Arafodd yn sydyn a throi'i golygon at y ffordd fechan a redai'n gyfochrog â'r coed ar ymylon y caeau pellaf. Beth yn y byd oedd yr holl dwrw yna? Yn y pellter gallai weld criw o bobl ac anifeiliaid yn symud o gwmpas. Yn sicr roedd yna rywbeth ar y gweill.

Newidiodd gyfeiriad a brysio tua'r fan; câi ei denu gan chwilfrydedd yn fwy na dim arall. Wrth iddi nesáu gallai weld y cŵn, y ceffylau a'r cotiau cochion yn glir. Wrth gwrs, yr Helfa. Roedd y tymor hela wedi cychwyn y mis hwn, a dyma nhw yn eu holl ogoniant — yn farchogion, ceffylau a helgwn.

Ac o'u blaenau yn rhywle, yn sleifio o'r golwg rhwng y drain a'r mieri, roedd y llwynog coch. Yn twyllo'r helwyr, yn reddfol gyfrwys. Yn amlach na pheidio fe lwyddai i ddianc ac ni châi ei ladd. Gwyddai Nia hynny, a dyna'n rhannol pam fod ganddi gymaint o barch at y creadur. A dyna pam na allai gydymdeimlo â gwrthwynebiad chwerw Tim tuag at y traddodiad. Fyddai hi ddim yn dewis ymuno â nhw, ond os mai dyna oedd eu diddordeb a chyn belled â bod y llwynog yn cael chwarae teg . . .

Roedd hi fwy neu lai wedi'u cyrraedd nhw'n awr, wedi colli'i gwynt yn lân wrth iddi arafu'i chamau. Beth oedden nhw'n ei wneud yn aros yn eu hunfan cyhyd? Fe ddylen nhw fod wedi hen fynd, dros y nentydd a'r cloddiau yn fflach o liw a thwrw. Roedd hi a Siw wedi eu gwylio nhw sawl gwaith o'r ardd yn Llwyn Eithin.

Nawr ei bod hi'n ddigon agos gallai synhwyro rhyw gynnwrf yn y gwynt. Nid yr Helfa lawn oedd hon — dim ond rhyw hanner dwsin o farchogion a cheffylau'n sefyllian o gwmpas ac ychydig o helgwn anhrefnus yn rhedeg yn ôl ac ymlaen.

Wedi croesi'r cae olaf oedodd Nia y tu ôl i glawdd isel gyferbyn â nhw, a daeth y cyfan yn amlwg iawn iddi. Roedd un o'r ceffylau, un brithlas hardd, wedi cael codwm. Truenus oedd ei weld yn gorwedd mor ddiymadferth ymhlith y dail crin ar ochr y ffordd a gwyddai Nia fod ceffyl wedi torri ei goes yn fater difrifol. Gorweddai'n hollol lonydd a doedd dim ymdrech yn cael ei gwneud o gwbl i'w godi. Wyddech chi byth, efallai . . .

Wrth ochr y ceffyl, yn ddianaf ond yn amlwg mewn cryn drallod, penliniai'r marchog. Deuai rhai o'r lleill ato bob hyn a hyn gan osod llaw gysurlon ar ei ysgwydd neu blygu i fwytho'r ceffyl. Gallai Nia synhwyro'u tristwch a'u diymadferthedd ac er gwaetha'r ofn yn ei chalon câi ei chymell i aros i weld beth a ddigwyddai.

Ni fu'n rhaid iddi aros yn hir. O fewn pum munud clywodd sŵn injan yn taranu i fyny'r ffordd dawel. Gwyrodd Nia'n is y tu ôl i'r clawdd. Cyn iddi weld yr Audi gwyrdd hyd yn oed fe wyddai'n union pwy oedd wedi cyrraedd. Pwy arall ond milfeddyg yr Helfa?

O na! Cuddiodd Nia ei hwyneb â'i dwylo fel petai modd iddi gymryd arni nad oedd hyn yn digwydd. Griddfanodd yn uchel. Roedd hi'n rhan o hyn bellach, ni allai wadu hynny. Yn anweledig hwyrach ond serch hynny yn rhan o fywyd y dyn ac yn rhan o'r ddrama oedd yn datblygu o'i blaen.

Brysiodd Rhodri allan o'i gar a brasgamu tuag at yr anifail anffodus. Roedd ei wyneb yn aneglur, ond i Nia roedd ei weld yno o'i blaen, sylwi ar ei osgo a chofio am neithiwr yn ddigon i yrru ias trwyddi — ias a ddatblygodd yn gryndod afreolus. Gwasgodd ei breichiau am ei chorff a gorfodi'i hun i wylio.

Pan gyrhaeddodd y milfeddyg at y criw, roedd eu rhyddhad yn amlwg. Gellid dibynnu arno i wybod beth oedd o'i le ac i wneud yr hyn oedd yn angenrheidiol. Roedd y cŵn hyd yn oed yn synhwyro hynny, ac yn distewi ar ei orchymyn. Gallai Nia deimlo grym ei bresenoldeb a'i ddylanwad, a theimlo hefyd — yn hytrach na chlywed — y tawelwch a ddisgynnodd dros bawb wrth iddo benlinio wrth ochr y ceffyl. Gallai ddychmygu ei wyneb a thôn ei lais wrth iddo gyfathrebu â'r anifail. Caeodd Nia ei llygaid. Roedd y tyndra o'i chwmpas bron â bod yn annioddefol. Pan agorodd hwy eto roedd Rhodri wrthi'n teimlo'r goes oedd wedi'i phlygu'n flêr o dan bwysau corff y ceffyl. Symudai ei law i fyny ac i lawr yn dyner brofiadol. Os oedd unrhyw un am ddarganfod beth oedd yn bod, os allai unrhyw un ei wella, y fo oedd o. Cynhesodd calon Nia gan falchder.

Roedd o'n awr yn trafod â rhai o'r helwyr, a pherchennog y ceffyl wedi ymlwybro ar ei draed gyda dau gyfaill yn ei gynnal. Roedd yna gryn dipyn o chwifio breichiau ac ysgwyd pennau. Canolbwyntiodd hithau ei holl sylw ar Rhodri — ar ei benderfyniad ac ar yr hyn yr oedd o am ei wneud.

Aeth yn ôl i'r car ac estyn ei fag, ei gamau'n bwrpasol ond ei ben yn isel. Safodd pawb arall yn llonydd fel pe baent wedi'u swyno gan rym ei bersonoliaeth. Yna siaradodd yn dawel ac ar unwaith roedd pob marchog yn ei gyfrwy, yn troi pen ei geffyl ymaith cyn trotian yn hamddenol i lawr y ffordd a'r cŵn yn eu dilyn. Iddyn nhw o leia, roedd yr helfa drosodd am heddiw.

Doedd yna neb ar ôl yn awr ar wahân i Rhodri, y ceffyl a glwyfwyd, ei berchennog a dau farchog yr oedd eu ceffylau wedi cael eu harwain i ffwrdd gyda'r gweddill. A Nia wrth gwrs. Dynesodd Rhodri at y ceffyl unwaith eto gan dynnu rhywbeth o'i fag. Roedd pob symudiad o'i eiddo'n llyfn a hamddenol, yn cael eu rheoli gan ei hunanddisgyblaeth enfawr. Tynhaodd Nia. Ym mêr ei hesgyrn fe wyddai'n union beth oedd ar fin digwydd ond roedd ei meddwl yn amharod i dderbyn y ffaith ac roedd hi'n dal wedi'i rhewi i'r fan.

Symudodd Rhodri'n araf hyderus at ben y ceffyl gan osod un llaw gysurlon ar ei wddf. Roedd y llaw arall yn gafael yn rhywbeth, ei fysedd wedi cyrlio o'i amgylch. Dyna pryd y rhyddhawyd Nia o'i pharlys o'r diwedd. Gan ymladd yn erbyn tonnau o gyfog trodd ar ei sawdl a'i heglu hi cyn iddo gael cyfle i ddefnyddio'i wn ar y creadur druan — mor oeraidd ddidideimlad. Gwaith oedd hyn iddo ef a dim arall — mae'n rhaid ei fod wedi hen arfer. Ei heglu hi am ddiogelwch ei chartref, ei sodlau'n cicio'r tir corsiog wrth iddi redeg yn ddall yn ei hesgidiau trymion.

Chlywodd hi mo'r ergyd, ond roedd y sgrechfeydd mud a lenwai ei chlustiau yn lladd pob rheswm. Sut fedrai o? Sut fedrai o? Daeth geiriau Rhodri ei hun i'w meddwl i'w herio. 'Mae bywyd go iawn yn greulon . . . '

Roedd o'n iawn wrth gwrs, ac yntau'n rhan o'r bywyd creulon hwnnw. Cafodd ei rhybuddio gan ei greddfau ar y pryd, ond eto bu bron iddi ag ymddiried ynddo'n llwyr. Hyd yn oed wrth redeg fe ffieiddiai ati hi ei hun. Daeth dagrau i'w llygaid a llifo yn ffrydiau i lawr ei bochau; roedd hi'n rhy brysur i'w sychu wrth iddi hyrddio'i chorff yn ei flaen.

Erbyn iddi gyrraedd hafan ei gardd ei hun roedd hi wedi llwyr ymlâdd — prin y gallai symud o gwbl. Gan anwybyddu'r geifr bodlon, ymlusgodd ar draws y buarth, estyn am ei goriad o dan y lechen a datgloi'r drws. Roedd pob symudiad o'i heiddo'n herciog afreal wrth iddi gerdded i'r tŷ. Gadawodd ei siaced a'i hesgidiau budron yn y cyntedd a'i hanelu hi am ei llofft ac am ei gwely. Doedd dim sŵn i'w glywed o gwbl ar wahân i'w hanadlu anwastad.

Caeodd ei llygaid a cheisio ymlacio. Gorwedd ar wastad ei chefn a chanolbwyntio ar arafu cynnwrf ei chalon. Anadlu'n araf reolaidd; gadael i'r meddwl hofran. Cyn hir roedd hi'n cysgu'n drwm.

Pan ddeffrodd hanner awr yn ddiweddarach roedd wedi ymdawelu drwyddi, ei meddwl yn glir. Efallai bod y rasio gwyllt wedi gwneud lles a'r adrenalin fu'n pwmpio drwy'i chorff wedi cael gwared â'i phroblemau.

Y peth cyntaf a wnaeth hi ar ôl deffro oedd diosg ei throwsus mwdlyd, ei chrys a'i dillad isaf chwyslyd a chloi ei hun yn yr ystafell molchi. Diolch byth ei bod wedi gosod cawod dros y bàth. Ar adegau fel hyn dim ond cawod a wnâi'r tro — un bwerus boeth i'w glanhau a'i deffro drwyddi. Caledodd ei meddwl wrth i'w chorff ymlacio. Ai tynged oedd ar waith? Rhyw fath o arwydd i'w rhybuddio nad oedd lle i'r Rhodri a welodd heddiw yn ei bywyd na'i theimladau?

Camodd o'r gawod ac estyn am ei thywel, cyn ei lapio'n dynn amdani wedi iddi orffen sychu ei hun. Yna sychodd yr ager oddi ar y drych ac edrych yn fanwl ar ei hwyneb. Er yn welw gwyddai ei bod bellach yn dawel ei meddwl. Trueni fod bywyd anifail druan wedi gorfod cael ei aberthu er mwyn dod â hi at ei choed! Caeodd ei llygaid yn dynn wrth i'r atgof am farwolaeth y ceffyl yrru gwayw o boen trwyddi.

'Fydda i byth yr un fath eto, diolch i ti,' meddai'n uchel. 'Os ydi hynny'n rhywfaint o gysur.'

Yna canodd cloch y drws ffrynt.

Oedodd Nia am rai eiliadau cyn ymlwybro i sbecian drwy ffenest yr ystafell ffrynt. Roedd y cerbyd oedd wedi'i barcio wrth ochr ei char hi yn gyfarwydd, ac yn anfygythiol. Fan Tim.

Rhedodd yn ôl i'w llofft, diosg ei thywel a gwisgo'i gŵn nos cotwm gwyn plaen. Yna aeth i agor y drws.

'Helô, Nia.' Edrychai'n ffwndrus braidd, ei wyneb yn fudr, dail a darnau o frigau mân wedi glynu i'w wallt a'i farf, llodrau ei jîns yn gacen o fwd, ei siwmper wedi'i rhwygo a'i esgidiau'n socian. Gwyddai Nia ar unwaith beth oedd Tim wedi bod yn ei wneud.

'Helô, Tim.'

'Wedi bod yn dilyn yr Helfa,' eglurodd, er nad oedd angen iddo ddweud hynny. 'Gan 'mod i mor agos meddwl y baswn i'n galw draw. Manteisio ar y cyfle i gael cyfarfod y cyw.'

Gwenodd hithau, ond heb fod yn rhyw frwd iawn. Ar y llaw arall, efallai y byddai rhywfaint o gwmni yn gwneud lles iddi, pe gallai guddio'i chynnwrf emosiynol rhagddo. 'Ty'd i mewn 'ta.' Safodd o'r neilltu er mwyn gadael iddo fynd heibio iddi.

'Paned?'

'Grêt.' Safodd yn y cyntedd i sychu'i draed, ei lygaid llwydion yn cael eu denu at ei gwallt gwlyb a'i gŵn nos tila ond yn rhy swil o lawer i oedi yno.

'Dos di i roi'r tegell ar y tân 'ta. Mi a' inna i wisgo. Newydd gael cawod dwi,' eglurodd. 'Mwdlyd braidd ar ôl bod yn cerdded.'

'Dwi'n gweld.' Trodd am y gegin. 'Siw ddim yma?' holodd wrth iddi gychwyn yn ôl am ei llofft.

'Ma' hi i ffwrdd am y penwythnos,' galwodd yn ôl. Ddwedodd hi ddim ei bod hi i ffwrdd yn cyfarfod rhieni Meurig a bod y ddau ohonyn nhw wedi dyweddïo. Roedd digon o amser ar gyfer hynny.

Drwy ddrws agored ei llofft gallai ei glywed yn llenwi'r tegell â dŵr. 'Nia?' Roedd o'n ôl yn nrws y gegin, ei lais yn llawn pryder. 'Wyt ti'n iawn?'

'Ydw siŵr iawn. Yli, fydda i ddim dau funud. Aros amdana' i yn y . . . ' Cyn iddi gael cyfle i orffen dyma gloch y drws ffrynt yn canu unwaith eto. Ochneidiodd Nia. Roedd hi fel ffair yma heddiw. 'Drycha pwy sy' 'na imi, wnei di, Tim?'

Gwrandawodd wrth iddo fynd i agor y drws. Byddai'r dyn llefrith yn galw'n aml tua'r adeg yma ar brynhawn Sadwrn. Os mai ef oedd yno byddai'n rhaid i Tim estyn arian o'i bag a . . .

'Nia!' Roedd min anghyffredin ar lais Tim. 'Mae'n well i ti

ddod yma. Mae gen ti ymwelydd!'

Yn nerfus, am ryw reswm, estynnodd Nia unwaith eto am felt ei gŵn nos. Wrth iddi gerdded am y cyntedd teimlai fel petai pwysau plwm yn dal ei chorff yn ôl. Fe wyddai'n reddfol pwy oedd yno.

Roedd tawelwch annifyr iawn yn llenwi'r cyntedd. Prin y gallai'r ddau ddyn a safai yno fod yn fwy gwahanol i'w gilydd ond roeddent yn amlwg yn amheus ac wedi tynhau i gyd. Wrth iddi gamu o'i llofft, yn dal wedi'i gwisgo yn ei gŵn nos, ei gwallt yn wlyb a golwg go wahanol i'r arfer arni ar ôl cynnwrf y ddwyawr ddiwethaf gallai Nia ddychmygu sut yr ymddangosai pethau. Er na allai dim fod ymhellach oddi wrth y gwir teimlai fel petai ynghanol y triong serch clasurol!

Rhodri oedd y cyntaf i dorri ar y tawelwch. 'Nia.' Swniai mor arw a swta nes ei gorfodi i edrych arno. Ni allai ddehongli'r olwg ar ei wyneb o gwbl. Oedd, roedd yna gadernid yno, a gerwinder hefyd. Ond creulondeb? Doedd hi ddim yn siŵr. Doedd arni hi ddim eisiau bod yn siŵr. 'Roeddwn i yn y cyffinia. Meddwl y baswn i'n galw.'

Roedd y cyfarchiad mor debyg i gyfarchiad Tim, bron fel adlais! Byddai'r sefyllfa'n ddoniol pe na bai'n teimlo mor annifyr. 'Helô, Rhodri,' meddai'n dawel. Er gwaetha popeth, roedd ei synhwyrau'n effro i gyd.

Roedd Tim wedi cael hyd i'w lais o'r diwedd, ei waed yn berwi a chynddaredd yn llifo o bob gewyn. 'Ac rydan ni'n gwybod yn iawn pam roeddat ti yn y cyffinia hefyd, yn tydan?' poerodd. 'Be mae o'n ei wneud yma?' mynnodd, gan droi at Nia mor ffyrnig nes iddi gamu'n ôl, wedi'i syfrdanu gan ei daerineb gwyllt. Wnest ti ddim deud wrtha' i dy fod ti'n 'i nabod o!' ychwanegodd yn gyhuddgar.

Wrth iddo wylio'r dyn arall roedd llygaid Rhodri'n llawn dirmyg oeraidd. Ond pan siaradodd roedd ei lais yn wastad, yn gyfeillgar hyd yn oed. 'Ydan ni'n nabod ein gilydd?' holodd, wrth i Tim fynd yn fwyfwy cynddeiriog. 'Ma' dy wyneb di'n gyfarwydd ond . . . ' Yna sylwodd ar gyflwr ei wisg a throi at Nia'n ymholgar. Dan nerth ei lygaid tywyll gallai hithau deimlo deunydd tenau ei gŵn nos yn toddi cyn diflannu'n ddim.

'Rhodri, dyma Tim,' cychwynnodd Nia. Efallai y galla
mymryn o gwrteisi arbed rhagor o wrthdaro rhyngddynt. 'Tim
dyma . . . '

'Mi wn i pwy ydi o!' Trodd i wynebu Nia. 'Chdi wnaeth . . .
Ond Rhodri oedd y gelyn a phenderfynodd hoelio ei sylw a
hwnnw. Y gŵr a safai'n amyneddgar, ei lygaid wedi eu hoelio a
Nia, yn asesu'r sefyllfa, yn ceisio deall beth oedd yn digwydd cy
barnu. 'Na, dydan ni ddim yn nabod ein gilydd,' gwawdiod
Tim. 'Ond dwi wedi dy weld ti sawl tro yn yr Helfa, a tasat ti ddin
yn rhy brysur yn trin rhyw greadur anffodus dwi'n siŵr y basa
titha wedi sylwi arna' inna hefyd.'

'Yr Helfa?' Cododd Rhodri ei aeliau wrth iddo weld y Tin
budr blêr yn y cyd-destun newydd hwnnw. O'r diwedd roedd o'
deall a daeth gwên gynnil i dorri ar dyndra ei wyneb. 'Un o'
protestwyr felltith 'na wyt ti, ia? Wedi bod allan yn gweithredu?
Ei dro ef i wawdio oedd hi'n awr. Doedd ganddo ddim amyned
o gwbl â'r giwed hunangyfiawn, yn enwedig pan fyddent y
ymosod arno ef ac yntau ond yn gwneud ei waith. Hawdd iaw
oedd cydymdeimlo'n ddifeddwl â'u hachos heb oedi am funud
feddwl bod yna ystyriaethau pwysicach.

'Sut fedri di!' ffrwydrodd Tim. 'Sut fedri di sefyll yn fan'na fe
tasa dim byd wedi digwydd! O, mi glywis i am yr hyn wnest ti i'
ceffyl druan 'na.'

Culhaodd llygaid Rhodri. 'Gall unrhyw geffyl dorri'i goes.
atebodd. 'Fedri di ddim beio'r Helfa am hynny. A fedri di ddin
fy meio inna chwaith am orfod ei ddinistrio fo.' Wrth wrand
arno roedd Nia'n ymwybodol iawn o'r emosiwn yn ei lais. Fell
roedd Rhodri wedi casáu gwneud yr hyn ddaru o gymaint ag y
oedd hithau wedi casáu ei wylio. 'Mi wyddost ti cystal â minn
nad ydi bywyd ceffyl sy' wedi torri'i goes yn mynd i fod werth
fyw, ac i ti gael deall, roedd hwn wedi torri dwy.'

'Be? Dwy goes? Y cr'adur bach!' Daeth y geiriau allan o'i che
cyn i Nia gael cyfle i feddwl. 'Ac ynta'n anifail mor hardd.'

Trodd Rhodri ei sylw ati hithau'n awr, ei wyneb yn welw o da
y lliw haul. 'Paid â deud wrtha' i dy fod titha'n un ohonyn nh

'efyd?'

'Na, na . . . ' Roedd ei hawydd i wneud iddo ddeall mor gryf nes ei bod bellach yn ymladd am ei hanadl. 'Allan am dro oeddwn i.'

'Hmmm.' Er yn amlwg yn amheus roedd o'n barod i'w chredu. Diolch byth. Trodd yn ei ôl at Tim. 'Rŵan, gad imi wneud un peth yn glir.' Doedd dim cynnwrf yn ei lais. Cododd ei law i wthio'i wallt oddi ar ei dalcen ac wrth i Nia sylwi ar y fflach goch ynddo fe'i hatgoffwyd o'r llwynog. Caeodd ei lygaid, gwyro'n ôl yn erbyn y wal a gadael i lais Rhodri lifo drosti. 'Achub bywyd ydi 'ngwaith i, a sut ti'n meddwl dwi'n teimlo pan mae'n rhaid imi'i ddinistrio fo? Dwi'n cael fy nghyflogi gan yr Helfa, fy nghyflogi i ofalu am y cŵn a'r ceffyla. Dydi fy marn i ynghylch yr hyn maen nhw'n ei wneud ddim yn berthnasol. Roedd rhaid imi wneud penderfyniad anodd heddiw, a bod yn gyfrifol am weithredu'r penderfyniad hwnnw hefyd. Yn anffodus doedd gen i ddim dewis, ac fel milfeddyg mae'n rhaid imi wynebu sefyllfaoedd fel hyn o bryd i'w gilydd a chydnabod nad oes dim y medra' i ei wneud. Ond dydi hynny ddim yn golygu 'mod i'n mwynhau lladd, 'mod i ddim yn diodda.' Roedd yna angerdd yn ei lais erbyn hyn. 'Dyn ydw i, nid peiriant, a dwi'n gobeithio bod Nia o leia'n ddigon call i sylweddoli hynny.'

Cynhesodd Nia drwyddi wrth iddo grybwyll ei henw a dechreuodd deimlo'n euog ar yr un pryd. Drwy ymateb mor emosiynol i'r hyn a welodd roedd hi wedi gwneud cam mawr ag ef. Gallai weld yn awr iddo weithredu â dewrder a chydymdeimlad.

Taflodd gipolwg ar Tim a oedd wedi bod yn gwrando'n dawel ac a oedd yn awr fel petai'n cyfaddef iddo wneud camgymeriad. Yna, rhoddodd ei holl sylw ar Rhodri. Roedd o erbyn hyn yn siarad yn uniongyrchol â hi.

'Mi ddois i yma y pnawn 'ma am fod rhaid imi dy weld di, Nia. Wnâi unrhyw un mor tro, roeddwn i angen dy weld di.'

Y gair 'angen' a effeithiodd arni. Dim ond dyn mawr iawn a allai gydnabod gwendid fel yna, cydnabod bod angen cysur merch arno — a hynny o flaen dieithryn. Teimlai fel petai yn dod

i'w adnabod o'r newydd ac yn sydyn roedd hithau am gael bod a
ei phen ei hun yn ei gwmni yntau hefyd.

'Rhodri, dwi'n . . . ' Cliriodd ei gwddf gan godi'i llygai
gleision tuag ato ef yn gyntaf ac yna tuag at Tim druan a edrycha
allan o'i ddyfnder yn llwyr.

Yna siaradodd y tri ohonynt ar unwaith.

'Wrth gwrs, os wyt ti a Tim yn brysur,' meddai Rhodri'n sych.

'Well imi'i throi hi dwi'n meddwl,' mwmiodd Tim.

'Roedd Tim ar fynd,' cyhoeddodd Nia'n bendant.

Yn y tawelwch a ddilynodd gwenodd Rhodri a Nia'n swil ar ei
gilydd. Yna trodd y ddau at Tim a edrychodd o'r naill i'r llall,
codi'i ysgwyddau a chamu tuag at y drws.

'Iawn 'ta. Mi a' i.' Wrth y drws fe oedodd. 'Fasa hi'n iawn imi
gael golwg ar Greta a'i chyw ar fy ffordd, Nia.'

'Wrth gwrs.' Ar ôl yr holl ddrama teimlad rhyfedd oedd
dychwelyd mor sydyn at ddigwyddiadau cyffredin bob dydd. 'Yn
y cae bach maen nhw, ond a deud y gwir mae'n hen bryd iddyn
nhw gael eu rhoi yn ôl yn y sgubor.'

'Yli Tim, mi ddo' i efo ti.' Siaradai Rhodri fel un a oedd wedi
hen arfer cymryd yr awenau. 'Mi fydd yn gyfle i mi wneud yn siŵr
fod y ddau yn iawn ac mi gei di fy helpu i i'w rhoi nhw'n ôl yn y
sgubor. Iawn? Pum munud fydda i Nia.' Ac ar hynny, gwthiodd
heibio i Tim a'i chychwyn hi ar draws y buarth.

Wyth

Wrth gwrs, fe wyddai Nia pam fod Rhodri wedi gwneud yr hyn ddaru o. Cipio Tim fel yna, difetha'i gynlluniau a'i gadael hithau â'i meddwl yn llawn cynnwrf. Beth bynnag a dybiai oedd y berthynas rhyngddi hi a Tim, fyddai gadael iddo sleifio i ffwrdd â'i gynffon rhwng ei goesau yn gwneud dim lles i neb. Roedd Rhodri'n ddigon aeddfed i sylweddoli hynny, ac i sylweddoli hefyd fod ar Nia angen ychydig funudau i ddod ati ei hun ac i wisgo amdani. Roedd hi'n cael pum munud ganddo. Ond pum munud neu beidio, o leia roedd o wedi dangos rhyw sensitifrwydd. Sut bynnag y byddai pethau'n datblygu rhyngddynt ar ôl iddo ddod yn ei ôl doedd dim eisiau i'r un ohonynt deimlo dan anfantais, yn enwedig ar ôl neithiwr.

Yn ôl yn ei llofft roedd Nia eisoes yn estyn am yr un dillad ag a wisgai'r noson cynt. Roedd rhyw reddf, boed ddireidus neu ddoeth, yn mynnu mai dyna'r dewis gorau. Wedi'r cwbl, roedden nhw'n gyfforddus, yn ymarferol ac wrth law yn hwylus, ymresymodd â hi ei hun. Wrth gwrs nad oedd ganddi hi gymhellion cudd.

Doedd dim amser i drafferthu â cholur. Crib sydyn drwy'i gwallt hanner sych a dyna ni. Diolch byth ei bod wedi cael cyfle i gael cawod o leiaf. Roedd olion ei rasio gwyllt yn dal yn bentwr blêr ar y carped a chyn cau'r drws ar ei hôl fe'u cododd a'u gollwng i'r fasged dillad budr.

Yn y gegin roedd y tegell wedi berwi, ac oeri. Rhoddodd y dŵr i ferwi unwaith eto ac wrth gynhesu'r tebot daeth adlais ei geiriau ei hun â gwên i'w hwyneb. *Dyn fasa'n gwerthfawrogi wisgi'n fwy na phaned ydi Rhodri.* Wel, nawr ei bod yn ei adnabod yn well roedd hi'n barod i dderbyn bod yna le yn ei ddeiet i'r ddau Paned o de, dyna oedd ar Nia'i hangen a dyna gâi yntau hefyd doedd ganddo ddim dewis.

Roedd y pum munud yn sicr wedi mynd yn ddeg erbyn iddi gario'r hambwrdd drwodd i'r ystafell fyw. Tebot, dau o fygiau Siw, llefrith, siwgr a llond plât o fisgedi. Roedd popeth yn ei le a phrin fod dwylo Nia wedi ysgwyd o gwbl wrth iddi'u cario at y bwrdd. Yn allanol, doedd yna ddim arwydd o ansicrwydd a chyffro; dim ond y sawl a'i hadnabyddai'n dda fyddai wedi sylwi fod y llygaid gleision yn fwy gloyw nag arfer a'r wythïen fechan yn ei gwddf yn curo'n gynt.

Fel ag yr oedd yn gosod yr hambwrdd ar y bwrdd coffi isel, clywodd gerbyd yn tanio y tu allan. Cipolwg drwy'r ffenest a dyma weld fan Tim yn troi o'r buarth a Rhodri'n gadael y sgubor ac anelu am y bwthyn.

Roedd Nia wedi cyrraedd y cyntedd ac agorodd y drws cyn iddo gael cyfle i ganu'r gloch. Am eiliad, safodd Rhodri ar y trothwy gan syllu arni, a sylwodd hithau am y tro cyntaf fod ei lygaid tywyll wedi eu dylu gan boen ac ymylon ei geg synhwyrus wedi caledu.

Roedd ei gwddf yn sych ond rhaid oedd dweud rhywbeth. 'Sut maen nhw?'

'Y geifr? Da iawn. Dwâd yn eu blaena'n ardderchog a deud y gwir. Ond mi fydd y bychan yn gwerthfawrogi'i wely heno 'ma,' chwarddodd. 'Ei ddiwrnod cynta fo allan a llond gwlad o fwytha gan y boi Tim 'na ar ben hynny.'

Taflwyd Nia oddi ar ei hechel. Wrth grybwyll Tim swniai Rhodri'n ddigon cyfeillgar, bron yn ddifater. Ond beth oedd o'n ei feddwl mewn difrif? Symudodd yn ôl wrth iddo gamu i'r cyntedd ac yn sydyn roedd hi'n hollbwysig ei bod hi'n egluro wrtho pam roedd Tim yn y bwthyn er mwyn cael gwared ag unrhyw amheuon a allai fod yn llechu o dan yr wyneb. 'Ma' Tim yn ffrind i mi. I Siwa finna. Mae o'n gweithio mewn siop lle 'dan ni'n gwerthu peth o'n cynnyrch. Mae o'n byw efo criw o bobl er'ill yn . . . '

'Nia.' Caeodd Rhodri'r drws ar ei ôl, plethu'i freichiau a
bhwyso'n ei erbyn yn flinedig. 'Does dim rhaid i ti gyfiawnhau dy
un na dy ffrindia i mi. Mi ddeudist ti dy fod wedi gweld be
ddigwyddodd yn yr Helfa, felly dim ond newydd ddod yn ôl wyt
ti. Beth bynnag oedd yn mynd ymlaen . . . ' Oedd yna
amheuaeth ar ei wyneb? ' . . . dydi o ddim o 'musnes i.' Mae'n
debyg ei fod o'n holi ei hun a oedd ymddygiad Nia yn gyson â'r
hyn a ddwedodd amdani ei hun neithiwr.

'Ydi, Rhodri, mae o'n fusnes i ti. Mi wnest ti hynny'n glir
neithiwr. Dwi am iti wybod bod Tim yn yr Helfa, ond nad
oeddwn i yno. Ffrind da ydi o, dim mwy, dim llai. A na, tydw i
ddim yn cytuno efo bob dim mae o'n ei wneud. Mynd am dro
wnes i a digwydd dod ar draws y ceffyl druan yna.' Petrusodd
wrth gofio'r olygfa. 'Ar ôl gweld be oedd ar fin digwydd mi
ddychrynis i a rhedeg yr holl ffordd adre. Wedyn roeddwn i
angen cawod ac mi gyrhaeddodd Tim fel roeddwn i'n dod ohoni
hi. Tua phum munud o dy flaen di. Iawn?'

Gwrandawodd Rhodri'n astud arni gan sylwi ar dyndra ei
chorff. Am rai eiliadau safodd yn stond, fel petai'n pwyso a
mesur yr hyn a ddywedodd wrtho. Yna gwenodd; gwên gwbl
agored heb ddim nawddoglyd na gwawdlyd yn ei chylch. 'Doedd
dim rhaid i ti egluro, ond dwi'n falch dy fod ti wedi gwneud
hynny, ac ydw, dwi *yn* dy gredu di.' Dyfnhaodd y wên ond yna
difrifolodd. 'Dwi'n siŵr fod Tim yn foi iawn, yn y bôn, ac o leia
mae ganddo fo ddigon o blwc i sefyll dros ei egwyddorion. Mae
o'n amlwg wedi gwirioni'i ben amdanat ti beth bynnag, a ti'n
gwybod be,' ailymddangosodd y wên am eiliad fer, 'dwi ddim yn
gweld bai arno fo.' Er mawr gywilydd iddi'i hun gallai Nia deimlo
ei hun yn gwrido. Aeth Rhodri yn ei flaen a thôn ei lais yn fwy
ffwr-bwt yn awr. 'Dwi wedi hen arfer â chael fy lambastio, a
hynny am wneud dim mwy na chyflawni rhai o'r dyletswyddau
annymunol sy'n gysylltiedig â 'ngwaith i. Ond dyna fo . . . '

Gorchfygwyd Nia gan gydymdeimlad tuag ato. 'Mae'n ddrwg
gen i am be ddigwyddodd. Efo'r ceffyl dwi'n feddwl. Ddrwg
iawn gen i hefyd. Mae'n rhaid dy fod ti'n teimlo'n ofnadwy.'

'Ac mae'n ddrwg gen inna dy fod ti wedi dŵad heibio wrth

fynd am dro. Mae'n siŵr i ti gael dipyn o sioc. Dim rhyfedd i ti
ruthro am adre — wela' i ddim bai arnat ti.' Tynhaodd ei lais.
'Roeddwn i'n gwybod y basat ti'n siŵr o glywed o rywle, a dyna
pam y dois i yma ar fy union, er mwyn cael deud wrthat ti yn fy
ffordd fy hun, yn fy amser fy hun. Roeddwn i o ddifri pan
ddeudis i 'mod i angen dy weld di, Nia. Ge's i sioc a deud y gwir,
ond y cwbl o'n i isio'i wneud ar ôl yr hyn ddigwyddodd oedd dod
yma. Atat ti.'

Cododd ei law i wthio'r un cudyn hwnnw oedd yn mynnu
syrthio o'i le ar ei dalcen. Ymatebodd Nia ar unwaith iddo. Os
oedd o'n gallu bod mor onest, yna fe allai hithau hefyd.
Estynnodd ei dwy fraich tuag ato. Camodd yntau'n ddiolchgar
iddynt a chau ei rai ef amdani'n dynn. Roedd ei gorff yn galed, yn
gynnes ac yn llonydd — fel llong ar ôl storm yn cyrraedd harbwr.

Am rai eiliadau safodd y ddau yn stond ym mreichiau'i gilydd
— ef yn ceisio cysur a hithau'n llawn cydymdeimlad.

Yn raddol daeth y ddau yn ymwybodol o'r naill a'r llall, ac o'r
angerdd oedd yn bygwth tarfu ar yr heddwch. Camodd Nia'n
anfoddog oddi wrtho, ond rhag iddo feddwl ei bod yn ei wrthod
tynnodd ei bys yn araf ar hyd y graith ar ei dalcen. Teimlai'n arw
ac yn od o gyfarwydd, a daliodd ei gwynt. Roedd hi'n eironig ei
bod hi'n teimlo'n nes ato'n awr nag erioed.

'Be ddigwyddodd?' Dilynodd symudiad ei bys, â'i llygaid
wedi'u hudo. Roedd yntau wedi hanner cau ei lygaid, yn amlwg
yn mwynhau ei chyffyrddiad ysgafn. 'Ma' gan y gwartheg yn
Simbabwe gyrn go beryg a tydyn nhw ddim yn ofni eu defnyddio
nhw chwaith. Roeddwn i wedi llwyddo i'w hosgoi nhw'n reit dda,
ond wrth gwrs fe gafodd 'na un fi yn y diwedd — a gwneud pryd
go iawn ohona' i hefyd.' Chwarddodd wrth weld y braw ar ei
hwyneb. 'Paid â phoeni. Doedd o ddim cynddrwg â hynny. Er
gwaetha'r llanast doeddwn i 'mond angen rhyw hanner dwsin o
bwytha. Bu'n rhaid imi dreulio noson ne' ddwy yn yr ysbyty, rhag
ofn 'mod i wedi cael fy ngwenwyno, ond buan y daethon ni . . . '
ysgydwodd ei ben gan beri i law Nia syrthio, 'buan y dois i drosto
fo, unwaith y dois i o'r ysbyty.'

Gwthiodd Nia ei llaw i'w phoced. Pe bai yna bowlen o ddŵr

oer wedi digwydd bod wrth law byddai wedi ei gwthio i honno — roedd hi'n llosgi gymaint. Ac roedd ei bochau ar dân hefyd, a'r gwrid yn ymestyn i lawr at ei gwddf. Nid ymateb i'w hyfdra ei hun yn unig yr oedd hi, ond i'r oerni sydyn a oedd wedi dod i'w lais. 'Druan â ti,' mentrodd.

'Fel y deudis i, doedd o'n ddim byd. Ma' creithia mewnol yn gallu bod yn llawer gwaeth.' Roedd ei dôn yn swta'n awr, ond yna dychwelodd y wên. 'A sôn am y dyn mewnol,' roedd o'n gwneud ymdrech fwriadol i ysgafnhau'r awyrgylch, 'mi fasa peint neu ddau o de yn dderbyniol iawn. Fasat ti ddim yn digwydd . . . '

Chwarddodd Nia, ond ni lwyddodd hynny i ryddhau'r holl dyndra a oedd ynddi. 'Yn rhyfedd iawn, mae gen i beth yn barod.' A phwyntiodd drwy ddrws agored yr ystafell fyw. 'Roedd arna' i angen peth fy hun.'

'Grêt. Does dim ots gen ti os a' i i 'molchi'n sydyn cyn ymuno efo ti, nac oes? Na, mae'n iawn, dwi'n cofio'r ffordd.' Hanner ffordd i lawr y cyntedd, trodd ei ben a'i gweld yn ei wylio. 'Llefrith, dim siwgr,' galwodd, 'a chry fel triog.'

Roedd Nia'n dal i wenu wrth iddi eistedd ar y soffa i dywallt llefrith i ddau fŷg. Ailymunodd Rhodri â hi, ei siaced wedi'i thaflu ar draws ei ysgwydd i ddangos crys gwlanen glas tywyll wedi'i wthio i bâr o jîns du a'i ffitiai fel maneg. Eisteddodd wrth ei hochr fel un a oedd wedi hen arfer gwneud hynny, codi ei fŷg ac estyn am ddwy fisgeden. 'Ia, fi oedd ar ddyletswydd yn anffodus. A finna wedi gobeithio cael pnawn bach i mi fy hun. Ond dyna fo . . . ' Ochneidiodd ac yfed y rhan fwyaf o'i de ar ei dalcen. Yna eisteddodd yn ôl, ymestyn ei goesau hirion o'i flaen a throi tuag ati. 'Rŵan, dyma be dwi ei angen. Dy gwmni di a phaned dda o de.'

Swatiodd Nia i'w chornel hi o'r soffa, ei chalon yn cynhesu drwyddi wrth ei weld yn gwneud ei hun mor gyfforddus ar ei haelwyd, ond yn oeri drachefn wrth iddi ystyried arwyddocâd hynny. 'Ma' Siw wastad yn deud nad oes 'na ddim curo ar yr hen baned.' Swniai ei geiriau'n stiff, hyd yn oed iddi hi, ac mae'n rhaid fod Rhodri wedi sylwi.

Ond drachtiodd Rhodri weddill ei de a gorffen yr ail fisgeden. 'A lle ma' Siw heddiw? Mi sylwis nad oedd yr hen siandri y tu allan.'

'Yn cyfarfod teulu Meurig.'

'Ti'n gwneud i'r cwbl swnio fel petai hi mewn angladd.' Roedd yna gydymdeimlad yn ei lais wrth i'w lygaid gwrdd â'i rhai hi a'i gorfodi i edrych arno. 'Paid â phoeni, dwi yn deall sut ti'n teimlo 'sti.'

'Ti'n llwyddo i 'nal i ar fy munuda gwan.' Gorffennodd Nia'i the a gosod ei mŷg yn ofalus ar y bwrdd coffi o'i blaen. 'Dwi'n falch iawn dros Siw, wir rŵan,' mynnodd, a dim ond y mymryn lleia o gryndod oedd yna yn ei llais.

'Wrth gwrs dy fod ti.' Wrth iddo siarad roedd un o'i ddwylo wedi croesi tuag ati a chydio'n dynn yn un o'i rhai hi. Ni wnaeth hithau ymdrech i'w symud. 'Ma' bywyd yn llawn gwrthdaro, 'tydi?' aeth Rhodri yn ei flaen. Nodiodd Nia gan roi cynnig ar wên dila nad oedd yn twyllo'r un ohonynt. 'Ac mae'n rhaid imi gyfadda i mi bendroni mwy nag y gwnes i gysgu neithiwr.' Roedd ei lygaid yn erfyn am ei hymateb. 'Be amdanat ti?'

Nodiodd Nia eto. Fentrai hi ddim siarad.

'Wyt ti am gael gwybod i ba benderfyniad y dois i yn y diwedd?' Symudodd Rhodri'n nes gan estyn am ei llaw arall. Y tro hwn wnaeth hi ddim hyd yn oed nodio ond fe aeth yn ei flaen yr un peth yn union. 'Mi benderfynis i ddod yma i drafod y sefyllfa; cael gwybod be 'di be. Dwi'n gredwr cryf mewn peidio â gadael petha ar eu hanner. Doeddwn i ddim yn disgwyl bod yma heddiw, ond ella ma' ffawd sy'n gyfrifol am hynny.'

Erbyn hyn dim ond murmur gwan oedd ei lais, ond curai pob sillaf yn ei phen gan ei chynhyrfu i ddwfn ei bod. Roedd o mor agos; mae'n rhaid ei fod o'n gallu gweld y chwant yn ei llygaid, yn gallu teimlo ei chnawd yn galw amdano.

'Nia.' Roedd ei lais yn floesg wrth i'w freichiau gau amdani. 'Dwn i ddim amdanat ti ond dwi'n meddwl bod yna rywbeth yn datblygu rhyngon ni.' Claddodd ei wyneb yn ei gwallt, yn ei gwar a sibrwd yn ei chlust, 'Os na cha' i'r cyfle i ddod i d'adnabod di'n iawn, os na cha' i dy ddysgu di amdanat ti dy hun, yna chysga' i fyth eto.'

Yn y pen draw, wyddai Nia ddim ai'r fflach yma o hiwmor neu ei natur hi ei hun a lwyddodd i chwalu ei hamddiffynfeydd. Ond fe wyddai fod Rhodri yn deffro pob math o nwydau o'i mewn, nwydau a fu ynghwsg yn rhy hir o lawer. Yn awr roedd hi'n sicr mai ei ddwylo a'i gorff ef fyddai'n ei dysgu amdani ei hun. Fyddai yna ddim edifarhau na gweld bai. Fe'i meddiannwyd gan angen, a Rhodri'n unig a allai leddfu'r angen hwnnw.

'Dwi ddim am dy weld ti'n diodda o f'achos i,' sibrydodd. Yna roedd hi'n clymu'i breichiau o gylch ei wddf ac yn ei dynnu tuag ati fel na allai weld dim ond ei wyneb o'i blaen.

Caeodd Nia ei llygaid a gadael i Rhodri ei chario i'r byd synhwyrus oedd yn ymagor o'i blaen. Gwefusau, tafodau yn ymgolli yn ei gilydd, siom oer wrth iddo dynnu ei wefusau oddi ar ei rhai hi ac yna'r ias o bleser newydd wrth iddi eu teimlo'n goglais ei gwddf, ac yna'n is eto, yn gyntaf ar un fron ac yna ar y llall nes ei bod hi'n griddfan yn uchel. Prin ei bod hi'n ei hadnabod ei hun wrth iddi dynnu ei ben tywyll yn glòs, rhyddhau ei grys o'i drowsus ac anwesu croen meddal cynnes ei gefn, ei bysedd yn reddfol symud am i lawr.

Y tro hwn doedd yna ddim llyw na gwregysau diogelwch yn eu rhwystro, nac amheuon chwaith. Y tro hwn rhyddhaodd bysedd hirion Rhodri ei chorff yn bwyllog o arfwisg allanol ei dillad, a'r tro hwn ni wnaeth Nia yr un ymdrech i'w atal. Yn wir, y tro hwn, croesawai bob cyffyrddiad o'i eiddo — gan wybod ei fod wedi ei meistroli'n llwyr.

Aeth munudau hirion heibio — hanner awr hwyrach. Y tu allan roedd hi'n dechrau nosi ond doedd Nia ddim yn ymwybodol o'r un dim ar wahân i'r tân o'i mewn. Roedd Rhodri'n amyneddgar, yn cadw'i nwydau ei hun dan reolaeth, yn dysgu Nia amdani ei hun nes ei bod hi'n gweiddi ei enw, yn tynnu ei ddillad oddi ar ei gorff, ychydig yn fwy anghelfydd nag y tynnodd ef ei rhai hi, ond yr un mor angerddol serch hynny. Roedd pob modfedd ohoni yn galw amdano.

O'r diwedd, bu'n rhaid iddo ildio i'w ddyheadau, i'w nwydau. Roedd y trydan roedden nhw'n ei greu rhyngddynt ar fin cyrraedd ei uchafbwynt — uchafbwynt o roi ac o dderbyn . . .

Yn greulon, tarfodd sŵn o'r byd real arall hwnnw arni, ar ei hisymwybod i ddechrau ac yna roedd o'n llenwi ei phen. Galwad oedd yn ei chipio'n ôl o ymylon ecstasi i gorsydd cywilydd. Pe bai wedi cael llonydd byddai greddfau dynol Nia wedi cael y gorau arni, ond doedd yna ddim llonydd i'w gael; roedd bywyd bob dydd yn mynnu torri ar draws.

Daeth y clwcian, sgrechian a'r crochlefain ar draws y buarth tywyll, drwy'r ffenest gaeedig i'r ystafell fyw ac i gilfachau eithaf ymennydd Nia.

'Yr ieir!' llefodd. Llamodd ar ei thraed gan dorri'r cerrynt trydanol ar unwaith. 'O'r nefoedd, mi anghofis eu cau nhw i mewn!' Ymbalfalodd am ei dillad a'u taflu amdani rywsut rywsut. Heb edrych unwaith ar Rhodri — sut y gallai oddef gweld ei wyneb? — roedd hi allan o'r ystafell, yn cipio'r fflachlamp o'r gegin a'i hesgidiau a'i siaced o'r cyntedd. Allan â hi, ar draws y buarth ac i gornel y cae bach lle'r oedd hi wedi adeiladu'r cwt pren ar gyfer yr ieir, ddwy flynedd yn ôl.

Wrth gwrs, welodd hi ddim o'r llwynog wrth iddo ymlwybro'n llechwraidd i ffwrdd. Roedd o'n rhy gyfrwys o lawer i hynny ac wedi cymryd y goes y munud y clywodd hi'n dod. Erbyn hyn byddai ymhell i ffwrdd, yn hen law ar ymdoddi i gysgodion y caeau a'r coedlannau. Yn sydyn, meddiannwyd Nia gan bwl o banig. Tybed a oedd hi wedi llwyddo i ddarfu arno mewn pryd? Sylweddolai hefyd fod llawer mwy wedi bod yn y fantol na bywydau ei hieir druan.

Carlamodd i fyny pedair gris y cwt gan chwifio'i fflachlamp o'i blaen. Hedfanai'r ieir i bob cyfeiriad, gan glwcian eu braw wrth ei gilydd ac wrth Nia. Roedd rhai ohonynt yn fyw o leia, ond roedd yna blu ymhobman ac wyau wedi'u torri hefyd, ar y llawr ymysg y blawd llif. Caeodd Nia ei llygaid wrth i don o hunanffieidd-dod ei llethu. Roedd hi hyd yn oed wedi anghofio casglu y rheiny.

Gan orfodi ei hun i beidio â chynhyrfu, symudodd ei fflachlamp o'r naill aderyn i'r llall gan gyfri'n dawel. Un, dwy — roedd honna'n edrych fel tasa hi wedi cael ysgytwad ond o leia roedd hi ar ei thraed yn rhedeg ac yn gweiddi — tair, pedair, pump i gyd, drwy ryw ryfedd wyrth yn holliach. Ond beth am y chweched? Symudodd y golau ar hyd y waliau; dyna hi'n swatio yn y gornel bellaf, wedi dychryn am ei bywyd ac yn galarnadu'n dawel wrthi'i hun. Cyrcydodd Nia, gan osod y fflachlamp ar lawr wrth ei hochr er mwyn iddi allu gafael yn dyner yn yr iâr a'i thynnu tuag ati, a thua'r golau.

'Paid ti â phoeni. Ma' bob dim yn iawn rŵan,' cysurodd hi gan geisio ymatal rhag rhyddhau dagrau o euogrwydd. Roedden nhw i gyd yn fyw ond doedd hynny'n ddim diolch iddi hi. Gwyrodd ei phen i archwilio'r aderyn yn ei dwylo. Roedd yna waed ar y gwddf, ond dim ond mymryn. Byddai'n siŵr o fyw.

'Hei, Nia, ty'd â honna i mi.' Yn sydyn roedd Rhodri wedi ymddangos yn y drws y tu ôl iddi, wedi'i wisgo. Gymaint oedd ei phryder am yr ieir, doedd hi ddim hyd yn oed wedi ei weld yn cyrraedd. Nawr roedd o'n llenwi'r cwt cyfyng â'i bresenoldeb. Ar ôl camu i mewn bu'n rhaid iddo wyro i sefyll yn ei ganol. 'Ty'd,' gorchmynnodd wrth ei gweld yn petruso a dal yr iâr yn dynn yn ei mynwes, fel petai yn ei gwarchod ei hun. 'Gad imi weld. Ydi hi wedi'i chlwyfo'n ddrwg? Gafodd o rai o'r lleill?'

'Na. Mae hi'n gwaedu 'chydig ond ma' hi'n iawn dwi'n meddwl,' mwmiodd Nia wrth iddi estyn yr aderyn iddo. Wedi'r cwbl, ef oedd yr arbenigwr ac yn anuniongyrchol, ef oedd ar fai hefyd.

Roedd o'n defnyddio golau'r fflachlamp i wneud archwiliad manwl o wddf yr iâr. 'Dim ond clwy arwynebol,' cyhoeddodd o'r diwedd. 'Mi darfon ni arno fo cyn iddo gael cyfle i wneud pryd go iawn ohoni hi.' *Yn union fel y tarfodd yntau arnon ni*, awgrymai ei lais gan beri i Nia wingo o achos y gyfatebiaeth greulon. 'O leia mi fydd hi'n iawn. Be am y lleill?'

Ysgydwodd Nia'i phen. 'Maen nhw'n iawn hyd y gwela' i,' meddai mewn llais bychan bach, ei llygaid wedi'u hoelio ar y llawr.

Penliniodd Rhodri wrth ei hochr a gosod llaw gysurlon ar ei hysgwydd. 'Paid â beio dy hun, Nia. Ma' pawb yn anghofio weithia, ac roedd gen ti bob esgus, doedd? Diolcha fod gen ti glyw da, dyna'r cwbl,' ychwanegodd yn gellweirus.

'Felly, pwy ddylwn i ei feio?' Cafodd Nia hyd i'w llais a'i hysbryd ac roedd y gwylltineb a'i meddiannodd yn gymaint o syndod iddi hi ag yr oedd o i Rhodri. 'Pwy, Rhodri?' Trodd tuag ato gan ysgwyd ei law oddi ar ei hysgwydd.

Os cafodd o'i daflu oddi ar ei echel gan ei hymateb wnaeth o ddim dangos hynny. Astudiodd ei hwyneb gwelw yn y gwyll cyn ateb yn dawel, 'Bywyd. Natur. Yn yr achos hwn, ein ffrind y llwynog. Talu'n ôl am iddo gael ei hela heddiw, efallai. Ysglyfaeth yn troi'n rheibiwr.'

Os mai taflu dŵr oer ar ei chynddaredd oedd bwriad ei eiriau, yna fe fethodd yn drychinebus. Roedd hi ar ei thraed, yn ymladd am ei hanadl wrth iddi ymdrechu i fynegi ei digofaint. Gwyddai ei bod yn afresymol ac mai blin efo hi ei hun yr oedd hi mewn gwirionedd am iddi fradychu'i hegwyddorion a bod mor barod i ildio i'w theimladau.

'O, ia, y Cringoch ddiawl iti,' bloeddiodd. 'Be am inni i gyd weld bai ar y llwynog? Y llwynog oedd ar fin ysbeilio'r ieir druan am fy mod i wedi anghofio'u cau nhw i mewn, ac am dy fod ti . . . ' Caeodd ei dyrnau'n dynn wrth iddi ymbalfalu am ei geiriau.

'Ar fin dy ysbeilio ditha, ia, Nia?' Fflachiai ei lygaid yn beryglus wrth iddo gamu'n ôl i weld ei hymateb. 'Neu ai anghofio cau dy hun yn dy arfwisg arferol wnest titha hefyd? Camgymeriad bach na ddylid ei gymryd ormod o ddifri.' Ysgydwai yn ôl ac ymlaen ar ei sodlau, ei ben wedi'i wyro i osgoi'r to isel. 'Mae'n siŵr dy fod ti'n diolch i'r nefoedd fod y llwynog yna wedi ymddangos pan ddaru o — i'th rybuddio di ac i'th amddiffyn di rhagof i a rhagot ti dy hun.' Roedd yna fwy o eironi na chasineb yn ei eiriau.

Roedd Nia'n dal i gorddi, ond ni allai ddweud ai teimlo'n flin efo Rhodri yr oedd hi, neu efo hi ei hun. Neu'r llwynog. Neu ddynion yn gyffredinol. 'Nid camgymeriad bach, ond camgymeriad mawr,' taranodd wrth i chwip ei wawd losgi ei chnawd. 'Wnei di fynd rŵan, Rhodri,' ychwanegodd, a daeth crac i'w llais. O'u cwmpas, roedd yr ieir yn dal i gyhwfan a llithrodd Nia ar ei gliniau — wedi llwyr ymlâdd gan gynnwrf y dydd. 'Plis!'

'Wyt ti'n siŵr mai dyna wyt ti isio?' A'i ddwylo yn ei bocedi, roedd Rhodri'n syllu i lawr ar ei phen melyn, a ddisgleiriai hyd yn oed yn nhywyllwch y cwt. Roedd yna dyndra yn ei lais a'i lygaid yn galed gan boen.

'Fydda i byth yn deud petha os na fydda i'n eu meddwl nhw,' sibrydodd. *Nac yn eu gwneud nhw?* Adleisiodd ei chalon a'i chorff a bron na allai ei glywed yntau'n gofyn yr un peth. 'Mae'n ddrwg gen i, Rhodri.' Doedd hi'n teimlo dim cynddaredd yn awr, dim ond gwacter. 'Tydw i ddim yn barod am hyn. Am ddim ohono fo.' Gwyrodd ei phen a dal ei dwylo'n dynn yn ei chôl. 'Gad lonydd imi, Rhodri.' Er bod ei llais yn egwan, roedd hi'n amlwg o ddifrif.

Ennyd o dawelwch. Fyddai o'n ei chymryd ar ei gair, neu'n dadlau â hi? Beth oedd hi eisiau iddo'i wneud?

'Ond y peth ydi, Nia,' meddai, 'fyddi di byth yn barod? Ac os penderfyni di dy fod ti, fydda i'n dal yma'n disgwyl amdanat ti? O oes, mae gen i ddiddordeb. A deud y gwir, mae ar y Cringoch yma isio cael ei grafangau arnat ti yn fwy na dim byd arall yn y byd. Ac nid dy isio di i swper yn unig ydw i chwaith . . .' Oedodd. 'Rydw i dy angen di ar gyfer mwy na hynny o lawer. O lawer iawn hefyd. Ac mae gen titha gymaint i'w gynnig . . .' pwysleisiai bob sillaf. 'Ond dyna fo, os nad wyt ti'n barod i ildio, wel dwi wedi hen arfer prowla'r hen fyd yma ar fy mhen fy hun bach, ac os mai dyna sydd raid mi fydd yn rhaid imi fodloni ar wneud hynny tra bydda i.'

Ac ar hynny, trodd ar ei sawdl a gadael y cwt. Ymhen munud neu ddau, a hithau'n dal ar ei gliniau, clywodd Nia'r Audi'n taranu i ffwrdd. Ac yno ynghanol yr ieir, y plu a'r wyau, claddodd ei hwyneb yn ei dwylo ac wylo dagrau hallt.

Naw

Safai Siw uwchben sosbenaid o sbageti, wedi ymgolli'n llwyr yn ei meddyliau. Yn ystod yr holl flynyddoedd gyda'i gilydd doedd hi erioed wedi gweld Nia fel hyn o'r blaen. Wrth gwrs, fel pawb arall, byddai'n cael cyfnodau o iselder, ond roedd y Nia fewnblyg, amharod i rannu ei phryderon, yn berson hollol newydd. Mae'n debyg bod ei newyddion hi a Meurig wedi ysgwyd Nia. Roedd hi'n amlwg iddi gael dipyn o sioc, er ei bod hi erbyn hyn yn llawn brwdfrydedd ynghylch trefniadau'r briodas. Felly, sioc neu beidio, roedd Siw yn hollol sicr bod yna fwy i'r peth na hynny.

Pan ddychwelodd Siw i Lwyn Eithin roedd hi'n llawn o hanes ei phenwythnos, ac yn naturiol fe holodd ynghylch penwythnos Nia. Ond roedd Nia'n hynod o ddi-ddweud a thawedog a hyd yn oed ar ôl pwyso arni dim ond amlinelliad bras iawn o'r uchafbwyntiau a gafodd Siw — y sesiwn jazz yn y dafarn ar y nos Wener; y modd y daeth ar draws yr Helfa a'r ceffyl druan yna ar y prynhawn Sadwrn; ymweliad Tim a rhyw stori ddryslyd am lwynog yn ymosod ar yr ieir. Byddai wedi bod yn haws cael gwaed o garreg na chael mwy o wybodaeth ganddi hi a doedd waeth i Siw dderbyn hynny ddim. Fe siaradai Nia pan fyddai'n barod i wneud hynny, nid eiliad ynghynt. Ar y funud roedd hi'n amlwg yn benderfynol o wneud pethau yn ei ffordd ei hun.

Ond roedd un peth yn berffaith glir: y cysylltiad cyffredin rhwng yr holl ddigwyddiadau hyn oedd Rhodri Puw. Pa bynnag storm oedd yn cynhyrfu bywyd Nia roedd ef â'i fys yn y potes yn rhywle. Tra oedd sylw Siw wedi bod ar bethau eraill, roedd y dyn yma wedi llwyddo i gyflawni'r hyn na chyflawnodd yr un dyn arall erioed — er i sawl un roi cynnig arni — sef rhoi tolc go hegar i arfwisg emosiynol Nia a hynny mewn cyfnod byr iawn. Oedd ei fwriadau o ddifri, oedd o'n gobeithio chwarae rhan barhaol ym mywyd Nia? Nid lle Siw oedd barnu — a doedd Nia'n dweud dim byd, hyd yn oed pe gwyddai'r atebion.

Roedd hi eisoes yn nos Wener a thro Siw oedd hi i baratoi swper. Byddai Meurig yn galw amdani am naw ac roedden nhw am ymuno â ffrindiau am ddiod. Roedd yna wahoddiad i Nia hefyd, ond pan soniodd Siw wrthi am y trefniant fe wrthododd y cynnig gan egluro'n amwys bod rhaid iddi fynd i rywle. Chafodd hi ddim gwybod i ble, ond a dweud y gwir roedd o'n rhyddhad i Siw ei gweld hi'n symud o'r diwedd. Fu hi ddim yn unman drwy'r wythnos, hyd yn oed yn ei dosbarth aerobics. A dweud y gwir, prin ei bod wedi mentro o'r stiwdio, a hithau wedi ymgolli yn ei phrosiect newydd — prosiect a gâi ei guddio'n ddisymwth ar yr achlysuron anaml hynny pan âi Siw i mewn ati. Gweithiai tan yr oriau mân ac wrth orwedd yn ei gwely gallai Siw glywed nodau hoff gerddoriaeth Nia — jazz gan amlaf — yn hofran yn dawel tuag ati.

Gorchfygodd Siw ei hawydd i daflu pob math o gwestiynau at ei ffrind. Gwyddai Nia ei bod hi ar gael pe bai am drafod rhywbeth, ond roedd yr holl beth mor rhyfedd. Byddai Siw wrth ei bodd yn cael gwybod beth oedd wrth wraidd y dirgelwch.

Ymunodd Nia â hi yn y gegin, a bwyta ychydig o'r bolognaise hefyd, chwarae teg iddi. Dyna newid arall a ddaeth drosti yn ddiweddar — doedd ganddi ddim archwaeth at fwyd. Ar ôl iddynt olchi'r llestri, gwenodd Nia y wên fach drist honno a oedd mor gyfarwydd i'w ffrind erbyn hyn, cyn cyhoeddi ei bod am fynd i wneud ei hun yn barod.

'Dyna ti.' Gan sylwi ar y disgleirdeb yn llygaid Nia a'r lliw yn ei bochau, mentrodd Siw holi, 'Sut mae'r gwaith yn mynd? Ydi o wedi'i orffen?'

Nodiodd Nia. 'Ydi, fwy neu lai, ond dydw i ddim wedi'i danio fo eto.' A chyda'r wybodaeth ddi-fudd yna aeth Nia i'w hystafell. Ddeng munud yn ddiweddarach aeth i ddweud hwyl fawr wrth

Siw a oedd wrthi'n newid. 'Mwynha dy noson, a chofia fi at Meurig. Wela' i chi'ch dau fory mae'n siŵr.'

'Wel, 'dan ni'n meddwl mynd i edrych ar 'chydig o dai, felly mae'n siŵr mai yma fyddwn ni am y rhan fwya o'r penwythnos.' Syllodd Siw yn edmygol ar ei ffrind. Roedd hi wedi'i gwisgo'n smart iawn heno mewn du i gyd, esgidiau gyda mymryn o sawdl arnynt, teits gwlanen, sgert fer dynn a siwmper gwddw uchel — y dillad a wisgai i roi hyder iddi. 'Ti'n edrych yn grêt, Nia. Cymer ofal,' ychwanegodd yn wresog.

'A chditha.' Roedd Nia'n wahanol heno, ond ni allai Siw benderfynu ym mha fodd. Roedd hi'n llawn pendantrwydd ond hefyd fel petai ar fin ildio. Ble bynnag roedd hi'n mynd heno, dymunai Siw bob lwc i'w ffrind.

Pan gerddodd Nia drwy ddrws y *Llwynog Llon* roedd y Bow-Wow's wedi hen gynhesu. Ni fyddai'n llechu mewn cornel y tro hwn. Gwthiodd ei ffordd drwy'r lolfa brysur nes y gallai weld y band yn glir. Yna eisteddodd ar stôl i aros, hanner o seidr yn gwmni. Er gwaetha'i hymddangosiad, roedd hi ymhell o fod yn hyderus; ond roedd ei phenderfyniad wedi'i wneud.

Roedden nhw'n chwarae detholiad o hen ffefrynnau. Siglodd Nia ei chorff i guriadau'r gerddoriaeth fywiog ond roedd ei holl sylw ar y dyn wrth yr allweddellau.

Roedd Rhodri Puw, y pianydd jazz, wedi ymgolli yn ei gerddoriaeth, yn un â'i offeryn. Heno, rhannodd Nia symudiadau ei ddwylo gan brofi pob nodyn fel petai hi'n eu creu nhw ei hunan. Sipiodd ei seidr ond wnaeth hi ddim tynnu ei llygaid oddi ar Rhodri, hyd yn oed am eiliad.

Roedd cyrraedd yno ychydig cyn yr egwyl wedi bod yn syniad da, meddyliodd. Nid oedd raid iddi aros ar ei phen ei hun yn hir felly. Unwaith y tawodd y band, roedd hi ar ei thraed, yn symud rhwng y byrddau o flaen y llwyfan tuag at Rhodri. Safai yntau â'i gefn tuag ati gan chwerthin yn braf yng nghwmni'r drymiwr. Arhosodd Nia'n amyneddgar, yn ymddangosiadol ddigynnwrf. Bu Rhodri am eiliadau maith cyn sylwi arni, ond roedd y dyn arall yn amneidio'n awgrymog i'w chyfeiriad. Gan ddal i chwerthin, a golwg ddryslyd braidd ar ei wyneb, trodd Rhodri i weld beth oedd wedi dal sylw'i gydymaith — a chyfarfu ei lygaid duon â llygaid gleision Nia. Bron na allech fod wedi clywed y gwrthdrawiad!

'Nia!' Diflannodd ei chwerthiniad gan droi'n wên agored. Roedd yna groeso a phleser yn y wên honno, ond roedd hi'n llawn pwyll hefyd.

Cymerodd Nia anadl ddofn a siarsio'i hun i gofio edrych i fyw ei lygaid wrth siarad ag o. 'Sut wyt ti, Rhodri?' holodd ac wrth lwc ni wnaeth ei llais fradychu dim ar ei nerfusrwydd. Ond a oedd o'n gallu synhwyro'r tyndra o'i mewn? Wel, o leia roedd o'n falch o'i gweld, roedd hynny'n amlwg. 'Methu madda i'r gerddoriaeth.' Roedd y sylw ysmala hwnnw er budd y drymiwr yn hytrach na Rhodri oherwydd ni wnaeth hwnnw'r un ymdrech i guddio'i ddiddordeb yn yr olygfa.

'Hogan hefo chwaeth,' meddai Rhodri wrth ei ffrind, yr un mor ysgafn. Deallodd hwnnw'r awgrym yn ei lais.

'Esgusoda fi, Rhodri, ond dwi 'di addo prynu diod i'r lleill.' A chan wenu ar Nia anelodd am y bar. Parhaodd Rhodri i eistedd ar ei stôl a phwysodd Nia yn erbyn y piano. Roedd y ddau ar eu pennau eu hunain, am ryw hyd, yn y gornel fechan hon o'r llwyfan.

'Ma'n dda gen i dy weld di.' Roedd yna agosatrwydd yn llais Rhodri; ond agosatrwydd a gâi ei reoli oedd o. 'A dwi'n falch o glywed bod y gerddoriaeth, o leia, yn llwyddo i dy ddenu di,' ychwanegodd.

'Nid y gerddoriaeth yn unig.' Roedd Nia hithau yn ffrwyno ei llais wrth iddi wneud y cyfaddefiad syml hwn. 'Roeddwn i isio dy weld di a dyma'r unig ffordd — yr unig le — y gallwn i fod yn sicr o wneud hynny.'

Cododd Rhodri ei aeliau tywyll. Edrychodd i lawr ar y piano, ei fysedd yn ymestyn ar draws y nodau. Adwaith diarwybod i'w awydd i gyffwrdd Nia? Os mai yr un oedd ei deimladau yntau a'i theimladau hi, byddai'r dynfa fagnetaidd yn annioddefol. Ond efallai nad oedd o'n rhannu ei theimladau. Be wyddai hi? Hi oedd yr un a'i gyrrodd oddi wrthi mewn cynddaredd. Pam na ddylai o deimlo chwerwder?

Syrthiodd y cudyn afreolus hwnnw ar draws ei dalcen a chododd un llaw i'w wthio'n ôl i'w le. Pan gododd ei ben tuag ati, roedd o'n gwgu braidd. 'Dwi'n falch dy fod ti wedi dod. Ro'n i wedi bwriadu ffônio ti'n gweld. Mae 'na un neu ddau o betha dw inna isio'u deud hefyd.' Oedd yna galedi yn ei lais neu ai ei dychymyg hi oedd yn chwarae triciau â hi? Tynhaodd y cwlwm tyndra oedd o'i mewn, ond roedd hyn yn bwysig; doedd hi ddim am roi'r ffidil yn y to rŵan . . .

'Gwranda, Rhodri.' Roedd yna frwdfrydedd yn ei llais. 'Mae'n gas gen i siarad ar y ffôn ac mi'r oeddwn i isio dy weld di. Mae gen i rywbeth i ti.' Llyncodd ei phoer. 'Fedra' i ddim ei roi o iti yma. Wyt ti ar ddyletswydd drwy'r penwythnos? Elli di ddod draw acw am awr neu ddwy fory neu ddydd Sul?'

Cododd ei aeliau hyd yn oed yn uwch. 'Mae'n swnio'n gynnig diddorol tu hwnt. Methu'i roi o imi yma, ia?' Roedd yna adlais awgrymog i'w lais.

'Yn hollol.' Cyfarfu ei llygaid â fflachiadau direidus ei rai ef. 'Felly os medri di ddŵad draw, chymerith o ddim llawer o dy amser di.'

'Mi fedra' i wneud yn well na hynny.' Yn sydyn, roedd o wedi troi ar ei stôl i'w hwynebu ac wedi estyn ei ddwy law i gydio yn ei harddyrnau. Roedd o'n symudiad mor annisgwyl doedd ryfedd i Nia wingo a'i hwyneb yn goch. Ond doedd yna ddim dianc. 'Be am iti ddŵad draw ata' i? Ma' hwn yn wahoddiad swyddogol. Cinio dydd Sul.' Moesymgrymodd yn ffurfiol, yna gwyro'n nes. 'Dwi ddim ar ddyletswydd ddydd Sul, ac mi wna' i'n siŵr na cha' i mo 'ngalw i unlle.'

Wedi'i syfrdanu gan ei gyffyrddiad yn ogystal â'r newid ynddo, oedodd Nia am ennyd. Symudodd Rhodri hyd yn oed yn nes, ond llaciodd ei afael ar ei harddyrnau. 'Paid ag edrych mor amheus, Nia. Dwi yn medru coginio, 'sti. Wir, mi fasat ti'n synnu be all dyn ei wneud efo help rhewgell a meicrodon go dda.'

'Na, faswn i ddim.' Erbyn hyn ni fyddai dim yn ei gylch yn ei synnu. Yn herfeiddiol, yn benderfynol, tynnodd ei dwylo'n rhydd a'u plethu'n amddiffynnol o'i blaen. 'Diolch i ti. Mi faswn i wrth fy modd yn dŵad. Faint o'r gloch?'

Roedd o'n nodio, fel petai i gadarnhau rhyw bwynt wrtho'i hun. 'Tua hanner dydd.' Roedd o'n gorchymyn yn hytrach na gofyn. 'Fel mae'n digwydd, mae gen inna rywbeth bach i titha hefyd. Rhywbeth mae'n rhaid i ti ddod ata' i ar ei gyfer o.'

Roedd Nia'n llawn chwilfrydedd, a dyna ei union fwriad. Ond roedd hi'n benderfynol o beidio â dangos hynny; wedi'r cwbl doedd o ddim wedi dangos rhyw lawer o gyffro ac felly, digon digyffro fu ei hymateb hithau. 'Wrth lwc mi fedra' i ddŵad â fy un i efo mi.'

Doedd o ddim am wastraffu gormod o'i amser yn pendroni. 'Sut ma'r ieir?' holodd yn sydyn.

Gwyddai'r ddau nad holi ynghylch yr ieir yn unig yr oedd o, ond fe atebodd Nia. 'Iawn. Ma'r un gafodd ei chlwyfo bron iawn wedi gwella. Does 'na'm gwadu bod y sioc wedi effeithio arnyn nhw, ond o leia maen nhw'n dal i ddodwy felly dydi petha ddim cynddrwg â hynny.'

'Ac mae'n siŵr fod y sioc wedi cael dipyn o effaith arnat ti hefyd?' Roedd ei lais yn isel ac yn llym; yn ei hatgoffa'n ddidostur o'r hyn a ddigwyddodd rhyngddynt.

Cododd Nia ei hysgwyddau ac edrych draw. 'Wyt ti isio diod?' holodd er mwyn troi'r stori. Nid hwn oedd y lle na'r amser. 'Yn anffodus, fedra' i ddim aros tan y diwedd heno 'ma.'

'Dwyt ti ddim am fynd â fi adre?' Roedd o'n cellwair.

'Ddim heno, Rhodri.' Edrychodd i fyw ei lygaid er mwyn iddo allu gweld y pendantrwydd yn ei rhai hi. 'Ond mi bryna' i ddiod i ti, os wyt ti isio un,' cynigiodd wedyn.

'Pam lai?' Cododd ar ei draed a dilyn Nia at y bar. Roedd hi'n ymwybodol o'i bresenoldeb y tu ôl iddi ac roedd ei chefn yn binnau bach i gyd.

Wedi iddynt gyrraedd y bar, mentrodd edrych i fyny arno. 'Tydw i ddim yn gweld y Canningtons yn y gynulleidfa heno.'

'Mae'r holl deulu wedi mynd i ffwrdd i fwrw'r Sul.'

'O.' Archebodd Nia wisgi iddo a sudd oren iddi hi ei hun.

'Sut mae'r cyw?' Blasodd ei wisgi'n ddiolchgar a'i gwylio dros ymyl ei wydr.

'Dwi'n siŵr ei fod o'n tyfu tua modfedd bob diwrnod. Fydd o

ddim yn gyw yn hir iawn eto.' Ochneidiodd. 'Ond cyn hir mi fydda i'n ei golli o a Greta beth bynnag.'

Edrychodd Rhodri arni'n llawn cydymdeimlad ond y cwbl a ddywedodd oedd, 'A sut ma' Siw? Ydi hi'n brysur yn paratoi ar gyfer y briodas?'

'Rhywbeth felly.' Llwyddodd Nia i beidio â swnio'n chwerw. Deuai hynny'n haws ac yn haws bob dydd. 'Mae hi'n sôn am briodi fis Rhagfyr, felly mae 'na dipyn i'w wneud.'

'Priodas Dolig.' Ysgydwodd ei ben gan wenu, ond roedd ei lygaid tywyll wedi'u hoelio arni hi. Roedd gweddill y band wedi dechrau ymgasglu yn ôl ar y llwyfan. 'Ma' hi'n bryd i mi fynd yn anffodus. Wyt ti am aros am yr ail set?'

'Am 'chydig ohoni, ond dwi isio cyrraedd adre yn 'o lew o gynnar.'

'Tan ddydd Sul, 'ta. Hanner dydd. Wyt ti'n gwybod y ffordd? Roedd hi'n dywyll braidd y tro diwetha os dwi'n cofio'n iawn . . . '

'Mi wn i lle ti'n byw. Ma' gen i dy gyfeiriad di beth bynnag a digon o synnwyr cyffredin,' torrodd ar ei draws yn fwy swta nag yr oedd hi wedi ei fwriadu.

'Digon teg.' Nodiodd ei ben a chychwyn oddi wrthi. Yna'n ddisymwth trodd yn ei ôl a gosod cledr un llaw yn boeth yn erbyn ei boch. Fe'i parlyswyd gan ei gyffyrddiad a chyn iddi gael cyfle i ymateb iddo roedd yn ôl wrth ei biano, yn sgwrsio â'i gyd-gerddorion ynghylch y set nesaf. Cyn setlo i ailddechrau chwarae, trodd ei ben i chwilio am Nia ymysg y gynulleidfa ac wedi iddo ei chanfod gwenodd a chodi ei law arni.

Ddau ddiwrnod yn ddiweddarach, am hanner dydd ar ei ben, gyrrodd Nia ei char i fyny'r ffordd lydan a arweiniai at dŷ a phractis Rhodri a'i barcio wrth ochr yr Audi. Wedi iddi gamu ohono, safodd yn ôl, yn dwt iawn yr olwg mewn sgert frethyn goch a siwmper wlân ysgafn o'r un lliw. Hongiai ei bag oddi ar un ysgwydd tra gafaelai ei dwylo'n dynn mewn parsel bychan, mor dynn yn wir fel petai arni ofn iddo ddianc, syrthio neu ddal annwyd!

A hithau nawr yn gallu'i weld yng ngolau dydd, gallai Nia werthfawrogi'r tŷ oedd o'i blaen; tŷ a oedd wedi sefyll yno'n gadarn osgeiddig am yn agos i ddau can mlynedd. Tra gallai'r artist ynddi edmygu crefftwaith yr adeilad ni allai'r gweddill ohoni anghofio'i nerfusrwydd. Roedd hi'n wynebu sialens ac efallai mai hwn fyddai cyfarfyddiad anoddaf ei bywyd. Roedd Rhodri'n amlwg wedi dod i ryw benderfyniad. Fel hithau. Ond beth pe na bai penderfyniadau'r ddau ohonynt yn cyd-fynd?

Doedd dim amdani ond mynd i ganfod y gwir. Cerddodd yn bwrpasol at y cyntedd gan oedi i ddarllen yr arwydd ac arno enw Rhodri, a'i lythrennau — roedd yna gryn dipyn ohonyn nhw. Canodd y gloch ar y drws derw trwm a gallai ei chlywed yn atseinio ym mherfeddion y tŷ.

Bu Rhodri'n hir yn ateb y drws. Pan ymddangosodd o'r diwedd roedd wedi'i wisgo'n fwy ffwrdd-a-hi nag yr oedd Nia erioed wedi ei weld, mewn hen jîns tyllog, crys llac ac esgidiau canfas. Cyfarchodd hi â gwên agored.

'Nia. Ty'd i mewn.' Gwenodd yn ôl arno'n ansicr a chamu heibio iddo. Ar yr un pryd gwasgodd y parsel ati'n dynn, fel petai arni ei angen i'w hamddiffyn.

'Diolch.' Roedd y cyntedd yn eang ond yn foel yr olwg braidd. Arweiniai i ystafell aros a derbynfa a oedd fel pob sefydliad meddygol arall, yn glinigol ond cyfforddus. Roedd yn wag heddiw ond gallai Nia ei dychmygu yn llawn anifeiliaid gwael a pherchnogion pryderus.

Roedd Rhodri mor gyfeillgar a didaro nes ei gwneud yn anniddig. A oedd yna storm ar y gorwel? 'Mi ddylwn i fod wedi deud wrthat ti ddŵad drwy'r cefn. Mae gen i fynedfa i mi fy hun yn fan'no. Ond mi awn ni i fyny ffordd hyn am rŵan.' Carlamodd o'i blaen i fyny'r grisiau llydan. Ar hanner y ffordd, trodd a gwenu eto. 'Doeddat ti ddim isio gweld lle dwi'n gweithio, nac oeddat? Dwi'n deud wrthat ti, unwaith ti wedi gweld un syrjeri, theatr ac ystafell ofal ti wedi gweld y cwbl.' A dyna ddiystyru ei waith bob dydd.

'Ond mi fasan nhw'n newydd i mi.' Gallai Nia deimlo'r tyndra yn ei llais, ond fe lwyddodd i wenu'n ôl arno. 'Mi hoffwn i eu gweld nhw'n nes ymlaen.'

Ymatebodd yntau yn hanner pryfoclyd i'w chwrteisi prennaidd. 'Mi fydd yn fraint gen i'ch tywys o gylch yr eiddo, Miss Tudur. Ond yn gynta oll mae'n well ichi gael gweld lle dwi'n byw.'

Dilynodd Nia ef yn ufudd o ystafell i ystafell gan ddal i gydio'n dynn yn ei pharsel. Doedd mynegi brwdfrydedd ddim yn broblem iddi, roedd hi'n bod yn gwbl o ddifrif. Ystafell fyw eang, ond prin ei dodrefn, gyda ffenestri uchel a tho addurnedig. Roedd yno gymaint o ddeunydd crai yn ysu am i rywun roi trefn arno. Beth oedd ei angen oedd dawn artistig, amser ac arian. Mae'n siŵr fod gan Rhodri ddigon o arian ac roedd yna ddigon o bobl ddawnus i'w cael hefyd, felly mae'n rhaid mai amser oedd y broblem. Amser a chyfle i wneud cyfiawnder â'r lle bendigedig yma.

Doedd yr ystafell fwyta'n cynnwys dim ar wahân i fwrdd mahogani a chwe chadair, ond ar y llaw arall roedd y gegin fodern yn llawn arogleuon da ac roedd hi'n amlwg mai'r ystafell hon oedd wedi cael y flaenoriaeth hyd yn hyn. Ac wrth gwrs, yno roedd y rhewgell a'r meicrodon y bu Rhodri yn eu canmol.

'Pob cyfleustra modern, fel y gweli di.' Roedd Rhodri'n mwynhau ei gwerthfawrogiad. 'A rhag ofn dy fod ti'n synnu gweld y lle 'ma mor lân a thaclus yr olwg, ma' gen i berson yn dŵad i mewn i helpu efo'r glanhau a ballu — dyn.' Gwenodd wrth weld yr olwg ymholgar ar wyneb Nia. 'Na, 'sgin y ffeministiaid 'ma ddim lle i weld bai arna' i. Dwi'n cyflogi llanc di-waith, yn talu cyflog parchus iddo fo ac mae o'n gwneud joban ardderchog. Does yr un ohonan ni'n cwyno.'

Ysgydwodd Nia ei phen gan wenu'n ôl arno. Doedd hynny hyd yn oed ddim yn ei synnu. 'Mae'n dda gen i glywed hynny, Mr Puw,' meddai'n gellweirus. 'Cofia di,' ychwanegodd, yn fwy wrthi hi ei hun nag wrth neb arall, 'os ma' cegin ydi lle merch, fe allai hi wneud yn llawer gwaeth na hyn.'

Erbyn hyn roedd Rhodri yn ei harwain i fyny mwy o risiau i ben ucha'r tŷ. I'w lofft? Roedd Nia yn gymysgedd o nerfusrwydd a chwilfrydedd — ar bigau'r drain. Llofft ddigon cyffredin oedd hi yn y diwedd — carped trwchus, cwpwrdd dillad ar hyd un wal a chlamp o wely yn y canol. 'Blaenoriaethau,' eglurodd Rhodri'n ddireidus gan fynd yn ei flaen i ddangos ystafell 'molchi *en suite* iddi, ac yna'r ddwy ystafell wely arall a'r ail ystafell 'molchi. Roeddynt i gyd yn chwaethus iawn, ond braidd yn foel.

Yn ôl yn yr ystafell fyw tywalltodd Rhodri'r diodydd a chroesodd Nia at y ffenest. 'Faint o hwn sy' pia ti?' holodd gan gyfeirio at y tir o amgylch.

'Dim ond tair acer. Mae'r tŷ 'ma'n ddigon o dreth ar amser rhywun. Mi ddangosa' i'r ardd a'r cae iti yn nes ymlaen.' Daeth i sefyll y tu ôl iddi, filimedr neu ddau yn unig oddi wrthi ond heb fod yn ei chyffwrdd. Gallai Nia deimlo ei anadl ar ei gwar a gwres ei gorff yn llifo drwyddi.

'Sieri?' Roedd ei lais mor agos nes peri iddi droi yn sydyn a bu bron iddi â tharo'r gwydryn bregus o'i law.

Gan wrido, cododd ei llaw i'w dderbyn, a sylweddoli ar yr un pryd ei bod yn dal i gydio yn y parsel. Roedd hi'n nodweddiadol o Rhodri i beidio â'i grybwyll, er mae'n rhaid ei fod o wedi sylwi arno. 'Diolch, dwi . . . ' Cydiodd yn y gwydryn ag un llaw ac estyn y pecyn iddo â'r llall, yn afrosgo braidd. 'Dwi wedi dod â hwn i ti?'

'Dydi hi ddim yn ben-blwydd arna' i, nac ydi?' Trodd ef yn ei ddwylo, ei lygaid tywyll yn treiddio drwy'r papur llwyd a'i gorchuddiai. Bron na allai Nia deimlo ei fysedd hirion yn ei archwilio. Ysai, ac eto ofnai, iddo ei agor. 'Dwi wedi treulio wythnos gyfan yn gwneud hwnna i ti,' fe'i hysbysodd yn onest a'i chalon yn ei gwddf.

Cododd ei ben i edrych arni. Yna'n hynod ofalus, datododd y parsel haenen wrth haenen. Pan welodd ei gynnwys, chwibanodd yn uchel.

'Nia . . . Be fedra' i 'i ddeud? Mae o'n . . . mae o'n wych . . . yn berffaith!' Cynhesodd drwyddi wrth glywed ei ganmoliaeth. Byseddai linellau llyfnion y llwynog, wedi ei fodelu o glai oer ond eto'n llawn bywyd ac egni. Gallech deimlo cyfoeth y gôt drwchus lliw rhwd dim ond wrth edrych arno. Oedodd llygaid duon Rhodri ar lygaid gwynion ystrywgar y creadur yn ei ddwylo, ar y clustiau gwyliadwrus, y trwyn ymchwilgar.

Roedd Rhodri'n iawn, roedd y llwynog yn berffaith. Gwyddai Nia mai dyma'r gwaith gorau yr oedd hi wedi'i gyflawni hyd yma, ac roedd hi wedi ei wneud yn arbennig iddo ef. Gellid dweud mai ef oedd yn gyfrifol amdano, mai ef oedd wedi ei ysbrydoli.

'Y Cringoch,' sibrydodd Nia heb wybod yn iawn at ba un o'r ddau roedd hi'n cyfeirio. Y ddau hwyrach?

A gwenodd Rhodri; ei lygaid a'i wefusau'n llawn tynerwch. 'Wn i ddim be i'w ddeud, Nia. Sut i ddiolch iti. Dwi erioed yn fy mywyd wedi derbyn dim byd mor bersonol.'

'Dwi'n siŵr.' Ateb cryptaidd braidd a lwyddodd i'w synnu hi ei hun hyd yn oed. Ond ym mêr ei hesgyrn fe wyddai ei bod hi'n iawn i ddod yma gyda'r anrheg. 'Does dim rhaid iti ddiolch i mi. Roedd o'n bleser.' Pefriai ei llygaid ac roedd hi'n ymwybodol o bŵer newydd yn rhedeg drwyddi wrth iddo dderbyn ei anrheg.

'Be dwi isio'i ddeud ydi hyn.' Sipiodd ei sieri'n araf, yn fwy o rym arferiad nag am fod angen hyder arni. Na, roedd ganddi ddigon o hwnnw. 'Pan oeddwn i wrthi'n gwneud hwn i ti, roeddwn i'n meddwl amdanat ti. Amdanon ni. A dwi isio ymddiheuro am wylltio efo ti nos Sadwrn ar ôl — wel, ti'n gwybod — yr ieir ac ati . . . ' Am y tro cyntaf petrusodd gan ostwng ei llygaid am eiliad. 'Dydw i ddim mor negyddol â hynny fel arfer, Rhodri. Mae'n rhaid iti ddeall bod y cwbl wedi digwydd mor sydyn. Wedi bod yn sioc. Y ffordd ti wedi brasgamu i 'mywyd i a drysu fy holl syniadau i, fy holl gynlluniau i. Tydw i ddim yn gwadu nad oedd angen gwneud hynny ond . . . '

Yn sydyn trodd oddi wrtho, yn ôl at y ffenest gan geisio ysbrydoliaeth o'r olygfa o'i blaen. Yna gosododd ei gwydr sieri ar fwrdd cyfagos a'i wynebu, gyda golwg mor angerddol ar ei hwyneb nes peri i Rhodri gamu yn ei ôl mewn dychryn. 'Dwi'n meddwl 'mod i mewn cariad efo ti, Rhodri.' Roedd ei geiriau mor dawel nes bod arni ofn iddynt gael eu colli, ond gallai weld oddi ar ei wyneb iddo glywed bob un. 'Bydd yn amyneddgar efo fi ac mi . . . be bynnag ti'i isio gen i, dydi o ddim ots, achos dwi . . . ' Bu bron i'w llais ddiflannu'n gyfan gwbl ond daliodd ati. 'Achos dwi dy isio di beth bynnag.'

Dyna fo, roedd y cyfan wedi'i ddweud. A doedd Nia erioed wedi teimlo mor sicr o ddim yn ei bywyd. Fyddai o'n gwrthod ei gonestrwydd? Ymateb yn negyddol? Hyd yn oed petai o'n ei gwrthod, roedd hi wedi llwyddo i gyflawni yr hyn a benderfynodd. Roedd hi'n falch. Roedd hi'n disgwyl ymateb.

'Dduw mawr, Nia!' Trodd a cherdded oddi wrthi. Suddodd calon Nia. Ond mynd i osod y llwynog ar y silff-ben-tân oedd o, yn araf ofalus mewn lle canolog. Yna cerddodd yn ôl tuag ati. Pan gyrhaeddodd, estynnodd ei ddwy law a chymerodd hithau hwy. Tynnodd hi ato nes bod ei freichiau'n ei hamgylchynu ac unwaith eto teimlai'n gwbl gartrefol.

'Ro'n i'n gwybod dy fod ti'n goblyn o ddynes!' Teimlo yn hytrach na chlywed ei lais yn murmur yn ei gwallt a wnaeth Nia. 'Ia, coblyn o ddynes.' A'r funud nesaf roedd o'n chwerthin yn braf, a'i gorff yn gyrru cerrynt cynnes trwy ei hun hi. Yna difrifolodd. 'Nia, dwi'n derbyn dy anrheg di.' Ai cyfeirio at y llwynog yr oedd o, neu at yr hyn roedd hi newydd ei ddweud wrtho? Neu a oedd y ddau yn gysylltiedig? 'Yn derbyn gyda mawr ddiolch.' Yna roedd ei wefusau yn chwilio am ei rhai hi ac am rai munudau ni fu rhagor o siarad rhyngddynt.

Maes o law rhyddhaodd ei hun oddi wrthi a gwenu ar ei hwyneb gwridog. 'Rŵan, cyn inni drafod dim mwy ar betha mae'n rhaid iti ddod allan efo fi.' Syllodd Nia arno'n syn. 'Oherwydd fy nhro i ydi hi rŵan i gynnig rhywbeth i ti.'

Gafaelodd yn ei llaw a'i thynnu ar ei ôl i lawr y grisiau cefn, allan i fuarth a draw at y tai allan: garej ddwbl, sawl sied ac ysgubor fechan lle'r oedd hi'n cael ei thywys yn awr, ei law yn dal i gydio fel gelain yn ei hun hi.

Wrth i'w llygaid ymgyfarwyddo â'r diffyg golau edrychodd Nia i lawr ar y gorlan lawn gwair, tebyg iawn i'w hun hwy yn Llwyn Eithin. Cyfarfu ei llygaid â rhai brown ymchwilgar creadur bach hynod ystwyth a wthiai yn erbyn y ffens i gael gwell golwg arni, ei drwyn hir yn ei synhwyro'n awchus a'r marciau duon ar ei gôt lwytgoch feddal yn sgleinio. Gafr Anglo-Nubian ifanc — yn ei chroesawu fel hen ffrind ond yn creu cymaint o gyffro â ffrind newydd.

Tro Rhodri oedd hi'n awr i sefyll yn ôl a gwylio ymateb Nia. 'Ma' hi'n fendigedig, Rhodri! Cwbl fendigedig! Wnest ti 'rioed ddeud wrtha' i fod gen ti un!'

'Wnes i ddim deud oherwydd prin dri diwrnod sy' 'na ers pan ge's i hi. Mae West 'di 'i henw hi.' Pefriai ei lygaid. 'Blwydd oed a newydd adael ei mam. A gyda llaw, nid fi pia hi, ond ti.'

'Fi!' Syfrdandod llwyr yn cael ei ddilyn gan donnau o bleser wrth i arwyddocâd yr hyn roedd o newydd ei ddweud ei tharo. 'Fi?'

'Bob tamaid ohoni hi.' Symudodd yn nes gan sefyll wrth ei hochr i edrych i lawr ar yr anifail bach cyfeillgar. 'Mi ge's i hi iti ac mi gaiff hi aros yma nes bod Greta'n mynd. Wedyn mi gaiff ddŵad i Lwyn Eithin atat ti. Tra bydd hi yma,' a daeth ei law i orffwys ar ei hysgwydd, 'ma' croeso iti ddŵad yma i'n gweld ni pryd bynnag wyt ti isio. A deud y gwir, mi fasat ti'n pechu'n arw tasat ti ddim yn dŵad.'

Doedd Nia erioed yn ei bywyd o'r blaen wedi derbyn anrheg mor berffaith, erioed wedi teimlo'r fath hapusrwydd. 'Diolch, Rhodri.' Swniai ei geiriau'n annigonol ond ni allai feddwl am ddim arall i'w ddweud. 'Fasat ti fyth wedi medru . . . 'mhlesio i'n fwy.'

Ac yna'n sydyn, am ddim rheswm yn y byd, roedd hi'n beichio crio. Trodd tuag ato a chladdu ei hwyneb yn ei frest. Doedd o ddim wedi dweud sut roedd o'n teimlo tuag ati — ond pa wahaniaeth? O leia, roedd o ei heisiau hi ac â digon o feddwl ohoni i wneud y peth perffaith yma. Beth bynnag a ddigwyddai, wnâi hi fyth anghofio hynny.

Wrth grio roedd hi'n rhyddhau'r emosiynau a fu'n cronni ynddi: poen, pleser, diolchgarwch, gobaith, rhyddhad. Safodd Rhodri'n llonydd, a gafael ynddi'n dynn. Wedi iddi lwyr wlychu ei grys, cafodd hyd i hances lân yn ei boced, sychu ei llygaid a'i thrwyn ac edrych i lawr arni, ei wyneb yn llawn tynerwch. 'Mae'n ddrwg gen i am — hynna.' Dechreuodd igian. 'Fel arfer — dwi ddim yn . . . '

Cododd Rhodri ei gên ag un bys nes cyfarfu ei llygaid glas chwyddedig â'r dwyster yn ei lygaid tywyll ef. 'Dwi'n meddwl,' cyhoeddodd, 'dy fod ti ar fin dechra gwneud pob math o betha nad wyt ti ddim fel arfer yn eu gwneud. A pham lai,' sisialodd yn ei chlust, 'cyn belled â dy fod ti'n eu gwneud nhw efo fi.'

Â'i law yn gadarn o gylch ei chanol arweiniodd hi'n ôl i fyny'r grisiau. 'Rŵan, dos di i 'molchi ac mi a' inna i baratoi prydyn bach inni. Wedyn mi ddown ni'n ôl i weld Mae West, rhoi cyfle iddi redeg a dŵad i dy nabod di'n well. Ond dwi ddim wedi gorffen efo ti eto. Mae gen i un neu ddau o betha er'ill dwi isio'u deud.'

Slempiodd Nia ddŵr oer ar wres ei hwyneb gan edrych arni'i hun yn fanwl yn nrych yr ystafell wely. Roedd 'na olwg ddigon poenus arni. A pha ryfedd? Beth arall oedd gan Rhodri i'w ddweud wrthi tybed? Gwyrth arall? Neu rywbeth dipyn llai gwyrthiol? Carlamai ei chalon, yn rhannol mewn ymateb i'r hyn oedd newydd ddigwydd ond hefyd mewn ofn wrth iddi geisio rhagweld beth oedd o'i blaen.

Cafodd y cinio ei weini ar fwrdd bychan o flaen y soffa yn yr ystafell fyw — ham cartre, tatws newydd a salad gwyrdd ac yna ffrwythau ffres a hufen i bwdin. Roedd hyd yn oed y gwin yn ysgafn ac wedi'i oeri ar ei chyfer. Mae'n rhaid ei fod o wedi synhwyro mai'r peth olaf fyddai ar Nia ei angen heddiw fyddai cinio trwm.

Synnodd ei hun wrth ddod o hyd i'w harchwaeth a chladdu'r ddau gwrs a osodwyd o'i blaen. Serch hynny, roedd hi ar bigau'r drain drwy'r adeg. Sgwrsiai Rhodri'n hamddenol a rhoddai hithau ei phig i mewn yn ôl y galw ond fe wyddai na allai ymlacio'n llwyr nes y byddai wedi clywed yr hyn oedd ganddo i'w ddweud.

O'r diwedd gosododd ei llwy ar y bwrdd, gwthio'i phowlen i'r naill ochr a throi i'w wynebu. 'Rhodri.'

'Mi wn i, Nia.' Estynnodd am ei llaw, ac yna gan eistedd yn ôl, ei aeliau tywyll yn gwgu, gollyngodd hi.

Synhwyrodd ei thyndra a disgyblu ei hun i wenu arni. 'Paid ag edrych mor bryderus, Nia. Isio deud rhywbeth wrthat ti ydw i, nid dy fwyta di.' Ond byddai cael ei bwyta, yn enwedig gan Rhodri, yn ganmil gwell nag artaith yr aros.

'Cyn ein bod ni'n mynd ddim pellach, ti a fi, mae'n rhaid iti gael gwybod rhywbeth.' Roedd o fel petai'n edrych drwy ffenest fewnol yn ôl i ryw orffennol. 'Dwi 'rioed wedi bod yn briod.' Datganiad cryno. Doedd o'n amlwg ddim am wastraffu geiriau.

'Doeddwn i ddim yn meddwl dy fod ti.'

'Wrth gwrs, dwi 'di cael ambell i berthynas,' cyfaddefodd yn gwta. 'Dwi ddim yn llefnyn, na mynach chwaith. Ond dwi yn credu mewn gwneud ymrwymiad, Nia. Ymrwymiad tymor hir. Dwi am iti wybod hynny.' Nodiodd hithau. Roedd hynny yn cyd-fynd â'i hargraffiadau hi o'r dyn.

'Pan oeddwn i yn Affrica,' aeth yn ei flaen, 'mi fûm i'n byw efo'r ferch 'ma.' Teimlodd Nia ei hun yn tynhau, ond eto fe wyddai'n reddfol y byddai popeth yn iawn.

Cyn y gallen nhw gael unrhyw ddyfodol roedd yn rhaid iddo rannu ei orffennol â hi. Mewn ffordd, rhodd oedd hynny hefyd, fel y llwynog a'r afr. 'Merch leol oedd yn digwydd bod yn fyfyrwraig ymchwil yn y brifysgol yr oeddwn i'n gweithio ynddi. Erbyn y drydedd wythnos roedd hi'n rhannu 'nghartre a 'ngwely i.' Syllodd Rhodri arni am ennyd cyn mynd yn ei flaen, fel petai i bwysleisio'r pwynt canolog hwn. 'Dyna sut un ydw i, Nia. Dwi'n gwneud popeth yn gyflym. Anaml iawn y bydda i'n cyfaddawdu. Pan dwi'n gwybod 'mod i isio rhywbeth — ne' rywun,' ychwanegodd yn sychlyd, 'dwi'n gwybod hynny'n syth fwy ne' lai, a dwi 'rioed wedi gwneud camsyniad. Wnes i ddim camsyniad efo hi. Mi wnes i ymrwymiad iddi hi, a chymryd ei bod hitha'n gwneud ymrwymiad i minna hefyd.' Petrusodd. 'Cyn gynted ag yr oeddwn i'n gwybod 'mod i'n dŵad yn fy ôl, dyma fi'n gofyn iddi hi ddŵad efo mi. Roeddwn i'n ddigon trahaus i feddwl y basa hi'n fy nilyn i i unrhyw le. Mi ystyriodd y peth am dipyn go lew. Yn y diwedd mi wrthododd.'

Roedd o fel petai o'n adrodd rhyw siant neu litani. Wyddai Nia ddim a oedd adrodd ei hanes wrthi'n peri poen iddo ai peidio. Ond ei thro hi i osod llaw ar un o'i rai ef, yn dawel gefnogol, oedd hi'n awr. Fe wyddai bopeth o bwys amdani hi ac yn awr roedd hithau'n cael gwybod am agweddau pwysig ei fywyd yntau. Nid ymatebodd i'w chyffyrddiad ond ni wnaeth dynnu ei law ymaith 'chwaith. Pan oedd yn barod, ailddechreuodd siarad.

'Mi fuon ni'n byw efo'n gilydd am ddwy flynedd, ond pan ddaeth hi'n amser i benderfynu roedd y lle'n golygu mwy iddi hi nag oeddwn i. Roedd hi'n perthyn i'r lle, ynghanol ei phobol hi ei hun. Ei theulu, ei ffrindia, cymdeithas gyfan nad oedd mewn gwirionedd yn fy nghynnwys i.' Doedd dim chwerwedd yn ei ddatganiad. 'Roedd y ffordd o fyw yn gyfarwydd iddi hi, a doedd hi ddim am aberthu hynny — hyd yn oed er fy mwyn i. Tra parodd petha, roeddwn i'n bwysig, ond yn y pen draw y nhw oedd yn rhoi sicrwydd iddi hi, nhw oedd ei realiti hi. Dim ond chwiw sydyn oeddwn i a'n perthynas ni.' Er ei fod o'n cuchio gallai Nia weld ei fod o, ar ôl misoedd lawer efallai, erbyn hyn wedi derbyn ei phenderfyniad.

'Mi faswn i wedi dod efo ti, Rhodri,' meddai, er ei bod yn deall ac yn cydymdeimlo â safbwynt ei gyn-gariad. 'Ond ma' teulu'n bwysig hefyd.'

'Mi alla' i weld hynny rŵan, ond doedd hi ddim yn hawdd ar y pryd. I mi, does 'na ddim byd pwysicach na theyrngarwch personol. Ella, taswn i wedi'i phriodi hi . . . ' Orffennodd o mo'i frawddeg ond roedd Nia'n rhyw amau mai dyna oedd craidd yr holl broblem. Tybed oedd hi wedi gwrthod ei briodi?

'Roedd hi'n perthyn i ddiwylliant arall, i fyd gwahanol.' Mor hawdd oedd bod yn ddoeth wrth drafod bywyd rhywun arall. 'Ac mi fasa hi wedi gorfod rhoi'r gorau i gymaint wrth adael cartre.' Tra siaradai Nia roedd hi wrthi'n cymharu ei hun â'r ferch o Affrica. Ond nid ofn croesi ffiniau cymdeithasol a cholli sicrwydd teulu a ffrindiau oedd wedi ei chymell hi i osgoi ymrwymo'i hun yn emosiynol. Doedd dim o hynny'n bwysig. Diddordeb obsesiynol yn ei huchelgais fach bitw hi ei hun a'i ffrwynodd hi. Ac o'i gymharu â sefyllfa cyn-gariad Rhodri doedd hynny ddim yn esgus o gwbl.

Torrodd Rhodri ar draws ei meddyliau ac erbyn hyn roedd o'n gwenu, yn ôl yn y presennol yn gyfan gwbl. 'Mi gymerodd flwyddyn cyn y medrwn i faddau iddi hi, ond yn raddol mi ddois i i dderbyn a hyd yn oed parchu ei phenderfyniad hi. Mi sgwennodd ambell i lythyr ata' i ond wnes i 'rioed eu hateb nhw.

Tan rŵan.' Symudodd ei law a gwasgu un Nia. 'Yn fuan wedi i mi dy gyfarfod di mi deimlis i'r awydd 'ma i sgwennu ati hi a dyma fi'n sylweddoli nad oedd hi'n ddim mwy nag atgof imi bellach. Roeddwn i isio gwybod be oedd ei hanes hi, y hi a'r cŵn. Mi arhoson nhw efo hi, ti'n gweld. Roedd ganddi hi feddwl mawr ohonyn nhw.'

'Porgy a Bess?' Daeth y cysylltiad hwn â loes i galon Nia.

'Yr union rai.' Gwyrodd Rhodri tuag ati, ei lygaid fel melfed ar ei hwyneb. 'Un diwrnod mi a' i'n ôl i'w gweld nhw i gyd, ac ella,' ychwanegodd yn araf, gan bwyso a mesur pob gair, 'yr a' i â ti efo fi.'

Llamodd calon Nia. Dyma hedyn o obaith, awgrym o orfoledd. 'Mi faswn i wrth fy modd,' sibrydodd, gan ofni chwalu'r awyrgylch synhwyrus oedd yn prysur ddatblygu rhyngddynt.

'Basat, dwi'n gwybod, ac mi faswn inna wrth fy modd yn dangos y lle i ti.' Gostyngodd ei lais. 'Yn union fel dwi'n bwriadu dangos dwn i'm faint o betha i ti. Sy'n fy atgoffa i . . . ' Er nad orffennodd y frawddeg roedd bloesgni ei lais a'r fflachiadau awgrymog yn ei lygaid yn cyfleu ei neges i'r dim. Caeodd Nia ei llygaid hithau yn erbyn y tonnau o chwant a oedd yn ailgynnau ynddi.

Roedd ei wefusau mor agos at ei rhai hi nes bod rhaid iddi orfodi ei hun i ganolbwyntio ar weddill yr hyn oedd ganddo i'w ddweud. 'Ond cyn inni ddŵad at hynny, mae 'na un peth arall dwi isio'i ddeud. Pan ge's i'r awydd 'ma i gysylltu efo hi eto, mi sylweddolis i nad oeddwn i wedi bod mewn cariad efo hi ers tro byd. A phan sylweddolis i hynny, Nia,' er yn ysgafn, ysgafn roedd ei gusan yn llawn addewid, 'mi wyddwn mai'r rheswm am hynny oedd am fy mod i'n dy garu di.'

Gosododd ei law rydd ar ei hysgwydd a'i mwytho'n dyner drwy'r siwmper goch. Nid agorodd Nia ei llygaid, dim ond gwyro'i phen yn ôl wrth iddo redeg ei fysedd trwy ei gwallt.

Hyd yn oed wedyn nid oedd wedi gorffen yr hyn oedd ganddo i'w ddweud. Fe wyddai i'r dim yr effaith a gâi ei eiriau arni, eu bod yn treiddio i ddyfnderoedd ei bod. Nid oedd angen iddi ddweud dim, nac ateb.

'O, a Nia.' Ochneidiodd wrth iddo gladdu ei ben yn ei gwddf, ei wefusau'n goglais ei chroen tyner wrth iddo siarad. 'Ynglŷn â Mae West.'

'Mae West?' Tynnodd Nia ei hun oddi wrtho'n gyndyn, ei llygaid yn dal ar hanner eu cau.

'Yn naturiol, mae 'na bob croeso iddi hi fynd i fyw atat ti i Lwyn Eithin. Ond erbyn meddwl am y peth, mae 'na ddewis arall. Un gwell o bosib.' Erbyn hyn roedd llygaid Nia led y pen ar agor. 'Mi allat ti ddŵad i fyw yma ati hi.' Roedd ei wyneb yn llawn direidi. 'Dwn i ddim be i'w wneud efo'r lle 'ma, mae o'n rhy fawr o'r hanner ar hyn o bryd. Be sy' ei angen ydi 'chydig o lanast. Cath ne' ddwy. Ieir.' Edrychodd tua'r nenfwd. 'A dyna ni'r stiwdio wedyn . . . '

'Stiwdio?' Allai Nia ond sibrwd wrth i'r holl gynigion feddiannu ei meddwl.

'Wnes i 'rioed anghofio'i dangos hi iti? Yr atig anferthol 'ma sgin i.' Ysgydwodd ei ben, yn ymddangosiadol flin efo fo ei hun am anghofio. Yna gwenodd, ac fe wyddai Nia na fu ganddo'r bwriad lleia o'i dangos hi iddi, nes ei fod yn barod. 'Digon o le, ffenestri yn y to, gola bendigedig. Dwi wastad wedi meddwl ei bod hi'n bechod fod y lle'n cael ei wastraffu. Mi wnâi stiwdio ardderchog i ryw artist.'

Pefriai llygaid Nia wrth iddi ddychwelyd ei wên. 'Rhodri . . . ' dechreuodd.

'Meddylia am y peth, Nia.' Erbyn hyn roedd o'n gwbl o ddifri. 'Dwi'm yn disgwyl iti benderfynu rŵan hyn, ond ryw ddiwrnod, os byddi di awydd rhoi cynnig arni, wel ti'n gwybod y bydd fy ymrwymiad i iti'n llwyr.' Yna roedd o'n ei thynnu hi'n nes ac yn sibrwd yn ei chlust, 'A wyddost ti ddim, ella y bydd Siw yn dangos iti nad ydi priodas yn beth cynddrwg â hynny wedi'r cwbl. Ac ella, ryw ddiwrnod y byddi di'n barod i fentro mewn glân briodas efo fi.'

Ni allai fod wedi mynegi ei ddyheadau mewn ffordd fwy uniongyrchol na hynny. Wedi iddo wylio arwyddocâd yr hyn roedd o newydd ei ddweud yn gwawrio ar Nia taflodd ei ben yn ôl a chwerthin yn braf. 'A deud y gwir, dyna sy' wedi bod yng nghefn fy meddwl i o'r funud y cyfarfyddais i â ti.' Tynnodd ei fys yn araf i lawr ei boch ac ar draws ei gên, 'Y munud y gwelis i'r wyneb bach del 'na mi deimlis i fy hun yn toddi. Cofia di, roedd gan y ddau lygad glas 'na rywbeth i'w wneud efo'r peth hefyd,' ychwanegodd gan wyro i'w cusanu'n ysgafn. 'Heb sôn am y natur wyllt 'na. Digon i ddychryn dyn bach diniwed.'

'Diniwed?' ebychodd Nia.

Ond cododd fys at ei gwefus i'w distewi. 'Erbyn meddwl, mae'n rhaid imi gyfadda mai'r hyn gafodd fwya o effaith arna' i oedd y sana bach piws beiddgar 'na.'

'Pinc,' cywirodd ef yn dawel.

Ond roedd o eisoes yn meddiannu ei gwefusau. Bellach nid oedd angen geiriau.

Seren Serch – y gyfres nofelau rhamant

pris: £3.95 yr un